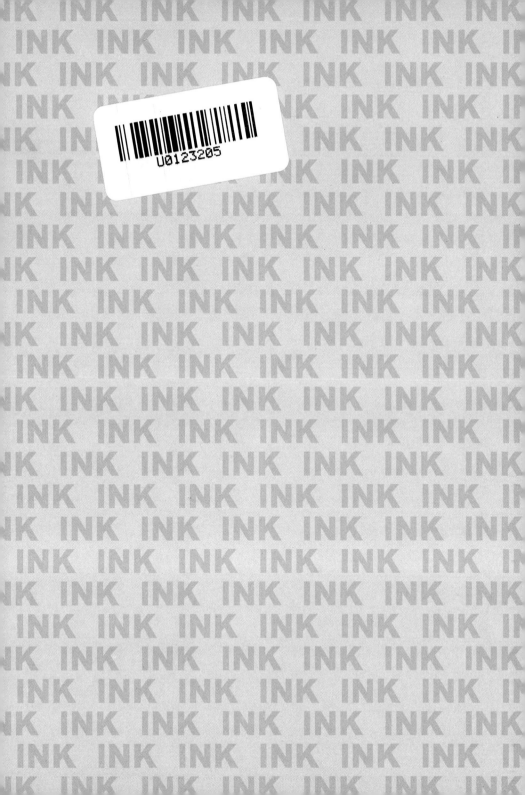

NK INK INK INK INK INK IN
K INK INK INK INK INK INK
NK INK INK INK INK INK IN
K INK INK INK INK INK INK
NK INK INK INK INK INK IN
K INK INK INK INK INK INK
NK INK INK INK INK INK IN
K INK INK INK INK INK INK
NK INK INK INK INK INK IN
K INK INK INK INK INK INK
NK INK INK INK INK INK IN
K INK INK INK INK INK INK
NK INK INK INK INK INK IN
K INK INK INK INK INK INK
NK INK INK INK INK INK IN
K INK INK INK INK INK INK
NK INK INK INK INK INK IN
K INK INK INK INK INK INK
NK INK INK INK INK INK IN
K INK INK INK INK INK INK
NK INK INK INK INK INK IN
K INK INK INK INK INK INK
NK INK INK INK INK INK IN
K INK INK INK INK INK INK
NK INK INK INK INK INK IN

INK INK INK INK INK INK IN
K INK INK INK INK INK INK
INK INK INK INK INK INK IN
K INK INK INK INK INK INK
INK INK INK INK INK INK IN
K INK INK INK INK INK INK
INK INK INK INK INK INK IN
K INK INK INK INK INK INK
INK INK INK INK INK INK IN
K INK INK INK INK INK INK
INK INK INK INK INK INK IN
K INK INK INK INK INK INK
INK INK INK INK INK INK IN
K INK INK INK INK INK INK
INK INK INK INK INK INK IN
K INK INK INK INK INK INK
INK INK INK INK INK INK IN
K INK INK INK INK INK INK
INK INK INK INK INK INK IN
K INK INK INK INK INK INK
INK INK INK INK INK INK IN
K INK INK INK INK INK INK
INK INK INK INK INK INK IN
K INK INK INK INK INK INK
INK INK INK INK INK INK IN

INK

文學叢書

228

經濟大蕭條時期的夢遊街

駱以軍◎著

目次

孤獨的至福　代序　008

輯一　被困住的時光

經濟大蕭條時期的咖啡屋即景　014
經濟大蕭條時期的機場一隅　018
經濟大蕭條時期的塔羅牌　022
經濟大蕭條時期的夢二則　027
經濟大蕭條時期的美好的妓女　034
經濟大蕭條時期的老人們　039
經濟大蕭條時期的貓　044
經濟大蕭條時期的讀者　050
經濟大蕭條時期的河豚　055
經濟大蕭條時期的紅包場　060
經濟大蕭條時期的泳池　064
經濟大蕭條時期的夜　069
經濟大蕭條時期的網咖　074
經濟大蕭條時期的流浪者之歌　078

輯二　晃走的城市

夜遊神　084
流浪漢　088
馬路邊的天使　094
裝成熊的男人　098
算命　103
香港　108
晃走的城市　114
黑心素料　120
阿嬤　125
冥王星人　129

輯三　另一個人

慷慨　134
機車人生　138
魔偶馬戲團　144
寶貝　149
撒謊者　154
楊宗緯　160
老師　165
哥哥　170

輯四　差了一點點

不死　176
未必存在的身體　180
水族箱有事　184
假狗仔　188
螳螂　193
狂歡阿麵　198
彊子　202
天線寶寶　207
掉貓　212
蜥蜴　217
Bob Dylan　221

輯五　像一句詩那麼短

像一句詩那麼短　228
黎礎寧　232
夢見姚明　236
想起一個人　241
昨日之島　246
樂生　251
白蘭　256
她們　262
一個吸菸者的抗議　268

孤獨的至福

代序

多年不見的哥們約在路邊人行道擺開小桌椅的海產店喝啤酒。F說起這兩年多來迷上了爬山，是專業登山客的那種爬山喔，百岳中的玉山、雪山、南湖大山、北大武山、中央尖山、大霸尖山……幾乎都挑戰過了。座間諸人皆已各自成家，聊起小孩經也不再是奶粉尿片，而到了小學安親班英文班才藝班的階段，唯獨F君猶孤家寡人。幾年前聚會F當時迷飆車，網路上買了一輛改裝中古BMW，整修起來花了五、六萬，四十歲歐吉桑入夜和年輕車友在二高幾處熱門路段風馳電掣軋車暴走。現又變成登山狂人。似乎我們皆在時間流河中混濁、衰老，只有他獨自留在那個年輕時無比自由卻也無比孤獨的靈魂裡，手握排檔桿融化在極速裡，或是讓自己往空氣稀薄的高峰極域裡狂魔成「一個人的小世界」。白日裡，F是一間赫赫有名跨國公司的高階主管，講起幾年來幾次在辦公室發生的幽微、模糊、如霧中風景之戀情，總無疾而終。

主要是，到了一個年齡階段，對自我的掌握度愈高，似乎愈難如年輕時想像「愛情」，可以將自己全部的自由當賭注，承諾給另一個人。生命愈往後走，每一個階段所記憶的、珍藏的那一部分自己，愈層層累聚難以和別人交換了。

F說，他童年時住嘉義鄉下，一個玩伴是平埔族少年，像《頑童流浪記》裡的哈克，拉著他往野外跑。那時他一般是在田圳裡撈些灰溜溜的小魚小蝦，只有這男孩帶他到一條美麗的溪流，那條溪像故事書裡描述的淘金人撈捧起沙金迎向陽光的夢幻河。粼粼閃閃，清澈見底，溪畔河床被沙石怪手挖了一個一個相鄰的窟窿，但在小孩眼中那些巨大水中凹坑，變成一個個獨立封閉的小宇宙，水草婀娜搖擺，水明亮如切割玻璃，不可思議的是，那每一個被他們想像成躺臥河邊巨人骷髏眼洞的神祕盆形凹槽裡，總迴游著豔藍色、朱紅色、粉紅色、亮黃色的七彩小魚，琳瑯滿目。那如何可能？但記憶中他倆把臉埋進水中所見的燦爛光影如此清晰，簡直像阿里巴巴與四十大盜的藏寶洞一樣。

兩年前F在報紙社會版上，看到一位警員在宿舍吞槍自殺的新聞，正就是那位平埔族少年玩伴，帶領他進入一神祕之境的啓蒙者。

「於是標記我少年時光最神祕美好、難以言喻的那個畫面，就此封印起來。再也沒有人可以跟我在某一天相遇時，懷念又感慨地回憶那溪流、窟窿，相連的小水道，那些珠寶般的小魚……無法印證、修補那記憶中的細節，是眞是假……」

某些人物，他們不自覺地標記著你生命某一階段最珍貴的隱密經驗，他們星散四處，你不以爲意，像存放在不同張早已停用之存摺裡那些永不會去提取的零頭。X君聊起幾年前，生命最谷底壞毀時刻，一次和P君在陽明山一山谷裡的日式料亭喝酒，講起自己婚姻、事業全搞砸，眞的可以無留戀的自死。這位P君本是我們這一群年輕時一起喝酒打屁的哥們，後來服海軍役時確定自己是gay，之後和台北這些直人兄弟們漸漸疏遠，可能獨自栽進一個玻璃魚群競燒青春的肉慾森林。X君說，那時暮色降臨，他們周遭的山巒全籠罩在一種同時暗影重重卻又大火焚燒的刺目酡紅。P君溫和地對他說：「X，你答應我一件事：有一天你決定自殺，我絕不攔阻；只要你給我一個月，以你確定要自殺那天往前推一個月。我帶你去泰國，好好玩它瘋它一個月，吸毒、濫交，像《遠離賭城》裡的尼可拉斯凱吉。眞的，你眞正廢掉，沒有時間延續，什麼都不在意地好好玩一頓，玩過以後再去死。就答應我這件事。」

X說他答應P君這一個月的「死神的小折扣」。他說P君告訴他，他父母在一場意外雙雙驟逝的那一年，他無靈魂只以軀殼活著，成天跟一群青春小鳥般的少年們趕場不同的轟趴，在高高低低精純或粗偽的毒品裡找嗨（不是每次都能得到那奇幻仙境）。有一次，在一個趴裡，他先嗑了些慢的，始終上不來，一個藥師小妖調了一份「絕對爽死你」的白粉給他。P君說，那是他曾經經驗過最接近所謂「欲仙欲死」的一次（性愛與之相比，簡直像嚼口香糖的快樂一樣貧乏）。P君說：那就像Ch V頻道片頭三D動畫特效，穿透一幅鮮豔、流動的畫面，再穿透另一幅畫面，不斷進入，所有的細節如此明亮清晰、瞬生瞬息：貼近看見老虎的鬃毛獵獵翻湧，發著金色強光；或是仙佛的臉龐皮膚竟似可觸，浮現淡藍微血管；蟠龍張爪盤飛掠過你耳際，綴連的鱗片像流動的翡翠；或是各種交替橫陳美不可方物的人體……

F說起傳奇登山家英國人馬洛里，他和同伴埃文於一九二四年攻頂珠穆朗瑪峰，或遭遇雪崩而罹難。一九九九年美國登山隊在珠峰海拔八一五〇米處，發現馬洛里的屍體、腰上仍繫著斷繩，手肘及腿多處斷裂骨折，頭部重創。「馬洛里和埃文究竟墜落死於攻頂之前，或已攀登珠峰之巔，返回途中力盡滑墜？」成爲一個孤獨冰冷的謎。因爲大多數人把一九五三年登上珠穆朗瑪峰的紐西蘭人希拉里和尼泊爾人鄧金·諾吉視爲人類第一次登上世界頂峰的紀錄；馬洛里和埃文極能將之推前二十九年。據說當年有其它登山隊最後一次見到他們，是在距珠峰頂八百米的地方，顯然極可能攻頂。雖然反駁者認爲以當時落後的登山裝備，馬、歐兩人要穿越北坡，攀上近乎陡直平滑無著力處的「神鬼不可逾越之第二台階」，機會趨近零。但因爲人們發現倒仆在冰壁七十五年而被冰封如初的馬洛里屍體時，並沒有在他身上找到他所攜帶的柯達照相機。如果日後有登山隊找到那架照相機，以現今技術絕對可沖印出當年，他們死前的最後時刻，是否已曾在珠峰之頂。另外，在馬洛里遺體的隨身衣物中沒有發現他妻子的照片。而他曾說過，如果登頂，在那闖進神之域界的聖潔時刻，他會把妻子的照片留在珠峰。以此推論，他應已到達了峰頂且把照片放在上面了。

F說：馬洛里獨自死在那空氣稀薄、終年冰封、視野空曠潔白的高空上，臉上或帶著神祕的微笑。那確是一種魔之咒魘。當年人們曾問這位志在殉山的登山者，爲何非要去攀爬珠穆朗瑪峰，他說了一句簡潔如禪的回答：「因爲它在那裡啊？」F說那眞是一語中的。後來也漸喜歡獨自登那些難度極高的險峰，攀爬到一體能散潰、肺部要爆裂的邊界，有時神祕經驗會突然降臨：眼前出現幻覺、金光、柔美的色彩，一種難以言喻的至福之感。手舞足蹈，心中澄澈透明。「如果在那時死去，我的臉上一定也掛著快樂的微笑。」

輯一

被困住的時光

經濟大蕭條時期的咖啡屋即景

那個女人像一隻疲憊的大象走進來。她有一隻眼是瞎的，濁白的眼珠凸瞪於那張似乎所有胖女人皆近似的臉之偏上角落。她穿著一件蘋果綠麻織線衫，後腦勺像日前過世那位香港超級富婆小甜甜那樣紮了一條小女孩的墜髻辮，頭頂上一副時髦墨鏡如髮箍那般戴著，耳垂吊著石榴紅的骰子耳墜。渾身上下予人一種斑馬群中某一隻長了腫瘤或癩痢的個體，使周邊同類裝作視若無睹卻隱隱有一種不安的躁動。但胖女人坐在這咖啡屋的吸菸室裡，卻擺出一副性感女郎的態勢，點了根菸叼著，眼神左右瞥瞄四周的人們。

之前一個坐他身旁的男子（看不出是上班族或研究生，穿著Polo衫牛仔褲和N字球鞋），從便利超商塑膠袋拿出一盒涼麵，窸窸刷刷，拆開涼麵盒釘針的聲響，撕開芝麻醬和油醋佐汁的聲響，戳破免洗筷膠封，將胡蘿蔔絲小黃瓜絲火腿絲拌進麵條的聲響，以及接著唏嚦呼嚕吸食那些滑溜帶汁麵條的巨大聲響。接著又拿出一盒果汁牛奶出來大力吸吮。吸菸室內的菸草香味全被那股濃郁的芝麻醬香味掩蓋。

這時一位進來收拾客人離去桌上餐盤、菸灰缸與殘汁咖啡杯的穿制服服務生女孩，對那胖女人說：

「妳還沒點飲料，要到外面櫃檯點喔。」

胖女人自信地說：「我知道，我知道。」

除此之外，這咖啡屋裡所有窩聚在一桌一桌的人們，就和承平時光的連鎖咖啡屋裡的場景並無二致。時不時各種特異鈴聲的手機聲響（有像古早時手搖轉盤黑膠電話的叮鈴叮鈴響聲，有仿一整窩剛破殼出的小雞啁啾鳴叫聲，有蒸汽火車頭汽鳴加駛過鐵道的契碰契碰巨響，有和弦重奏維瓦第的《四季》），彷彿熱帶雨林中各種禽鳥此起彼落的炫耀啼鳴。

在那之前，他趴在這咖啡屋裡的桌上睡著了。他作了個夢。夢中他竟在童年小鎮他家巷口那家小文具店見到這大象女人的青春少女時期之模樣（啊，是了，在夢中他想：原來如此。原來是偶遇故人）。當然還是個胖女孩，同樣腦勺後綁著馬尾，同樣因肥胖而過早被宣告在生殖之舞的世界拿不到入場券。但似乎僅如此而已。一隻眼珠並未像壞掉洋娃娃那樣掉掉剩下一讓人不安的窟窿。渾身也沒有那些乖異鮮豔的裝束和一種徹底淪爲社會底層人的騷臭味。他記得即使在那無憂的童年時光，那家文具店似乎也像支撐不住自己頹倒壞毀之灰黯，裡頭架上擺放的小學生作業簿、自修、罐裝樹脂糊與袋裝漿糊、有灑金粉的色紙，或裝在盒裡的玉兔牌藍頭紅頭原子筆……所有物件，都積了一層灰垢。老闆是位禿頂戴厚框老花眼鏡穿汗衫短褲的外省老人。和這胖女兒之間淡淡瀰散著一種小津《秋刀魚之味》那個衰老老師和他錯過婚齡、成爲老處女的女兒之間，相濡以沫卻又憎怨以對的陰影。

但在他的夢裡，這文具店，或如昔日櫥窗的這對父女並非重點，那只是他匆匆經過的街角一隅。他記得他是匆匆鑽進巷子趕回家，想告訴住在他家隔鄰（那像眷村屋舍的矮簷及可一覽無遺對方院落全景的矮牆）那個美人兒念高中的大姊姊（唔，咳，說來眞怪，眞實世界中這位姊姊是一位他尊敬的前輩小說家），有個她的瘋狂仰慕者，剛剛在大街攔住他，問她家究竟是巷弄裡的哪一戶，他出於怯懦（他委屈地想，夢裡我還只是個小學生啊）竟把地址給了那個流里流氣的傢伙。但隔牆那個爽朗的媽媽告訴他，美女姊姊又去那巷子底的廢墟了。

去餵貓啊？

好像不是。

當他尋至巷子底，那原該是幢日式老屋卻被拆掉只剩梁柱基座、磨石台階和碎瓦爛磚雜草叢生的廢墟框格裡，有七、八個人各自靜默蹲坐在各角落磚石上，夕陽餘暉中好似精神病院的放風時光。也像一舞台劇上諸角色在等待一位解決諸人身世謎團的重要人物出現的光景。

他亦坐在其中一座空心磚上吸起菸來。

（所以，這時他又不是個小孩嘍？）

那時，從他的位置看過去，可以看見空盪盪的巷口和馬路交叉的街角，有一個高大壯碩的男人，舉著一個看板，像走陣巨大傀偶那樣僵硬地轉進巷子。他認出那是他死去的父親。或因羞恥（死去的人怎麼可以這樣大咧咧在街上亂走），或因不忍那可能因死亡而變得像夢遊者的老父，竟像那些房屋地產商雇用的臨時工，活人廣告招牌那樣舉牌遊行的滑稽狀，他跑去並肩和父親走在一塊。

即使在夢中，他也無比確定身旁這巨碩的男子此刻已經死了。那布滿灰白鬍渣的老人的臉，有一種超市冷凍豬肉的僵硬、死灰、無彈性。皺紋不見了，但可看見肌肉與白色脂肪結理層次分明的霜花。特別是，他完全看不懂父親高舉牌子上的每一個字。

他想：那就是冥國的文字吧？

這個夢的尾聲是，他終於把那似乎只會直線行走直角轉彎的父親牽回弄子裡的老家。進屋上廁所的片刻，回客廳卻發現父親戴著老花眼鏡一臉愁容亂翻著自己遺留在桌几旁一落落的舊書。

他問父親：「你是不是看不見活人的文字？」那無助的巨人面無表情停下手上的動作。於是，他拿起其中一本《孟子》（對他而言那就是古文啦），大聲朗讀其中的段落給那個落寞的父親聽。

經濟大蕭條時期的機場一隅

那是一台小型噴射客機，自台東起飛，彼時在燈黯後的下降（你的耳平衡管感受到那過程）以及最後一瞬機輪觸地的顛震中抵達台北機場。不，那似乎是三十年前的松山機場。舷窗外已是暮色蒼茫。但你從剛下空服員逡巡要求各座位將遮窗夾板拉起、椅子扶正、繫上安全帶，艙內熄燈的準備降落時刻，便終於眼皮睜不開，裹著薄毯，在身旁這些發出鼾息的人群中沉沉睡去。

你感覺到飛機像一台兒時搭乘到遠處鄉鎮的長途巴士，在前往停機坪行李大廳建築的跑道輕輕晃搖地行駛。你安心地睡著。突然睜開眼，不對！周圍座位中的人們，從光度、表情、聲音（剛才如此安靜，現在卻喊蹙交談著或弄出翻報紙的聲響）、氣氛……全部讓你確定，不是剛才那一整機艙裡的那些乘客。你在熟睡中錯過了最重要的環節，大家全下飛機了。卻沒有一個空服員發現獨自在窗邊這座椅熟睡得像個孩子的你。之後，下一航程的乘客又陸續登機。此刻，似乎延續著你夢境中永遠到達不了盡頭的舒緩顛簸，其實是飛機在跑道上滑行，準備另一次的起飛。

你解開安全帶，慌急起身離座向甬道上就近的一位空服員解釋你這荒謬的處境。那是一個有著幼鹿般窄臉和美麗大眼的矮個女孩，畫著藍色眼影，專注地聽你陳述完，卻用那像被空調吸乾水分的制式語言，毫不通融地告訴你，飛機正在進入起飛程序，不可能此刻要求（爲您一人）機長將飛機調轉回頭至剛剛的入境大廳……但我必須下去啊，你幾乎哀嚎起來。莫不成你們要把我再載回台東，然後再載到台北來？

目前看來只能如此了，先生。

女孩冷淡地向你點頭致歉，又繼續彎腰應付前端座位一個客人的要求。

你就像兒時錯過站忘了下車的辰光，不敢問公車司機現在在什麼地方，那樣惶然卻又故作鎮靜地兩手吊在車門後的鋼管上，低頭東張西望看著窗外的陌生景致，奇怪是此刻這夢中客機竟眞的像一輛夜間長途巴士，窗外不是一片綠草地，遠近停泊著巨大白鳥的飛機……反而像公車駛進舊昔年代荒無人跡的台北近郊。鋪著木板的巨大溝渠和裸露出的下水道圓管龜殼般的弧背。塵土漫漫。經過的一些工廠圍牆上架高著鐵絲刺網。有幾個人在昏茫不見細部的影暈中佝僂疾行，向我們這邊招手，終於被甩在後面。偶經過一條巷子的掠影，竟看見零零落落聚著幾台掛了電燈泡的攤販（賣菱角花生的、賣香瓜的、賣甘蔗汁的……）。

這飛機竟一直沒起飛，而是像公車那樣駛進平常人家的大街小巷裡。

那樣貧窮的、灰撲撲的，不景氣的年代，不想竟給我遇上了。問題是，人要如何面對那個所有人暗著臉、充滿惶恐談論著，卻似乎沒有實體感的，「貧窮」？

他記得，在登機之初，在那空盪盪的機場大廳，因為實在太無聊了（所以「貧窮」的第一感是突然有大把的時間不知該如何打發？），他遂和角落一販賣原住民手工飾品攤位的一位年輕姑娘搭訕起來。平台上排放著一種珍珠光澤你分不清是以蛋殼、小卵石或鐵片拗成弧作為材質的小動物，鮮艷鋥亮，有小瓢蟲、烏龜、青蛙、大嘴鳥、孔雀、螃蟹、龍蝦、乳牛、龍（不是恐龍、是中國的神獸）、公雞、斑馬……眼花撩亂，精巧可愛，一隻卻只賣三十元……

女孩哀嘆著，買氣實在太差，一些食物類土產總在漫長無人問津的擺放時光中發霉變黑，後來只好賣這些近乎無成本但耗手工的無用之物……

大約是他問了一句「一個人待在這空無一人的機場大廳會不會無聊」這樣的話，打動了那個臉貌頗似我們那年代男學生宿舍海報常見之一位叫中森明菜的日本女星的美麗女孩（似乎在經濟繁榮的年代不流行這樣的臉？），她竟然侃侃而談起來。

在她小學的時光，她和姊姊，另一些年紀較小的表弟表妹，一起住在花蓮山裡外公外婆家（是的，她母親是阿美的，父親是平地人）。她記得外婆就是在她睡著時死在她身旁。但因為那時她還太小，只記得外婆的腿腫得像大象。父母都到台北打工（她說起父親的工作，說「做裝潢的」，母親則是在一個阿姨開的小卡拉OK店幫忙。我覺得這種描述方式把在異鄉討生活的慘烈辛酸變得文氣而閑散）。但國一到國二這兩年，不知怎麼全部的小孩都被接到台北。只剩她和外公一老一小生活在山裡的那屋子。她每天要走好幾個小時的路到學校，之後再走回來。那些日子當然非常寂寞啦。外公只是看電視和喝酒。後來外公的身體變得非常差（應該是癌症），她除了要煮三餐，還要幫外公擦澡。

她不能理解的是，外公死後，有半年多的時光，他們竟仍讓她一個人住在那山裡的房子。每天她仍舊走許多路去學校，之後再走同樣遠的路回去那只有自己一人的空屋。煮飯給自己吃。自己替自己帶便當。坐在外公的那張藤椅看電視……

「所以，曾經經歷過的，現在換了一個場景，所有的人突然都不見了，剩下我自己一個人待在這裡，好像也沒什麼過不去的……」

他記得女孩說到這裡時，廣播突然在機場大廳響起，第幾幾幾班次飛往台北的班機就要起飛，還沒登機的旅客請趕快通關到候機室登機……

經濟大蕭條時期的塔羅牌

很多年後，他逐漸相信：當事物不可逆轉地變得貧乏、扁薄、失去原先於各凹凸稜角閃閃發光的神性，那只是整個世界退縮回那個不再紛亂流動、蹦跳竄走的靜物幻燈片。

他父親從遠方攝下，寄回來給他們的那些幻燈片。

那是一個過度曝光的世界：枯旱荒野中一棵巨大的樹，乍看眼花，覺得樹頂重疊蒙覆著一片色彩妖異的葉片，瞪視細部才發現，那全不是葉子，在每一枝椏分杈處，每一像絕望手指朝天撐張的這棵枯死之樹的每一根白色的尖細末端，全棲息著一隻一隻的鳥。也就是說，單在這株樹梢上，便窩聚著上千隻的鳥群。

幻燈片裡的世界是在地球另一端的非洲。他父親是台灣當年派往非洲邦交國教導對方農民水稻耕作技術的農耕隊裡的一員。那些幻燈片更多的被攝對象，是一臉茫然，臉、手臂、腿……黑到不能再黑的男人、女人、老人、小孩。強光下塵土飛揚的茅草屋、牛頭骨、蒼蠅覆滿的一盆甘薯……

他們總在山裡空無傢俱的屋裡，黑暗中一家人圍著看那無聲的、粉末狀、強光飽和從機器噴出的、投影在壁牆上變得高矗甚至有某種神聖性的，父親寄來的幻燈片。

他九歲那年父親過世。那些從幻燈片裡被叫喚出來的白光幻影，成了他父親留在他記憶中的某種空洞、漂浮、純淨的，「活著的時光」。那之後的，他一腳踩進的眞實世界，就和這島國上所有經歷過那繁榮、瘋狂、縱慾、躁鬱、綜藝……年代，以至於眼翳蓋上皆沾上一層油彩的一整代人所曾見識過的感官爆炸場景無有二致。他國二那年，他們的健康教育老師（一個國字臉的，深受學生愛戴，上十四、十五那兩章可以用一種對大人的尊重態度，毫不曖昧遮掩地詳盡向他們細細解說男女性器官的男老師）殺了他們的英文老師（一個甜美的像蝴蝶般的大姊姊），並將她的屍體肢解、剁碎、煮熟。當然是情殺。檢察官和刑警們押著那男老師到掩埋（其實是任意棄置）屍塊的校園後方的一片田隴上拾撿那女老師的碎骸時，這鄉下學校的管理階層竟完全沒禁阻那些好奇學生們，圍在現場旁觀著大人們用長鋁夾一塊一塊撿起那些爬滿蛆的肉塊（可能是女老師的某一片肝臟、某一塊臏骨或耳朵什麼的），放進黑膠垃圾袋中。

父親過世之後，家計靠母親在工地扛水泥撐起，作爲家中唯一的男孩，有一段漫長時光特別難熬。記憶中他父親高大而英俊，埋入墓穴裡的屍身像百合花一般潔白。但成爲孤雁的母親，可能爲了能有更多工地的粗活可接（這是他長大後才回頭去體諒理解），總置身在那些粗鄙醜惡的工頭和男工間喝酒。在那工地特有的水泥腥味，那些比他父親黑壯的身體群蒸騰而出的汗臭味之間，還有一種他那年紀無法理解卻如幼豹憤怒屈辱以對的生殖氣味。那在更難以言喻的複式時光領會後，他或能艱難描摹出母親比他們任何一人更要悲慟絕望。因之不僅是爲了養家而將身體的女性質地放棄被保護形式，且因消沉、孤獨，因他來不及長大頂替父親空缺的那家中男主人位置，母親在衰老壞毀之前，便徹底沒入那顏色污濁的底層之海。

因爲貧窮，他和同齡之人有著完全不同的少年時光。

因爲發育較慢，個子遠不及班上那些少年抽長及壯突的速度，他長期被一個日後回想起來心智和意志皆遠不及他的陰暗傢伙盯上並霸凌。很長的一段記憶是他用大灶堆柴升火煮全家人的晚餐。他用法西斯的方式管理一群豬隻，餵牠們吃ㄆㄨㄣ，清洗牠們的糞便，以木棒痛擊牠們。有一次這些豬隻們發動了一場半像遊戲半像謀殺的集體行動：其中一隻帶頭者將他拱上背脊，然後像足球隊員三角短傳那樣，力道柔軟地將他在不同豬隻間的脊梁間彈甩著。那時他既恐懼（牠們要殺了我？）卻又充滿少年承受未曾經歷之愛撫那樣輕飄飄且無比幸福。最後一隻豬把他拱摔在牠們的糞便堆中。

在人人危言聳聽，臉色暗沉口耳相傳那個「金融海嘯」、「大蕭條年代」來臨之前，他曾那麼努力讓自己進入那座大教堂般，萬事萬物俱閃閃發光的嶄新世界。有人說這是人類歷史以來最富有的三十年。他名下的財產，有一間內湖捷運站旁房價最高時上喊逼近兩千萬元的大廈公寓（雖然他仍要繳十年以上的房貸），有一輛百萬元左右的馬自達RV車，有股票、海外基金、保險……雖然戶頭裡的存款不到十萬元，但嚴格說可算符合坊間那些理財書籍說的全面性理財形式。他不到四十歲，所擁有的絕非同齡時的他父親所能夢想。

事情發生在那萬事萬物皆褪色晦黯，如古早狐仙故事鈔票變回榕樹葉、金子變成硬土疙瘩、金漆馬車變回南瓜的灰撲撲辰光。有一天他竟然在公司附近一處騎樓看見許久不曾出現之大排長龍人群隊伍：原來人人推著一輛腳踏車，等著店鋪裡一位彷彿他中學時代懷舊黑白照片的老師傅，蹲著把一輛腳踏車暗紅色內胎剝出，放在水盆裡測試破孔處，並用銼刀磨平該處、等著糊上強力膠將補胎皮黏上……。世界再一次像他父親那些發著白光、無聲但美麗的幻燈片飄浮遠去，只剩下暗影疲憊沾滿油污的凡胎濁骨……

那天，他按朋友的介紹，到一位據說靈驗無比的塔羅牌老師工作室算命。對方要他洗牌抽牌時他便確定這只是一場蕭條年代討生活的某種騙術罷了。他抽到一張「高塔」。牌面上似乎畫著天頂有雷霆閃光將一座中世紀鐘樓擊毀。他恍神不經意地聽著那陰性氣質的年輕人用華麗空洞的詞藻編排著他的命運。有一瞬間他突生異想：如果這抽翻的一張一張牌，上頭是他父親當年遠從非洲寄回的那些幻燈片：那些枯樹頂梢上的群鳥，那些比黑夜還純淨之黑的男孩女孩，那些熾白強光下的荒原、濁黃的河流、鮮豔的花朵……？是否更貼近他想以簡御繁，以隱喻描述這個父不在的眞實世界的渴望？

那天的晚間新聞他竟看見電視上特寫的照片不正是那位替他算命（並且告訴他他將遭遇的一切苦厄都是此生要學習的「功課」）的塔羅老師嗎？他們說他只是個十六歲的國中輟學生，曾裝神弄鬼騙了那位因貪瀆而官司纏身的前總統。他曾替他卜算，據說當時那位擅於以漫天飛花般華麗語言錯幻織編各式烏托邦、魔境、倒影之城的權力巫師，抽中的是「死神」牌，但另有一說是「戰車」牌，於是記者們或輕佻地以好萊塢電影情節《神鬼交鋒》的橋段嘲弄這場荒謬降格喜劇，或一本正經分析兩種不同牌面所暗示的未來命運……

但那天夜裡，他滿臉淚水地從一個充滿懷念、悲傷的夢中醒來。在那個夢裡，他又變回小男孩模樣，趴在他這座大廈公寓的窗邊向外望，眼下的整座城市已變成一片廢墟，文明繁華已不再。遠方原該是一〇一大樓的那高矗地標變成了一座塔羅牌上畫的塔樓，月光下散放著銀色光輝。他無比清楚看見他的父親被關在那塔頂，目光灼灼看著他。然後，既像撫慰又像擔憂，朝他伸出雙手，那手臂像不斷抽長的海芋花莖，穿透那整座曾繁榮又衰敗的城市上空，穿透多少個他淚水往肚裡流的艱難孤寂時光，伸到他面前，撫摸著他的雙頰。

經濟大蕭條時期的夢二則

1. 河流

他在河流邊清洗那架身體，那男孩蹲在對面目光灼灼看著他進行的這一切。

「我的頭好痛。」男孩說。

他不理會他，其時他正在潑水清洗那身體的頭顱，像摳洗一只凹窪處積垢的螺形玻璃瓶，水從眼窩灌進又從嘴洞流出。這時他注意到水中漂浮著灰綠色的細微絲藻，波光粼粼，像千百隻小銀魚在其上翻躍。

「陪我講講話吧。」男孩哀求他。

手指下的這具身體眞是百病叢生，潰瘍而長著淤黑爛瘡的胃囊，被綠膿裹覆的肺，深褐色像蟑螂肚腹的肝，布滿小蕈突粒的陰囊……

他的手指撫摸著那些醜陋的臟器，但清澈的水流似乎將那些污染穢物從它們裡頭浸泡出來，一股泥濁濃湯從他們這往下游蜿蜒而去……

而那架身體似乎愈變晶瑩潔白了。

那身體突然睜開眼，對男孩說：

「去，去，去一旁玩去，別在這煩人。」

河底貼著礫石群聚著一種細碎紅但鰭側一閃一閃藍光的小魚，時而啄食著那身體浸在水中的耳垂肉。他想起這裡底棲習性溪流小魚叫蝦虎。算彈塗魚的一種，他曾在家裡的水族箱養過，此刻卻在這空曠明亮的野外河中看見它們一張一張完全相同表情的臉，突然一陣暈眩……

「再說一次，等天暗下來就來不及了。」

來不及？有什麼事將要發生了嗎？是擔心趕不上某個盛會？或是躲避臨迫之災厄卻只差那門隙般被掩上的時間？在山的另一邊，有戰爭發生了嗎？一場革命或相反的一場鎮壓之屠殺？也許待會，河面上就浮滿上游漂下來，像野薑花那樣妖白的男人屍體女人屍體老人屍體嬰孩屍體？河水會被染得一片嫣紅，像小學時洗水彩筆的清水盒……

但事實上，不斷從上游漂下的，是一截一截焦黑晶亮如墨的長短木柱，粗者如臼，細者如手臂，這一陣靜默經過之漂流木，竟有目睹大小鯨群巡航之氣勢。

手指下的那具像要散架卻又如精鑄鐵器伏手的軀骸說：

「別洗了，我很累了。一身病，再洗也無用，」翻著白眼像一只鼓漲而亡的河豚標本：「將我放水流吧。」

一種近乎機械反射的憤怒，像高溫粉塵自肺葉湧向喉嚨。他記得多年前一位深諳西洋占星的女人替他排盤，伊底帕斯之惡咒降下：你是八宮人。徹頭徹尾的冥王星人。所以「控制」是你此生的功課，性，權利，死亡。每一件最深沉且無法掌控的狀態皆會使你深深不安，你比別人花更多代價去學習「控制」各種關係或讓你害怕的事物……

控制？他想：我只是受不了我生命中總是遭遇這些自暴自棄自艾自憐把一切擺爛的挺屍廢材。……我知道那些滿嘴慈恩卻搞孌童的神父，那些大醫院裡誅殺異己的教授名醫，或某些控制傻B歌星的經紀人……但我只是……每每看不過去，忍不住出手攔阻那些弱者把自己糟蹋得卑賤又屈辱的災難場面……

「不要那麼難看。」他總是虛弱地勸告他們。

一邊把那身體翻面朝下，掬水洗它那醬紫色的後頸，像盲按摩師忍不住技癢用指勁捏延髓兩側隆起的筋絡。

「真硬。」

他對他倆說：「有一天，摩西、耶穌，和一個邋遢糟老頭，三人打高爾夫。摩西先揮桿，球飛落一個湖裡，他走到湖邊，高舉球桿，湖水朝兩邊裂開，他踩著湖底貝殼塚、水草和一些套著古代戰盔的人與馬之軀骸，找到那粒小白球。再次揮桿，一桿進洞。換耶穌時，也是一桿打向湖泊，但球在水面漂著。於是祂穿著白袍，赤腳在水波上優美走著，來到球落點，再次揮桿，也是一桿進洞。終於輪到那糟老頭，他鐵桿一揮，球飛過湖泊、沙坑、樹林、果嶺、直接飛出球場外的公路，一輛沙石車輾過那球，球彈進一旁的水池，一隻青蛙游過來將球吞下，下一瞬自天上府衝下一隻老鷹將青蛙叼在嘴裡，正揮翅飛行時，一架客機經過，音爆讓老鷹受驚張嘴，墜落的青蛙從口裡吐出白球。咚。球恰好掉進洞裡。

「摩西把球桿摔在地上，對耶穌說：『幹！所以我最討厭跟你爸一起賽球了。』」

「哈哈，哈哈，」男孩說：「很好笑。」

過了一會，男孩說：「別洗了，他已經死了。」

2. 車站

我想那是那個火車站在許多年前的樣貌。我們總被「衰老」這件事，在人和建築（或街道、或器物傢俱）兩者身上所呈現恰好相反之時間箭，弄得顛倒迷惑：愈往從前推，一個人的時光倒流總是愈年輕燦亮，懷舊照片裡的我們總像生命編結在我們頭臉上的凹皺朽壞、魔術般消失，變成光滑的幼胚。然而啊所有的車站、電影院、圓環、街道、公學校……在舊昔時光裡，就是那麼破爛，那麼昏黯，那麼「老」……它們像重新投胎的老妖，在愈往後的時光，變得愈年輕繁華。你跑到它的過去，是看到它的老態。

所以那時我是一個「舊昔時光的火車站」。磨石地板的大廳，所有人像站在結冰的湖面，腳下倒立著另一個自己，一些穿灰色軍棉襖的軍人旁若無人叼著菸吞雲吐霧，勒拱樑柱下方的雜貨攤擺著一排塑膠水桶，有醃漬糖鹽水小山楂梨，有拌辣椒和醬油的炒田螺，有一種和灰白豬肉堆在一起煮的白蘿蔔，當然還有放在大保麗龍箱裡一層一層用棉被包著的鐵盒便當。人群中有一些顴骨高聳兩眼無神，因身材瘦小故身上穿的深色西裝像戲服一樣聳肩而拖著長袖，他們在人群中穿梭時，總不經意用肩膀往你身上撞一下。你認出這些傢伙是剛才在車站外頭，像烏鴉盤旋纏著進出旅客搭他們的野雞車的長程車票掮客，奇怪這樣接二連三臉藏在鴨舌帽陰影下不懷好意的身體撞擊，你興起的並非對這偷拐搶騙溫床之戒心，而是生理性地對某些病菌傳染或皮膚癬之類無關緊要之事的恐懼。

之後走到角落，像卡通片裡反派動物狐狸、獾與刺蝟三個縮在自身一團暗影的老婦，向她們買車票。那票並非如我記憶所及任何年代之火車票（或與鐵軌有關之任何交通工具之票卡），一種小長方格可供打洞之硬紙卡；而是如藏書票、古早年代有車掌小姐時上車從一疊彩紙本撕一張給你，薄薄透光上面硃印模糊歪斜的廉價車票……票亦像牯嶺街那些霉晦的郵票古幣小店，被攤放在一只木頭框玻璃櫃裡的舊絨布檯面上。

問了票價，到台北四百五十元一張，掏鈔時你狡獪地微笑：氣氛、人臉、物件皆是昏黃迂緩的舊日時光，遍在物價的數字慣性上露了破綻。可見這造夢機制像快手鑲貼瓷磚跟著神遊太虛之情節跑，總有跟不上之處啊。

「買三張。」像為了懲罰你的不入戲，原本作為夢中靜物擺設的秩序，開始紊亂，交給老婦兩千元鈔票（且光影更模糊不讓你細看幣面的花色以判斷置身之年代），交回三張薄紙票券，沒有找零。

「咋是這樣呢？剛剛不是說一張四百……」和老婦們爭執起來，她們用受了驚嚇、譴責的眼神，以及某種大型禽鳥虛張聲勢的揮撲羽翼動作，嘰嘰咕咕的語言，抵賴著。

這時一位警員，像舞台上原本在火車大廳扮演來回走動之夢遊者的臨時演員，在此恰當時刻，從光區跨一步走進我們爭吵的暗黑小圈。直接把上半身壓在玻璃櫃上，低聲威脅著：「注意妳們很久了，老是這樣的把戲，太超過的話，我要跟黑老大 complain 喔……」竟然說出如此破壞超現實感的一枚英文單字、轉頭端詳帽簷下的側臉，竟是我的好友大貓、眞實世界裡他也是個警員，卻因害羞與對底層人物之溫柔，始終不理會上級規定的開罰單業績壓力，而在分局裡成爲每次被檢討的黑名單。

此刻，在這個夢裡，卻爲了護我，破壞了他與這車站內攤販、騙子、扒手、流浪漢、乞丐、黃牛票阿婆……如同大雜院裡相濡以沫的親愛關係。其中那個像獾的老婦，往自己的暗影裡更縮了縮，把錢找給我。用一種被自家後生欺騙出賣的女性化誇張演出，繼續禽鳥的騷動和嘟噥……

回程的車廂裡，和大貓並站抓著鋼管吊環，感染著他像小男孩爲了取悅同伴又拆毀自己心愛玩具的情感反潮。（但如果就我們兩個人，另一張票是幫誰買的呢？）

「我很抱歉……」我說。像過了一個年紀後，在每一個夢中遇見每一個故交的固定台詞。

經濟大蕭條時期的
美好的妓女

我在那些夢裡憤怒咆哮，整個身體皆進入一種動物性的暴力狀態，像少年時街頭幹架想致對方於死地的「齜裂牙碎」。頸子、胳膊、胸膛、腹部全部的肌肉皆糾緊扭結，喉間湧起血腥味混著腎上腺激素的蛋白腐臭味：總而言之，即使在夢中並非拳打毆擊對方，以刀刺進對方柔軟身體，以石塊痛狙對方腦殼，只是痛罵（以「幹……」字開頭的罵句），但那全身關節的極限動員，寒毛直豎，真的像奮力舉拿空心磚、大石塊、鐵蒺藜、實心鉛球、沙袋、汽油桶……各式重物拋擲對方，乃至精疲力盡的一種身體之暴衝、重力拉扯、搏擊……

眞實生活裡我是個壓抑的人，爲何會在夢中出現那麼巨大、劇烈，乃至失控的憤怒？我常在驟然驚醒後對自己夢中那樣暴力化的情緒破洞，感到害怕、迷惑。

譬如今天清晨朦朧中遽坐而醒中斷的那個夢境，請聽我試著追憶描繪……

那是一個大型度假村般的飯店，也許空照鳥瞰其建築外廓，是座像美國五角大廈或北京鳥巢那樣貼平於地表的大基地。因爲置身於飯店大堂，你感到是以接待櫃檯爲中心，向四方輻射的走廊，像梧桐葉脈或掌紋展開著這同一樓層數量龐多的房間。挑高的玻璃纖維拱頂、鏡面般反光的大片花崗石地板，以及參差布局於各角落的椰樹、棕櫚、芭蕉各式大型熱帶植物，或是穿梭在大批湧進（以一團一團旅行社爲單位）住客間，穿著碎花夏威夷衫的服務生，……皆使得這個空間，充滿一種明亮、假期中的身體搖擺，一種無政府、只需要拿著信用卡便可進入的遊戲時光……

夢中你朝著其中一區走廊走去，一群穿著小洋裝的美麗女孩，像在莫內的畫中那樣遠遠近近形成視覺縱深地佇立在電梯旁或紀念品專賣舖的櫥窗外。你立刻領悟她們是這大飯店裡生態一環（或這所謂套裝旅遊中的其中一項「休閒設施」），作爲「假日伴遊女郎」的高級妓女，奇怪她們完全不帶那種暗巷阻街女郎的陰慘、終日不見陽光的蒼白、或某種長期附著男人排泄穢物的枯敗玉蘭花臭味。她們靜默、從容跟著絡繹走過而挑選上其中某位女孩的有錢觀光客們，相偕往走廊裡（深不可測）的房間走進去……

其中一個女孩，穿著薔薇色珍珠緞細肩帶小禮服，在其它女孩（那麼多張美麗的臉，形成一種照眼的撩亂光輝）之間，看見了你，立刻嘟嘴作出一種佯怒的可愛表情，輕跺一下腳，掉頭往走廊裡走，你立刻想起這是在某一個曾經之夢裡，和你纏綿迷醉過的一位「甜美的妓女」，你曾在那近乎恩寵的溫柔幻術後，動了感情，對她作出某種具時間期限的承諾。當然在夢境的迷宮電梯換搭過程，你必然將她遺忘、負棄、失信。

你立刻越過其它女孩，追上去。而夢中那拎著小禮服裙裾、踩著高跟鞋，佯作生氣的可愛女孩（那種在她姐妹淘前，終於可以演出這一幕，「我說我的男人一定會出現」並且「我可以像小公主對他任性鬧脾氣」的追逐戲碼，讓她和我之間，更瀰散著一種近乎戀人的性張力），往前小碎步走一段距離，還會停下瞥頭看你有沒有追上。似乎在想像的舞台上，等著對戲的男演員做小伏低，說出讓她融化的台詞。

這一段在夢中因為辭窮而快轉跳過，總之那之後你和女孩滾躺在這旅館千百個相同裝潢陳設的房間其中一個房間的地毯上（是啊，為何不在床上？容我解釋，帶那個夢裡，很不幸地，那個房間的床上、沙發上、書桌上、床頭小櫃上，甚至電視上，不知為何堆滿了一些舊書、報紙包住的鋸子、蘋果木箱、舊皮鞋、油布遮雨篷、綑成束的木條……這些雜物，那使我有一種和這女孩在別人的工具間做愛的印象），女孩年輕的身體，有一種在昏濛暗影中會割傷你的尖銳感。夢中最美妙的時刻出現了：你把你右手的手指，像彈奏尼龍弦吉它的輪指顫音指法，沿著她緊繃柔滑的大腿內側上移，撥開那盈滿清新甘露的小褶縫……確實連我在夢裡都為之不安：是否太快了？難道這只是個青少年層次的春夢？這麼快就聚焦在一清晰寫實的性器觸感？原先霧中沼澤般困住你和女孩的濃愁耿耿，悲不能抑，那揮之不去的昔時的哀傷是什麼關鍵之謎，到哪去了？是否訓人對著啜泣迷亂的女孩，貼耳解釋些什麼？為何我會在這許多年後才又出現，這個夢和之前（我不記得了）和她有關的某些夢境（像貼上編碼標籤的某幾個抽屜），之間有何關連？

這時，像為了讓我分心，不讓繼續思索發現那直探女孩美麗私處，那執拗探入的核心其實是一整片虛無，夢中那房門被推開了。……

一個瘦削、下巴滿是鬍渣、一臉倒楣相的男人推門進來，你和女孩爲了不落入更窘的處境，只好繼續保持原本性愛中的纏擁姿勢。男人向你道歉，解決這或是飯店住房管理人員的疏失，讓你和女孩 chick in 這房間的時刻，重疊上其實他還沒 chick out 的房間擁有權時刻，沒錯他是該要退房離開了，但你們看還有這許多東西尚未打包。不然這樣，我們各自兩便，兩位繼續，我則收拾我的東西，收好了我會自行離開，你們就當我不存在好了。……

於是，接下來你和夢中女孩所有貪歡恨短的一切接吻、撫摸、翻滾、啃咬、作戲的呻吟……全處在一種……怎麼說呢……旁邊有人來回走動，拉行李箱的拉鏈、拿起梳妝檯上的花瓶，將衣物從鋼絲衣架上剝下的窸窣聲響，在廁所撳下馬桶沖水鈕的聲音，將廢紙團、空牛奶盒、撕下的禮物包裝玻璃紙全塞進塑膠袋……一種獨自一個人要離開旅店房間前，既煩躁又帶著莫名歡快的如歌的行板……

你絕望地發現女孩開始注意力不集中，你想用意志力拉回這頹勢：「看著我……看著我的眼睛……別理他……他待會就出去了……」但連你自己都感到夢中那原本一團包圍著你和女孩間的魔術快速在消失，更過份的是，男人還牽了個穿短褲黑童軍襪和皮鞋的男孩進到房裡。他們應該是一對父子吧？你聽見男人壓低嗓音訓誡那男孩：別發出聲音……別吵到叔叔和阿姨……這裡現在已經不是我們的房間了……乖乖在一旁待著……

男孩則是聽話地，蹲在距你和女孩相擁處約四、五步的距離，像要讓自己僞裝成博物館的貓頭鷹標本那樣，瞳珠朝天花板直瞪，但臉孔卻對著你們。

不知過了多久，男人打包好行李，帶著那男孩離開了（他沒有跟你們道別，整個過程似乎盡量表演出一種輕手輕腳的默劇動作，連出去後掩上門都輕微地讓你不知他們是何時離開的）。夢裡，終於這一切侵入你們私密房間的混亂、干擾、聲音、人影……都消失而趨於平靜，女孩突然坐起，整理她零亂的衣衫和披散的長髮，原本那濃郁的性氣味和小女人之愛嬌柔媚悉盡散去。她叼起一根菸，並在自己的小提包裡翻找打火機。

「別這樣，來，我們好好講講話。」

不知爲何，在那個夢境的尾端，你突然無比清明地理解：這不是個春夢！而是眞實世界裡無數將你意志徹底擊垮的衰運和不幸，命運惡戲的鬼臉總變成幻影蜃樓侵入你各種形式的夢裡。無論創的創造力編織怎樣的糖果屋遊樂場安全而甜美的房間，它們總有辦法派出特遣人員偷渡進來（譬如那對父子），裝設引信或相反地拆卸掉那原來讓夢幻運轉的重要零件。像你永遠無法防堵的病毒軟體。於是，在夢中，你再次意識到自己是個被無數挫敗吞噬的倒楣鬼，你是個連在夢裡自我創造都無法被愛的可憐鬼。於是你對著那一臉困惑恐懼的甜美妓女，暴怒地吼叫起來……

經濟大蕭條時期的
老人們

那一陣子他像在夢中行走，跟著許仔在高雄、屏東一些只有老人獨守的古厝繞走。他們像某種石化於時間河灘旁的靜默蜥蜴，面無表情、畏光，和世界脫節，苟延殘喘只為看守那些和他們一般形容塌敗的老屋。許仔告訴他，有一間大宅裡的孤獨阿婆，是陳溪湖的孫女，這一房只有她一個女兒。據說旗山一帶整片山、市街都是她的，她父親臨終前囑咐她，好好守著這全部家業，不准被外人謀奪騙去。於是終生未嫁，不識字，腰間始終繫著一大串鑰匙。但逐形老去後根本無能力催收那一整片她的土地上、進占開發者該繳的房租。因為多疑，沒有銀行存摺，沒有僕佣。去年一個月間，歹徒大白天登門而入，將她綁起，把屋裡所有父祖留下的，骨董、清代文魁匾、字畫、雕花屏風，全搬上停在大門口的小卡車。如此三回，就是欺她孤伶伶老太婆根本無力反抗。

他總跟著許仔闖這這些老人的昔日夢境裡。有一對老夫妻在一廢墟古厝以攤車進占，許仔帶他去時，只見老婦佝僂著趴在水桶旁洗豬的內臟，許仔問老灰仔呢？老婦沒有情緒地說：

「去美國迌迌啊啦。」「幾時回來？」「不會回來了。」過了許久，他才意會「去美國」其實是指她老伴過世了。

總有骨董掮客來來去去，想買這些目光呆滯活在死人邊境的老人們的日常傢俱。價格便宜到台北人無法想像，而老人們總心不在焉地拒絕著。

有一次，許仔開著貨車載他到台南縣鄉下一個老人聚落，「長見識」，許仔自己也算個小輩老人，十幾年來沒事便駕小發財在散落各處的荒垣老宅穿弄過戶，腦中像衛星地圖的統點標記著，哪裡有一張礦物彩猶鮮豔如新的繁複雕花床櫺之紅眠床；哪裡有整套南洋硬木八張太師椅配四張几；哪裡有一付絕對可進博物館、清代的華麗雕工神龕（那上頭盤據的龍，雕得栩栩如生，暗室中鱗片如粼粼流動的河流）……這些寶貝分別置放在哪個老人哪個老人的空盪古厝裡，十幾年來許仔沒事便「經過」進去打招呼，半哄半盧，但這幾件寶貝的主人總不肯賣。於是許仔的角色在這些生命最後靜止時光的老人看來，不止是個不死心去了又來的「收骨董的」（大陸那邊叫「刨貨的」）；且幽微的變成一個比他們的兒女還殷勤探訪的老朋友；一個充滿耐心（「這次賣給我啦。」「不賣，不賣。」）笑瞇瞇不強求的，死神的信差。有一天他們總會死去，這些陪伴他們七、八十年的時光蛻物，終會力不從心地流落他人之手，那些老桌椅老菜櫥書櫃藥櫃老眠床，……他們的子孫一定會將之賣掉，與其在那可想像的混亂和無感情中被處理掉，不如就交給這個像痴情男孩那麼甲意它們的「老朋友」……

某一天，說不定這其中一個老仔，會突然鬆口就看破賣了。許仔說。

但那次他們去的第一間老厝，並不順利。那次許仔炫耀性地帶他「長見識」的，是一種烏心木的錢櫃——以前較有規模之老商家放在櫃檯旁的「古代收銀機」，上方有一防盜防搶的錢洞，通常非常沉，小偷想搬一時也很難搬走——那一帶在許仔的記憶衛星地圖有兩個品相好、年代夠、堪稱百年不怕蟲蛀的上等硬木。但他們繞上一小山坡道裡的古厝，發現許仔口中那座魔幻骨董被擱扔在屋外一柴寮篷下，上頭亂堆各種雜物，且有公雞臥在，老木頭錢櫃表面壞蝕得非常嚴重，且一個男子（可能是老人的後生）態度極惡劣，約是怕這兩個騙子把父親本該留給他的寶貝掏走，驅趕他們並說出：「就算放這邊結蟲蛀爛，也不會賣給你們」這樣負氣的話。

第二間則是老街十字街心的一幢古厝，宅院一進走入又一進，深不可測，然屋基木梁壑土磚牆皆頹壞髒亂，黑魅魅沒點燈，老人們愈形衰弱，完全無力掌控這整座父祖留下來的巨大宅邸，任其從每一部分塌陷破漏，最後甚至成爲被這老厝吞食的單薄影子。許仔一路走入，最後在一間有一大灶的廚間，看見一對老夫婦坐在小板凳吃飯（碗裡是稀飯配破布子或醬瓜這類典型老人的簡陋喫食）。

他有一印象：許仔在和老夫妻閒聊亂扯時，老先生始終不說話，黑裡目光灼灼看著他們；老婦則以一種上代女性極優雅良善的氣質，委婉地拒絕。眞的不能賣啦，我兒子說絕不能賣啦，但完全沒有敵意和防禦之張力。

照例他們說那讓我們看看，許仔介紹他說是大學教授，要做研究的，聽說你們這有一只，我帶他來「長見識」。老婦帶他們到一旁的走道，也是堆滿木炭、鹹菜、酒瓶、油漬抹布……各式雜物。許仔卸下那錢櫃上方一掛板，交給他過過手，竟沉得像鐵，裡頭塞滿各式古早年代的五金器具、鐵釘、鐵鉚、虎嘴鉗，覆上一層暗紅粉鏽的鎯頭，說是放在裡頭二十年沒打開過了。許仔從六千起價——這可能是多年來他像老友鬥嘴攻防雙方從沒變過的價碼——八千、九千、一萬，老人始終不說話，老婦則像被調戲的少女，紅著臉卻滿是笑意地重複，不行，不行賣啦，我兒子不准我們賣啦。黯黑裡老人點根菸，幽幽說了句：太便宜了。

許仔突然轉身對他說，教授，這件事你先不要說話，交給我處理就好。走到老人身邊蹲下，也掏根菸點上，像兩個老友在悼念一個將要失去的他們那時代的什麼珍貴事物。從口袋掏出一疊千元鈔，一張一張數，「一萬六。這這樣了。」老人仍喃喃說太便宜了，但下個動作便把那疊鈔票接過，塞進褲子口袋。這時他的心才踏實下來。

再一次，許仔帶他去東港老街，一排舊厝邊間一個老人家，老人和一群老者坐在院落下棋。許仔似乎也被視為他們其中的一個。老人是這裡執業四十年的老中醫，已退休十幾年了，之前舖裡一些檜木藥櫥、候診椅都已被許仔掏走，但院落裡有四張「孔雀椅」（一種高腳圓凳加上如孔雀尾翼扇弧靠背的輕便木椅），這種日本時代木椅在骨董店並不稀罕，但四張雕工完全一樣的成套，就難得了，且那椅背的弧拱非常美。許仔盧了半天，老人願把其中三張賣給他們，另一張說要留著自己坐，坐了一輩子，習慣了，怎麼說也不肯賣。

除了那三張椅，他還買了一只搗爛瘡藥膏的石臼。回來後心中怎麼就放不下，始終惦記著唯一落單的那一張椅。下一個週末，他跟去骨董店用較高價格買了一張外形近似的孔雀椅，自個兒開車尋去東港那古厝。提著椅子進門問老人說：「那如果我拿一張同款的椅給你換，坐起來感覺一樣，好不好？」

老人漆黑的眼睛露出孩子的畏怯，看著他小聲說：「許仔從來不會逼我。」

他突然氣弱，放下椅子，和老人對坐著，溫柔地說：「我不會逼你啦，你不肯就算啦。」和老人聊了一整下午，老人說他祖父、父親，兩代都是漢醫，那時是師徒制，他從小聰明，同件拿囝仔書借他翻，他快速翻過，馬上可以背整本書，一字不露，還可倒著背，祖父發現這孩子聰明，便不讓他上公校，留在家裡習醫，丟兩本醫書給他，要他兩個月弄熟，他一天就背起來了。祖父抽考他，比家中那些蹭了五、六年的青年學徒還精熟。後來就眞的傳衣缽給這神童了。

「啊那你智商定很高。」他對老人說。

老人茫然地回答，我哥哥是中研院院士，台灣蛇毒專家李鎭源下來就是他了。我從小被說聰明，一世人除了這些藥經醫經，別的事都不知道。太平洋戰爭時，他在大鵬灣管全台灣水上飛機起飛准許的印章。戰後他本來到高雄獨立開業，也闖出名聲，那時準備好好打天下，也買了山坡地置產。結果他妻子突然死了，兩人都不到三十歲，於是收了店，回到東港，接父親的藥舖，在此替人看病近五十年。七十二歲那年，他覺得夠了，他不想再用腦子了。這一生這樣用腦替人斷症開藥，可以了。便關門不再看病了。

那張椅子，老人說，是我這樣渾渾噩噩過了一世人，剩下唯一一件五十年前的東西。我每天看著它，可以一點一滴回想一些從前的事。

經濟大蕭條時期的貓

從那大學後門走出的百公尺長窄仄小徑，兩側全是鉛皮或塑膠波浪瓦的小店家，賣紅豆餅的、炸雞排的、魷魚羹、大碗剉冰、滾滾冒煙的甜不辣鐵皮湯桶……。年輕男孩女孩疾行交錯穿過，像古早年代吸吊在教室天花板的大扇葉鐵風扇刷刷帶過，既層疊又單薄。這些大學生用他們無感性的身影，快速地穿插過彼此，你難免眼花撩亂。反倒是地面上趴伏著幾隻肥得像小豬的土狗——黑黃花白，想是店家用廚餘餿水隨意餵養，才會如此遲緩不畏人——像溪澗激流中的石塊，成爲快速人潮剪影腳下唯一的定標物。有一次你和一個哥們到大陸杭州，回程搭的士赴機場時，車窗外景物高速往後甩，一眨眼見一大塊頭狗屍側躺路中，想是誤闖橫穿過農田的高速公路的狼犬。那的士師傅把方向盤的手一陣晃，回頭哀歎不已，以爲和你一般對那死於非命的華麗神物不忍，不想卻說出一串：「可惜啊，要不是載你們兩位，我就把車停路邊，把它拖回家去，燉了就是一大鍋……」

哥們問：「師傅，你們杭州人吃狗肉啊？」

「吃啊，怎麼不吃？狗肉好吃啊……」突然無限神往，像年輕時無女人經驗聽那些閱女甚眾者講起女人之妙處，那種難以言喻，甘願用生命其它所有美好事物以交換之的仙境：「吃過狗肉，什麼牛肉羊肉，都不算是肉了。那個肥潤甜美，那個香……你只要吃過一次，馬上變饞蟲，囫圇咬著連沾到狗肉香馥的自己舌頭一不小心都會吞下去……」

「但偌大一個杭州，哪來那麼多狗讓你們吃？莫不成像養豬戶那樣專門圈養著？」那幅畫面光是想像就覺得像科幻片，一間寮舍裡挨擠著成千上百隻亂吠的「肉犬」，它們不被當作各自獨立能與主人建立情感認同的「有靈魂之個體」（如你追憶逝水年華不同時光養過不同的狗：各有名字，各自不同性格，會撒嬌、吃醋、像戀人用身體磨蹭你，喜歡你挑弄它的頭頸身軀、凝視你的眼神似乎你是獨一無二的），而變成肯德基農場裡雞隻，只是一整片會走動的雞翅和雞腿……

「誰會去圈養？都是郊區那些農家養的狗，每家每戶養著看門的，每到冬天的時候，他們就要把狗拴好在自家裡，因為就有專業的偷狗賊，神出鬼沒到各家去毒狗——那都是劇毒欸，狗嘴碰一下登時斃命，四隻腳伸得直挺挺的……」

「唉噁那狗吃了劇毒，人還敢吃？」「怎麼不吃？」像對這個笨問題詫異極了：「沒事的，我都吃咧，那毒都在牙齒唄，或者是殺狗的把胃囊給摘了就沒事了。他們說天上龍肉，地下驢肉……真正的仙品，是狗肉啊……狗肉好吃哪……」

* * *

走進一間用夾板隔成許多單位學生宿舍的公寓，似乎是你學生時代曾短暫賃租過的某一個住處，手中拿著一把舊昔鑰匙，上頭布滿水鏽像電影道具，你插進其中一只喇叭鎖將房門打開（是了）。霉暗陰濕像修道院或療養院的囚禁小室。有一張鑄鐵床和一架鐵書櫥、一張矮几，其餘空無一物。似乎從你離開後這房間便不曾進住新的主人，將你年輕時陰鬱孤獨的空氣封印凍結至今，你將筆記電腦展開在矮几上，插上電源，用屏幕的藍光作爲這暗室的人工光源（頭上的吸頂罩燈完全不亮）。一種近二十年時光完全白費、全部歸零的疲憊傾湧而上，你記起你在那個年紀，在這個房間，離群索居想「寫出偉大作品」的誓願，當然這一切要從頭開始的這個茫然想法幾乎將你擊倒。太累了。不可能。你不可能重來一次那樣的人生。

這時一個女孩敲門後推門進來，你認出她來，那是當年住在隔壁的女室友，似乎一直沒搬走賃租在這幢大學生公寓，所以年紀應與你相當算中年女人了。但或因個子矮小，留大學生直髮，且仍帶有和這房間一般封禁靜止光陰，無有與外頭世界流通的枯索氣味，所以你感覺她還是個「女孩」。

女孩非常興奮你終於回來了，似乎她一直不敢搬走，就是爲了留守在此等你回來把一件什麼重要訊息傳遞給你。你和她的關係很像舊昔郵電局或稅捐處布滿灰塵的檔案室裡，戴著黑色袖套的老職員，要把各式繁瑣的歸檔工作交接給新來的工讀生。你對她既厭憎卻又產生一種柔弱的依賴之情。她長相平庸，嘴唇卻塗了油濕的唇蜜，那清淡的香味立刻滲進這房間腐爛落葉堆的霉味裡，對你形成一種奇異的刺激。你感覺她是個善良的女人，似乎你當初留了什麼爛帳拍拍屁股就走了，害她被困在這裡，此刻她急著交接完要離開（她的行李早就打包好堆在自己房裡），所以說話急促難掩一種心情之輕快，卻又不時問你「要不要喝咖啡？」「記不記得浴室的熱水器怎麼使用？」

她離開後你坐在鐵床沿吸菸。突然聽見樓下有人揿汽車喇叭並喊你的名字。你開窗（先拉開那廉價花布窗簾，木頭窗框和木條軌道早已朽爛鬆脫）探身下望，發現似乎是女孩父親的一個矮小老頭，開著一輛奶綠色福斯金龜車來接她。女孩把行李塞上後座，像設計了多年的這一幕，抬頭微笑和你揮手告別，便坐上車離去。

意識到女孩是徹底離開後，你失落且自傷自艾。

視覺如帶鏡頭往樓上院落延伸，發現一群男孩蹲圍著一隻側躺的瘦小黑貓。怎麼了？你心有所感。遂離開房間走下樓去，「這隻黑貓我認得……」差點沒說出「這是我的貓嘛」，你蹲下（男孩們自動挪讓出那個正對著貓咪的主位）用手指撫弄牠瘦嶙嶙的肋排，卻發現小小的身軀上，密麻排列吸附著一枚一枚灰色葡萄乾般的狗蝨子。「這種東西不是狗身上才有嗎？」你在一種噁心並歡快的觸感下，像剝釋迦果的黑粒籽囊那樣，把累累垂掛在小黑貓腹腰處的這種吸血八爪蟲拔下，放地上踩遍，啵地一小圈一小圈鮮血。

拔掉這些充漲宿主鮮血駝背瘤囊比本來身軀大數十倍的醜惡怪物後，你確定小黑貓肚腹兩側到背的皮膚狀態非常糟，整片脫毛起皺粉紅色的疥癬。「不行，一定得去看獸醫。」但所有男孩皆靜默無言，似乎無人被你此刻戲劇性誇張的投入演出所感動。畢竟是你當初撿了這隻小貓，遂不負責任地將之遺棄在此，讓牠在這幢公寓暗不見光的某個房間裡自生自滅。牠像夢遊者在排放廚餘與糞污的水溝，或是布滿碎玻璃瓶裂片的牆上孤寂行走。從譴責的情緒在空氣中擴散，也許那只是你自己的想像。

經濟大蕭條時期的讀者

這家按摩店有一種奇異的「昔日時光」的灰黯氣氛，老闆和老闆娘都是胖子，老闆典型那種在薑母鴨店騎樓和兄弟喝得臉紅通通幾塊鼓腫突起像麵包超人那樣的台客，矮、壯、禿頭；老闆娘則胖大得像一大袋馬鈴薯纍在更大袋的麵粉袋堆上，白髮稀薄，細眉眼奇妙地在一種漫畫翻頁的變臉邊緣，笑時敦厚慈悲，不笑時則貪婪殘忍。一個像他們女兒的高瘦女人，也是滿頭白髮。初來時你以爲她是香港人（口音的鼻氣聲極重），幾次後你才確定這三人是一家人，店是他們的，其它進進出出的按摩阿姨只是鐘點工，客人來即電話呼叫，她們騎著機車從附近趕來。

等待的時候，電視播放著大陸搜奇類的節目：一個叫李什麼的（單名，典型大陸名字，李剛？還是李軍？李強？李寧？），會射飛針穿透玻璃的絕技。此人似乎是解放軍中弟兄，攝影機前他穿著迷彩軍裝，瞇眼屏息拿針對著十米遠的一只玻璃水族箱瞄準，旁邊圍著他軍中的同袍。然後他抬手舉臂一個拋射動作，啪，針射穿那玻璃缸壁，水從裂洞小注地噴出。

旁白的男聲模仿 Discovery 的科學腔調，提出種種質疑：以慢速攝影測速儀拍下那根針的飛行秒速，竟如戰鬥機高速掠過之極限，人的手臂不可能甩出這樣的力勁。有沒有造假？會不會是同時暗藏一顆小鋼珠？於是設計出種種模擬測試之實驗，玻璃後綁一顆氣球，看針是否真的穿透；或是由製作單位準備一組縫衣針，不讓他使用自己的針；精密攝影，再將畫面分格重播，檢視那飛閃晃眼的纖毫針光，是如箭矢直線飛行，還是像打圈翻滾的迴力鏢……

這一切皆讓他覺得昏睏欲睡，仰靠的皮革沙發巨大得像回到小時候偷睡在父親的大床上，空氣中飄浮著黃油混著人體皮膚剝落碎屑的，糊糊的腥味，老闆、半老闆娘，和他們那個年紀過大的老奧莉薇女兒，就散坐在他周旁，一起盯著電視。他們之間交流時，總是話少而眼神多，那讓他有一種每每隻身在咖啡屋，四周桌位全是聾啞人的本能不安。似乎他們就在他眼前傳遞交換著他完全不瞭的祕密訊息。他坐在一家三口中間，像一個遠親來訪，但其實是他等候的那位按摩師遲遲不來啊。

就快到了。白髮胖老嫗擠出笑慈祥地對他說。

他記得，前一次來，在那彷彿遠古濛曖時光的昏沌夢境，他如一隻海牛趴在礫石灘上，任女人用肘骨末端在他塗了油的肩胛、背肌，像用銅杓刮挖一桶硬結的冰淇淋，女人如此專注奮力（偶爾她俯身貼近他後腦杓時，他可以聽見她施力時促喘的鼻息），似乎真的可以從他後背的皮膚、肌肉、油脂下，挖出深埋成礦脈的積瘀。似乎生活裡那些抽象的疲憊、傷害、過勞、鬱忿、多餘的情感，會像鐘乳岩筍般結晶成塊狀物，這些不幸的女人在這樣的暗室裡，一塊一塊把它們從你身體出挖出……

這裡的女人年齡普遍偏高，不似那些豪華「養生休閒」小間密室裡穿著翹臀小短裙的蘿麗塔們，沒有一層了城市商品的銀幻光澤或旖旎青春遐想，所以趴在檯子上裸著上身的男客，和用盡全力（似乎這個社會的離析器旋轉殘存最後的身體意象，就是這種古怪的，從全身肢體、關節、肩、腰，將全部的力量消耗殆盡）的女按摩師，恆保持一種近乎莊嚴的靜默。非常安靜，像一個屋子裡，一個女人獨自滴著汗，在麵粉漫起的桌檯上揉麵糰。

那時，女人突然說：「你是個作家對不對？」

他先讓靜默延續著，像有時她們按捏到他小腿經絡上某幾處痛到讓他想哀嚎慘叫的穴點，他都只是拱起肩咬牙忍住，在我們這個時代，這個行業早已缺乏在無心理準備時空被辨認出的虛榮。也許她是從他長期俯坐書桌、痿縮的肌背肌臆猜出他的行業。客人們獨特的職業造成他們身體某個部位的突出或退化……卡車司機、交通警察、老師……

「我先生是你的書迷，你每一期在週刊的文章他都有讀。」

眞的？他說說些什麼。這個情境太滑稽了。他光著上身，剛剛她還跪跨在他腰上用大姆指伸進他穿的那件寬鬆的短褲頭，揉推他的屁股。他的頭埋在那按摩床上方挖的一個圓洞裡，所以他無法（也毋須）作出任何應酬的表情。

「……那是我的……啊啊……好痛……榮幸……」

「眞的，我是在他書桌上看過你一本書，那封面就是你的照片。」

「是……是……啊啊……那麼，妳先生是做什麼的？」

「他過世了。」

啊?這時他差點真的翻身坐起,似乎在無意間聽見別人說起不可告人的祕密或不能承受之悲傷往事時,必須面對面眼睛看眼睛才不至輕佻、侮慢對方。

女人說:「他死了,是癌。我很後悔年輕時不懂事,沒有好好照顧他。」之後像是漂浮於太空船裡的零件、飲料杯、扳手、耳機:他的身體。她的敘述。她先生原是個公務員,離過婚,大她十五歲。典型的高中畢業小妻子沒出過社會,天塌下來有丈夫扛著。他們生了個女兒,後來先生辭了工作,和朋友合夥搞進口一些禮品。但終究不是做生意的料(他太正直、木訥),所有積蓄都賠光,房子也抵押了。

然後天就真的塌了。

後悔年輕時不用功沒多讀點書。後悔沒多學個技能或早些出去做事也有個資歷。先生以前就說她手太平滑,幾乎不見掌紋,沒想到有一天就得靠這雙手出來討生活。

「女兒呢?」

女兒很貼心,念國二,會陪她一起去買化妝品,現在有自己的朋友了,也跟著別人比較愛漂亮了。母親節她們還打扮像姐妹去吃Friday呢,好貴、功課不好也不壞,平常出來幫客人按摩時,就讓女兒去補習班,每天這孩子還會包兩個便當喔,一個她帶,一個我帶……

諸如此類。破碎、遙遠,他並不理解的一個人生。或許是女人自己也如在夢中迷路的某一人生截面。

後來時間就到了。穿好衣服,離開那垂著布簾隔開一床床空檯子的暗室前,他多塞了五百塊小費給她。但那算是什麼呢？「因爲妳先生讀我寫的那些書」嗎？心裡訕訕空空落落的。妳先生有提過他爲什麼會喜歡我的書？他不敢開口。從沒有實體想像過是什麼人在翻讀他那些虛無扭曲的故事。這下遇到一個，卻已經死了。一縷灰揪揪的靈魂，年輕時愛看那些小說家身世：沙林傑、費茲傑羅、福克納、太宰治、張愛玲……自殺的，讓自己像水滴蒸發消失的、迷霧般乖奇身世的……以爲作家就是命定要走進一不見光所在連衣冠塚都不能留的。結果，竟是遇見一個他的讀者的未亡人。兩人在這麼親密卻又悲哀的身體姿勢中，追憶著他。他心裡突然湧起一個念頭，哎如果我中了樂透，一定勻出一大筆錢給這個女人，不讓我的……我的……什麼呢（故人嗎？無緣的讀者嗎？一個身世扁平的短命鬼？）……他的妻女們被這社會巨獸給吞噬輾碎……但隨即覺得自己可笑復可憐。

付了帳，喝下白髮胖老闆娘遞上的一杯深褐色「養肝茶」，鑽出那自動玻璃門。「等一下，先生，」女人追了出來，他停下步，在樓梯間較低幾階處，第一次看清楚她的臉，「您是牡羊座的對不對？我先生曾說你是牡羊座的，和我同樣一個星座呢……」

經濟大蕭條時期的河豚

他說，那個夢像上輩子發生過的，所以醒來時心力交瘁，全身虛脫。

他說，那是在一個廟裡，前殿人山人海，擠在一起的人體形成多股無確定方向的漩流，所有人印堂發黑、一臉虔誠，把火星搖晃的香束舉在頭上，廟方排列在青石磚廣場上的大供桌上，堆疊著錫盤塑膠紅盤盛的廉價餅乾、水果、染紅印的米糕、茉莉或玉蘭這類小白香花、成綑的乾麵線……但堆高雜亂狼籍的像要送進垃圾焚化爐燒一樣。夢裡，他的小情人擠在那些人體洪流裡跟著一起燒香拜拜。他則在廟後的大廚房，看著上百個穿直綴藍布衫的阿婆，手忙腳亂地準備幾十桌的辦桌、大炒鍋、大蒸籠、大鍋煮沸的白煙瀰漫，堆在地上髒水間的爛菜葉、一顆顆帶土的蘿蔔、山藥、一板一板粘停蒼蠅的豆腐……

那時，他說，那時我遇見了K。非常怪地，印象中K是不會來這種阿婆聚集的低俗大拜拜啊，K應該會去的場子，應該是台北那些精英份子會去的打禪七或密宗法王的莊嚴私人道場。我和K據坐在其中一張大圓桌，以那些忙進忙出的阿婆爲背景，K突然告訴我，他上過我那個正在外殿虔誠燒香的小女人。

他說，那個廚房燠熱極了，我和K都滿頭大汗，K一臉蠟黃，我不知道K眼中我是什麼表情？K說，那是許多年前的事了，那是大家玩得最兇的年代。她那時只是個女學生嘛，好像是某某帶來的，本來就是個混亂的夜晚，就上了。而且整個過程是她主動的……

夢中，他發現在這寺廟廚房後面，是一整片海，像是……野柳的海灘，奇岩亂礁。他突然心中瞭悟，之前傳聞中的，他的這個小情人，是個閱男甚眾、關係複雜的桃花女，原來竟是眞的了。夢中他的心臟像是被浸泡在冰庫裡的死灰鉛壺。接下來發生的一系列動作，像是默片，只有海浪拍碎在岩礁上轟轟響的背景音。女人回到他身旁，調皮笑著，都插過香嘍。他不記得在夢裡那像稠蜜流淌的暈糊暗影裡，他是用一件棉被或不知哪找來的破袈裟把她整個人裹起，還是用刀刺殺後，剁成肉醬，包成包子——總之，是一嚴密包裹的意象——丟進那海水中。一開始他還看見那包裹突突掙跳著，後來就沉下去了。

他說，我四顧有沒有人看見，發現：女孩的姐姐和男友，在岸邊焦急的尋人，還有和尙念經超亡招魂之類的陣仗。他面不改色走去和他們說話，心底「我殺人了」這事的實體感，像枯燥的根鬚深扎進蚯蚓蠕動的濕土裡面。

突然，在剛剛拋下女孩包裹的那一帶岩礁，一個似乎是跳海自殺又後悔的女人渾身礫傷地爬上岸，濕淋淋虛弱地說，她在水面下時，看見一旁一個女孩在踢水。像電影鏡頭，大藍包圍的水光裡，死去的靈魂不知自己死亡，仍在奮力掙脫，口中吐著肺囊被徹底擠扁最後的銀色氣泡。他說，我心裡慌慌的。想這麼長的時間她應已死了吧。她姐他們也靠過來張望那另個女孩爬上岸的碎礫灘，那確定是我把她包裹扔下海的正確位置。

這時，像好萊塢什麼《威鯨闖天關》之類的結局，女孩竟然破浪而出，像海豚那樣踢水前。媽啊，他說，在夢裡，我眞正眞正被她頑強的求生意志打敗了。像是我層層封印的油紙、緊縛的繩索、嚴密的包封，她卻猶能掙脫。

這接下來是反高潮，他說，好像是我在極度恐懼與憤怒跳下水，要抱著她壓入水中同歸於盡（她這時已不是人類的形態，像一條力量恁大的海魚，有一種目光茫然的動物性），終於還是被其它人逮捕了。在押解途中，他對身旁的警官說：「看我表演神蹟給你看。」然後地面變成水，他竟就那樣走在水面上，後來走進一屋子，他又讓警官看地面倒影變鏡面可以看見裡面，是米開朗基羅風格的地獄。那警官一恍神，他背後便長出巨大的白羽翅翼，揮翅衝破屋頂逃走了。

好怪的夢。我說。

是啊。

聽過這個怪夢的第二天，我恰帶孩子們到花蓮的七星潭海邊。這一大片鋪滿各種雜駁顏色卵石和碎礫的空闊海灘，我從很多年前就帶他們來此（我記得第一次的畫面，是還沒有小兒子，才一歲剛學會蹣跚步行的大兒子，蹲在那一片石海中撿石頭），他們已經來這個海邊許多次了。一走下公路陡坡，越過耐旱荊棘叢和巨大漂流木，還有當地定置網漁民開大輪子沙灘車在卵石灘上輾過的一條條平行或交錯的車轍陷溝，他們便各自散開成遠遠小小的影子，蹲在那一片如洗，烈日下晶瑩發光的石灘上挑撿他們判定寶石（當然，整個海灘早就沒有一枚貝殼了）。

我在一顆較大的石塊上坐著吸菸，恍恍惚惚想著他告訴我的這個怪夢。眼前每面的藍光，或滿眼延伸到遠方的，像巨大打翻糖果罐的淡彩卵石（它們既是一枚枚獨立的顆粒，卻又挨貼在一塊成為有波浪起伏弧形的整體），全反射著一種妖異的潔白光輝。眼前的空曠海景和昨日他對我歷歷如繪描述的夢境，變成一種暈眩的，視覺暫留的，像對著散戲的空舞台回憶之前上面衣帶翻飄搬演一切情節的關係。被嫉妒之強酸腐蝕而進入殺人的魔界，他把女人包裹起來丟進海裡，海岸上哀哀招魂的親人、明亮而恐怖的大海、最後那讓人心生畏敬的，女人的破浪而出……，簡直是嚇死人的生存意志。這一切，似乎都曾在眼前這片大海和礫石灘上演……

但接下來發生的一個無足輕重的小插曲，打斷了我將眼前海景和他昨日告訴我那個夢中殺人的海景，混淆疊合的錯覺。先是小兒子拎了一只深褐色的物件過來，「爸鼻，你看！」那是一隻河豚的屍體，但刺鬚垂耷，和印象中吹鼓氣刺針扎立漲得像只小鼓的港口賣的河豚標本完全不同，喪氣微閉的眼和枯癟的嘴，竟像剛出生就被扔進水裡淹死的小貓崽。一開始孩子們極興奮在這海灘撿到和那些花崗岩片麻岩輝綠岩千枚岩蛇紋岩綠泥石片岩完全不同的物事（動物屍體吔！），但很快地發現大約方圓五十公尺內，到處是這樣焦枯縮癟的死河豚，有的腐爛而爬滿蟲蛆，有的兩兩併頭湊聚像殉死的戀人，而大部分是那像被砍頭的老人，一臉不耐煩或打噴嚏打不出來的倒楣相……

數量多了以後便變成了一種恐怖景觀。「爲什麼這麼多死河豚在這裡？」小兒子激動地大叫。「是被海嘯沖上岸的嗎？」

一旁一個將幾支拋鉤桿插在礫石灘裡的海釣客笑著說：「沒什麼奇怪的，就是漁民用定置漁網整兜拖上岸的大小魚類，河豚這種小魚是他們不要的，就全挑揀出來扔在海灘上啦。」

「爲什麼不把它們扔回大海呢？那麼近。」

「那是漁民的禁忌吧，捕上岸的魚，不能再扔回海裡去，會遭到噩運再捕不到魚吧……」

「但是……」孩子露出惋惜的表情。

是啊，那個畫面粗暴而悲哀，翻仰著變醜陋屍身形貌的河豚們（原該在海水下銀光閃閃地迴游著），無意義地被扔在卵石灘上曝曬而死，而海距離它們不過十來公尺。

「如果河豚有彈塗魚的腳會爬回海裡就好了。」孩子說。

經濟大蕭條時期的紅包場

年前，我隨貓夫婦跑去西門町一家夜總會看紅包場。說是「夜總會」，其實是在成都路和峨眉街附近一棟棟破舊大樓諸多昏暗凋蔽結滿蛾屍蟲屎的壓克力招牌（不注意看眞的很像重考補習班或當鋪的招牌）中，任選一間名字較輝煌的（「銀河璇宮」）亂鑽進去。那些大樓像菸癮甚重的老人之黃板牙，與其說是時光掏換之衰敗殘跡，毋寧更接近曾遭受某種底層社會的低俗品味狂轟濫炸又無能力修復的遊樂園廢墟。大部分樓層像火災後現場，玻璃窗盡碎，裡面空無一人。這些大樓的樓梯間，灰塵垢積扔滿保麗龍碗、保特瓶罐、檳榔渣、可拋式針頭或保險套……具體而微是一個在時光蠟像館裡屬於「無法銷燬之廢棄物遺跡」一區。

如果建築只是城市某一性格面向的隱喻，但藏身在這些壞毀場景裡其中一層樓的紅包場中，這些人物，則像某種怪誕風化妝舞會嚴格遵守規定的臨時演員。舞台上，穿著銀色綴片錦鯉旗袍的老歌女拿著麥克風唱著〈嘿嘿 taxi，你開往何處？〉舞台燈奼紫嫣紅、迷眩亂轉。偶爾甚至從側邊噴出乾冰。舞池中有一個穿汗衫和西裝褲的老黑狗兄拉著一個身材姣好但臉部和頸部的褶皺藏不住年紀的老女孩跳著快舞。一旁的keyboard手和爵士鼓手戴著墨鏡，像金門王那樣有型。

這一切像闖進某個老人光度不夠但又竭力撐出繁華的夢境裡。所有的一切如此立體，憑良心說每一細節也並不馬虎，鼓手在某些流水快板時飛耍鼓棒甚至像調情讓金屬鈸緣發出輕顫，簡直到讓人眼花撩亂之境；舞台上的女星煙視媚行，手指翻翹充滿韻味，舞池中依偎搖晃的紅男綠女……只是你定睛一細看，畫面中的每一個人物都好老好老了。黑暗觀眾席的咖啡座裡，一個一個花白頭髮的老人，或明顯染過髮、西裝畢挺但眼窩像曬乾牡蠣那樣皺縮，或是標準的「老榮民打扮」：平頭、灰色系夾克、單眼皮、兩頰多肉鼓突……他們在震天價響的老歌加樂團的音箱轟炸下，像坐在公園露天音樂廳的長條椅上，垂耷著頭、手抱胸或插在口袋打鼾。他們互不侵犯，像曬太陽的老蜥蜴靜靜打發各自的暮年。只有在某個年紀明顯較其他歌女輕（其實也至少三十七、八了）故而人緣似乎極佳的女孩登台開唱時，他們才紛紛驚醒，像爭寵的小孩或骨董拍賣會激烈喊價的鉅富，將紅包交給穿梭在座位間的歐巴桑服務生，甚至更騷包一點親自走上舞台前交給那歌星。「忘不了……忘不了……忘不了你的柔情……」

因爲衰老，所以這一切頹靡繁華的夢幻造作如此廉價。女星抓著滿手的紅包袋，裡頭其實盡只是一張一張單薄的百元鈔。空氣中也充滿著一種廉價香水的喪氣味兒。咖啡是甜死人的三合一即溶沖泡咖啡。可回沖的整壺香片，茶渣子漂著油花，貓太太喝了一口，很痛苦地作了個鬼臉。

有一個輪廓很深（當然也上了年紀）、濃妝豔抹卻穿著休閒服的大姊跑來坐在我們這一桌。

我和貓夫婦都有點緊張，畢竟我們不是那些寂寞的老人啊。我支支吾吾試著讓她理解我們只是來看熱鬧的，她不需要來招呼我們。她從容笑了笑，從一只漂亮銀菸盒中打出一根菸挾在手指（我趕忙替她點火）：

「沒關係的，一回生兩回熟，來過一次就會來第二次。我們這兒的客人都是老朋友。」

「我叫香香，你們可以叫我香香姊，」開始打名片，大約是看出我們三人皆非這個夢境中人，她很快進入一種像鄰家阿姨下班後閒聊打屁的放鬆：「我是泰雅族的噢。」「眞的？」

「嗯，我十幾歲就來台北打拚，光唱夜總會就超過三十年了。」實在遇上不會接腔的客人，便一口一口噴煙然後自言自語。「你們看那些老伯伯，都是靠每個月退休俸幾千塊來聽紅包場。我們這裡很便宜的。」

「現在不行了，整個生意都垮下來了。以前還會有別的客人，現在呢，就剩這些老伯伯，人嘛愈來愈少了。」

一個穿服務生西裝背心的歐巴桑走來，提醒香香姊該到後台換裝了。並告訴我們，待會香香姊上去唱時，她會拿紅包袋來，我們這桌的消費總共八百元，只要包超過八百元，待會就不需要算帳，香香姊會幫我們買單。

那時台上唱歌的是一個叫「小夢露」的年輕女孩，她的身高至少一百八，體重絕對有一百二十公斤以上，她穿著一雙白色鑲金釦的長筒馬靴，上身穿的薄紗禮服或因太緊，予人一種女子摔角選手緊身衣的錯覺，相較於巨碩的身體，她的頭顱顯得極小，濃眉妝與立體鼻側影也造成一種男人的嚴厲感。她唱快歌時手指朝台下指著，臉上作出齜牙咧齒的表情。我想若此刻她向在現場所有男子（包括我）叫陣挑戰，可能沒有一個人搏擊得過她。

難道這些窮酸遊樂場最後必然會朝某種畸人馬戲團的幽黯邊界跨越？小夢露唱歌的整個過程，竟然沒有一個人拿紅包上去，這使我有點替她難過。她唱完〈愛的路上我和你〉之後，落落大方地向觀眾介紹：

「接下來，是本公司最性感的山地姑娘，香香。」

老實說，我被之前坐在台下看起來和家族裡某個上年紀阿姨無異的香香姊，盛裝後在台上的巨星丰采著著實實嚇了一跳。她把自己打扮得像埃及豔后，金光閃閃，斜鬢入雲。她的嗓子也比之前的歌者要渾厚磁性，充滿靈魂，她唱著一首我沒聽過的日本老歌，不騙你，我真的差點被那歌聲感動落淚呢。

服務生來收紅包時，我們狡猾地將一張一千元換成一落百元鈔，那樣可以扇形張開從紅包袋口露出。我感覺到這個紅包場裡原本只屬於老人和過氣女歌星的神祕場所，慢慢地、慢慢地，像預知我的老年紀事，那樣舒愜親切地打開。

經濟大蕭條時期的

泳池

夏季結束了，暑假常帶孩子們去的那間室內游泳池突然空空盪盪，水道裡只剩一、兩老者緩緩地，像忘了被收走的某種電池玩具海豚，定速來回巡游著，偶爾是那些空閒下來的救生員，像豪華快艇下水試車，躍入水中幾趟來回炫技意味強過自我練習那樣地，高速而流暢的自由式，或是蝶式（他們的動作真是漂亮），便裹著毛巾上岸了。

我菸癮極重，常一趟來回，便靠著池壁猛喘。不過這個夏天倒是稍掌握了蛙泳的划水節奏與手腳協調。某些時刻，意外地進入那個，藍光的水底世界，耳朵說不清是失聰抑或變得極度靈敏的狀態：水的聲音。划水時水流從耳際兩側晃動而過的聲音。一種錯幻成形狀或類似極光那種其實是視覺的弧形印象。全然的孤獨。踢腿、划水、踢腿、划水……

後來發現那一池藍光晃搖的水，是因池底鋪著藍色的小瓷磚。

那個靜默，聽覺卻異常靈敏的世界，你可以聽見水，包圍住你的水，被擠壓、切開、撥動、搖擺時的神祕音響。像深海潛艇的聲納，像鯨魚的心跳。

年輕時讀過一本大江健三郎的小說《聽雨樹的女人》，奇怪的是裡頭有一段關於游泳池的描寫，或許是當時一字一字抄讀過了，至今仍清楚記得那個畫面。今天把舊書翻出來，發現原來記錯了，原來是主角在海裡兩道突堤之間的水面往返地游：

「……再遠遠地游離岸邊，來了又去，去了又回來。游著游著，心裡頭不住地湧出一股莫名的、單純卻強烈的無處發洩的憤怒。這是一直到今天黎明時分一再反覆著來的，因一再從夢中驚醒而呈段落的、連續的噩夢、類似一種徹底的無力感的睡眠，以及因這種欲睡難眠的狀態一再反覆而疲乏般揮走不了的一種憤怒。逐漸地，嘴裡頭也有了一種鐵一般的味道，卻不是鹽水味。這是憤怒的味道。我只想游著。像是半潛隱在海水之中（如果能長久潛隱著，那當然最好），被鯊魚追趕著似地游著……

「……父親在虛歲五十的那一年，在一個冬天的半夜裡突然撐起上半身，發出一聲充滿了憤怒的聲音而死，他這一聲喊，令睡在他身旁的母親打心底起哆嗦個不止，以後幾乎一直都爲之睡不安枕。身爲他兒子的我，如今也幾乎就要庸庸碌碌地過掉半輩子，說來可憐，不是一樣也只能做做憤怒之聲而已？……然而這樣子瑣碎而不休不止的胡思亂想到了最後也漸漸地令腦子裡變得木然而空洞，在那寬約五十公尺的兩道突堤之間，我自己早變成一團憤怒的化身，不歇息地來回游了又游……」

這段描寫竟完全是我這兩天獨自在泳池中划水潛游的心情。前一陣子，和一位相交十年的老友，因爲某件其實我仍不是十分瞭解其中謎霧莊園究竟怎麼回事的事件，絕交了。我發現失去這個朋友對我造成的傷痛超出原來的想像。在我原來的認知，我和這傢伙實在太瞭解彼此了，我們之間因知道對方的人格意志而始終保持一種武士之間的澹泊互信。所謂「與朋友交，十年不見，聞謗而不信」。他也是難得我在一群朋友間，說些自嘲自謔的屁笑話時，極度聰明臉在第一瞬間便咧開笑容的……

我發現我在那靜謐藍光的泳池水下，重複著撥水、蹬腿，抬頭出水含一口空氣，再下水潛游的動作時，腦海中全專注地構思想像中和這傢伙之間的辯難、解釋和迷惑的提問。那有時完全無意識自己肢體的動作，而在那可以看見隔壁水道對面游來一個像海獅、戴著蛙鏡的屍白身體老人的明亮水底，在這種平日不可能出現在陸地行走時光的人體狀態（像飛行、懸浮在那樣的怪異姿勢），腦海裡全專注於一種極清晰的憤怒。

這些年，幾乎每一年，總會在我意料之外冒出一件，或兩件，這種令我猝然不及反應的傷害，而那似乎變成一種咒詛，我慢慢理解會隨著我帶進墳墓。即是：我終將變成一個孤獨的人。眼前的朋友，無論曾如何交心，曾如何嬉笑怒罵，在初始時如何寶愛珍惜對方，最終總會在生命的某一時刻，像荒謬劇一樣傷害、出拳毆擊對方，然後形同陌路。

就像這個假日結束後的清冷泳池，一旁噴著水療湧泉的小熱水池，或是一旁供人沖淋的蓮蓬頭，這些安靜迴游的老人們，游一段落後，便掙爬上岸獨自浸泡或沖淋。有一個和善的老人在我靠岸喘氣（天啊，眞想打根菸來抽）時，在一旁翻起蛙鏡拔出耳塞和我聊起天來。不外乎是詢問我有幾個小孩，在哪高就之類的。我苦笑地向他解釋我之所以這樣每游一趟便喘個不停，乃因我一天抽兩包菸之故。他像隻好脾氣的海豹，鼓勵了兩句後又戴上蛙鏡鑽進水裡，重複那平和緩慢，彷彿不會停止的來回巡游。

經濟大蕭條時期的夜

某一個夜晚，我與N從那暗巷的pub走出，其時兩人皆已六、七分醉，腳步踉蹌、口齒模糊。巷口的計程車像無人遊樂場的雲霄飛車，安靜停泊在軌道旁等著我們拉開門就座。這很像某一支香港旅遊的廣告：「整座城市是一個大的遊樂場。」仙女棒、小丑、繽紛的氣球、彈躍出水面的海豚、繁華如夢的城市夜空的煙火……只不過原本該是慢動作特寫小孩無邪笑容瞳孔映著霓虹燈曳光的臉孔，換成了兩張虛無且自我厭棄的臉。口袋裡的菸包已被捏癟，巷子角落有人頭抵著牆嘔吐，且剛才離開前我的外套衣角不慎掃倒桌上啤酒瓶弄得滿桌白沫酒水，原本笑嘻嘻的老闆以爲是醉客發酒瘋鬧事，緊張地湊近過來……

「怎麼樣，再續攤吧？」

N告訴我，有另一掛朋友在另一處等他，我一道過去坐坐，喝兩杯，坐不住了，不必管他，自己走人。

實在是太寂寞了嗎，我便醉醺醺地隨N走進一家KTV的大包廂裡。後來才意識到那是人家的一個小學同學會之類的聚會。裡頭的哥兒們差不多也全喝掛了，玻璃長几上杯盤狼藉，菸灰缸裡豎插滿了吸飽水的菸蒂，酒瓶排列如西洋棋子列陣混局……。房間裡所有的人全親愛地咒罵著N：「不夠意思，現在才來！」「媽的等我喝掛了唱啞了才來痛宰，這人心機重！」「快來快來，先罰酒，再罰歌……」

N也完全一改先前陰鬱頹靡的模樣，像小學生開心傻笑，和每一個傢伙擁抱、互捶，打菸點火……。可能N是這群老友裡的靈魂人物吧，大家全搶著拉他去坐自己那區的沙發。我突然焦慮起來自己是否不該冒然闖進N私密的、時光倒流的昔日夢境。

有一個傢伙大約是喝醉了，端著酒杯坐在我身旁，眼睛直直盯著（老實說我年輕時面對這種醉鬼的經驗是：他們會在說了一串玄奧又挑釁的話語之後，下一刻把臉部所有孔洞淌出的體液糊得你肩部的衣服全是）：「小兄弟，看著我，小兄弟，」我看著他。「你告訴我，你爲什麼在這兒？」我說我也不知道吔。他說：「你以爲我不知道嗎？N這個傢伙今天帶你來，就是要你幫他擋酒的對不對？」我說啊誤會絕對是誤會，我酒量爆爛的，我只是之前和他喝酒，以爲是續攤跟著跑來，我不知道你們是這樣一個聚會，N要找擋酒的絕不會找我這種咖……，但他不讓我說完：「我只是要讓你知道：今天晚上，你是沒辦法幫N擋的啦，你知道四行倉庫吧？我們今天是非把這老小子弄翻不可……」然後他告訴我，他和電視上的哪些名嘴，哪些教授都非常熟云云。

其實，這一切和我年輕時對著想像中摹繪的一張「有一天我要變成一個像太宰治那樣的惡漢作家」之草圖如此相同，沒有意外。N拿著麥克風唱著：「看不完紅男綠女，喝不盡醉人醇酒……」有兩個傢伙牽著女孩跳起狐步慢舞。老哥兒們相互嗆聲耍帥，說些慓狠的話，杯觥交錯，公杯注酒，用小夾夾冰塊，胡亂敬酒，點的歌卻全是痛徹心腑像用嚎叫那樣扭曲臉孔唱著。三、四哥兒們挨坐著蹺腳噴煙，把身材姣好的年輕女孩們晾在一旁，她們全一臉無聊至極的表情（這些老男人！這些聽都沒聽過的老歌！）。

有一個西裝筆挺戴細框眼鏡的傢伙來向我敬酒，感覺上他較其他人斯文許多，打了名片上頭是某某電子大廠的研發主任，身旁那個拚酒狂對我說：「這小子你要和他喝一杯，他是我們裡面最傑出的，台大電機博士噢……」敲杯，一乾而盡，突然露出一個說不出是嘲弄或抱歉的微笑。

那張臉突然讓我想起一個遺忘許久的朋友。

那是我國中時的死黨徐。我曾在之前的文章追憶過那個「被放錯實驗室」的悲慘時光，全班皆菁英，只有我是廢材。奇怪的是在那個以教室座位作為班上成績之階級劃分的教室裡，座位總是被排在最中間那排第三、四個位置的徐，卻和永遠坐在教室後門邊那個「流放椅」的我，成為摯友。他是我少年時代的啓蒙者，人格、心智皆遠較我早熟，某些時候我和他的關係就像華生醫生與福爾摩斯。我總懵懵懂懂跟在他後面，在那些放學後的漫遊時光看著他表演一個過度聰明的腦袋如何向大人世界挑釁以驗證自己的力量。他跑去教會和神父爭辯，去圍棋社向那些老頭子單挑，在暗巷裡對著勒索我們的囝仔眼睛對視讓對方摸摸鼻子離開（後來他告訴我他在訓練自己「如何摧毀對方之意志」），苦練司諾克在撞球店挑戰那些有自己球杆的阿兵哥……，那些「自我操練」對我這樣一個渾渾噩噩的平庸少年看來，完全不解有何必要。徐的家境不好，父親是郵差。記憶裡只有在幾次那樣小鎮街道巷弄的漫遊冒險時光結束後，我們會在鎮公所前一位老伯的攤子前買烤玉蜀黍，在那站著等候老闆用毛刷一層層將沙茶醬與豬油塗抹在那些乾焦黑黃的玉米顆粒的時光，徐的臉上，才會浮現一種較接近我們那樣年齡該有的，少年的嘴饞與期盼……

在那個KTV的包箱裡，突然將我攫住的記憶，就在那小鎮黃昏的街道旁，鐵架下的炭火讓白煙與火星飄浮升空的燥爽氣味，以及那毛刷的鬃鬚在滋滋冒油的焦包穀浮凸顆粒上來回刮刷的細微特寫。

如同所有的童年往事，那之後，我們終將和自己最親愛的同伴在人生岔口分道揚鑣。徐如同那個年代菁英者會走的電動扶梯，台大電機博士，台積電技術經理。回憶中最後一次和他以少年形貌僞充大人闖進其實很多年後我們自然得經歷的場景，是某一次我們倆穿著自以爲像大人的模樣（好像是牛仔褲加運動外套），混進一場在鎮公所辦桌的陌生人婚禮白吃白喝。我們跑去坐在新娘親友桌，同桌的大人們互相勸菜敬酒，敬到我們時，徐低聲在我耳邊說：「穩住，不要耍寶，不要傻笑。」他怡然自若地和對方攀談。宴席結束散場時，他還和門口棒著糖盤送客的新郎新娘握手，說兩句祝福的話……

幾年前（那時我的經濟狀況極困窘），有一天我回家，妻說之前有一個我的朋友來拜訪，她請他留下等我他也不肯，留下一包東西和一封信便匆匆走了。妻打開那包東西，赫然發現是一大疊鈔票。我狐疑地拆了信，原來是幾十年不見的徐，遣詞用字仍像少年印象那樣超齡（在我終於變成一個中年人後，他卻像個父執輩的老人了）：

「……這些年總在一些地方讀到你的文章，我不知道你算不算是個重要的作家，究竟我對你們那一行不甚瞭解。但我想有一天你會寫出個什麼了不起的作品吧……」

經濟大蕭條時期的網咖

我的朋友S說有一次她去中和看醫生（她的右手大姆指莫名其妙得了近似扳機指的怪病，疼痛不已，無法用力。拖了兩個月，看遍中西醫，針灸、推拿、復健，甚至類固醇針也注射了總不見好），結束後覺得疲憊不已，要回到住處還得經過一番漫長車程。恰好在一片混亂的街景中，在彩券行、修機車店、幼稚園、小西藥房之間看見一個暗窄樓梯，一旁掛著「漫畫網咖」的小招牌，她突然不想回家，便決定走進這陌生之境的網咖看幾本漫畫再說。

結果那家店極怪異，燈光很黯，沒什麼人，仔細看有幾個流浪漢般的男人趴睡在關機的電腦桌前。空氣中有一股尿騷味混合類似紫藥水雙氧水那種保健室的刺鼻怪味。四周書架上確一格一格塞滿漫畫，但總有一種難以言喻之破敗感。她挑了間包廂，結果那暗黑小隔間裡的沙發破綻露絮，電腦也是舊式大肚子機器，最誇張的，是螢幕上竟積了一層褐色煙油。說起來有點像《神隱少女》剛開場，闖進某間本來是間香火衰頽之破土地公廟，因爲對人間繁華的欣羨好奇，又困陷於低階神祇法術總不到位，或神界的魔術排場跟人間資本主義薪資與權力位階成正比相同，於是擬造出這間彷彿隔著煙熏玻璃看去的黯淡灰濛漫畫網咖。

我告訴S說，我亦曾在某次出國前夕，因爲等人之時間空檔拉著一只行李箱走進永和一家「正常」的網咖。那個時間鐘面暫被喊停，什麼正經事也不能做的垃圾時光，在那一整室頭髮染金染紅臉廓猶如用細鉛筆素描般一筆劃到底的少年郎之間，桌面矗立著一面一面銀色冷光材質之液晶螢幕，上面光彩炫目繁花簇放著一個個超現實夢境：殺戮的、煙硝火燄爆炸的、中古武士盔甲罩身用巨大鐵劍或銅鎚把陰慘鬼卒們砍砸成屍骸碎裂橫飛的，衝鋒槍濫射街景上一切物事：停放車輛、消防栓、商家櫥窗、垃圾桶，無辜行人或流浪貓狗……周邊一櫃檯上排放著一只只潔白的免洗塑膠杯，裡頭放著泡水衛生紙，一旁放著一柄用綿繩繫住之剪刀，讓這些黑眼眶的幽靈男孩們在杯沿剪個三角缺口，權充菸灰缸之置菸架，四周噴灑著紅色檳榔汁與渣子。廁所自然是穢臭不已。

如此廉價（連只眞的菸灰缸都捨不得放）的青春場景，這些年輕孩子們卻臉上被濡染著螢幕潑出的夢幻藍紫光，他們像昏睡的蜥蜴縮成一團窩在那兒，只有腕部與食指關節和眼球中心之瞳孔在細微的運動。彷彿在更長的時間計數單位後，他們的臉孔、腳底、肩胛、背腰、臀部……會緩緩長出榕樹的鬚根，成爲一個巨大集體夢之墳場的末端。我，一個提著行李箱的怪叔叔，置身在他們中間，像一群再也無法孵化蛻變成成蟲的死蛹，像原本可以進入以理解那支配他們的巨大夢核心究竟是如何光景的入口，被淤塞長滿骯髒的灰藻，再也進不去了……

那種陌生孤寂之感。因爲殺時間，等待的暫停時刻，闖進我們這年紀不再會進入之結界。

S說，但那不是我想做的。

S說，她父親從她很小的時候便因眼睛受傷而近乎半盲。但因要批貨擺攤，仍然開著一台小發財在公路緩慢行駛。當然她母親總會坐在駕駛座旁充當觀看路況的眼睛。但她總無法想像她父親是在眼中所見什麼樣的一種模糊光影中，固執地操控著那台機器前進。她小時候父親會叫她去眼科抄那些上下左右的視力測試表回來背，爲了去考駕照。但因那些圖表，有時是字母C有時是字母E，考了許多次皆過不了第一關，但最後居然就給他考過了。

有一次她父親，和母親駕著車，在夜間公路行駛，或實在太暗了，也許是她母親在兩三秒內一個呵欠恍神，當她看見馬路中仳著一個人形黑影的瞬刻，他們的車已壓過了他。黯夜中的恐懼與慌亂（以及他父親由車體的顚盪歪斜及妻子一旁低聲驚呼，知道自己壓到人了的茫然翻白的眼），使他們不確定那是突然衝出的醉漢或本就躺在馬路中間的醉漢。咯楞一下，他們的車已停在趴臥的一具人體之前。他們翻那人（如果不是死者，這樣被一噸半小發財輾過，裡頭的肋骨或腸肚腎臟之類的器官行囊袋應也壓碎或壓爆了吧？）身上的證件，打電話給他的家人，同時叫一一〇救護車。這時一陣撲鼻的酒精味和那人非常超現實發出巨大的鼾聲讓這一對老實夫妻安心不少。結果是那醉漢的家人趕在救護車到達前趕到，且非常怪異地拒絕將他送醫急救，僅收下她父親塞過去身上的二千元鈔票，便將人扛上車比他們更像肇事者急急駛離那空荒的公路現場。

這是怎麼一回事呢？S說，那間破敗得古怪的漫畫網咖，讓她想起她父親近乎半盲，卻仍這樣駕車在公路上行駛了幾十年的這件事。他還會把車開上高速公路呢。而唯一聽過的一次意外就是那個輾過路中央醉漢的詭異之夜，而且最後什麼事也沒有。在我們這個國家，應該有不少類似的祕境，本來無論如何都不應存在或成立吧？但它們就是孤寂地、任性地，除非你偶然闖進不然永遠不會發現地，在那兒靜地運轉著。譬如說，我告訴S，結果那個晚上，我和我的行李箱（哎它本該出現的場景，應是在另一個國度機場入關的行李輸送帶上，和其他的不同牌子硬殼或帆布的行李箱挨擠著像迴轉壽司或黑膠唱盤在圍繞的一臉孤寂的旅客們的面前重複繞圈圈），一直沒等到原該出現的那傢伙。於是我在那間網咖待了一夜。我抽比那些青少年好一點點的菸，天亮後我去附近找了一間便宜的小賓館，沒讓我家人知道其實那之後的一禮拜我根本待在國內，並沒有前往那個我研究了好幾天自助旅行指南的陌生國度。

經濟大蕭條時期的流浪者之歌

在往新竹的慢車上，W告訴我過去十年他各式各樣的打工史。他幹過編劇、殯葬社禮儀師、酒店少爺、賭博電玩店假客人、快遞、直銷、西洋經典老歌套裝DVD推銷員……，種種種種。W是個溫暖厚實的傢伙，所以他在描述這些讓我艷羨不已的經驗細節時，總少了一種炫奇誇耀者追憶昔時場景的打光和立體感。無有大驚小怪，對我的激凸追問（天啊我實在太嫉妒曾目睹過那些拼組起來就是我們這時代這城市的馬賽克彩色小瓷磚鑲嵌畫之怪奇行業的那雙眼睛了），總一臉茫然，一副「這個年代，大家不都這樣過來的嗎？」之神情。

講到電玩店，先說起之前在西門町武昌街一整排魷魚羹店其中一家打工，店裡一位師傅，住店裡吃店裡（真的每天吃魷魚羹），單身一人，無有其它嗜好，每月初領薪水兩萬五，當天下午立刻進附近「7PK8連珠」電玩店把錢輸光，然後身無分文過接下來一整個月。後來他到電玩店當假客人，就是老闆開機器一萬塊讓他們坐在那裡把分數打光，輸贏都是假的，主要是讓客人覺得這店裡人氣極旺，每台機器都搶搶滾乒乓嘩啦響，如此一天工資五百元。在那裡遇到許多怪客人，確實在那段時光造成他對金錢的價値產生一種超現實的折光與扭曲。譬如有一個客人，衣冠楚楚，談吐優雅，好像是一個有點名氣企業的老闆，每晚九點進來，永遠拿兩萬塊開機，然後把它輸光，無有情緒的離開，快則半小時，有時拉到大獎，他會繼續拗下去，最後還是輸光爲止，這樣就弄得比較晚。但好像每天進來把這兩萬塊扔進機器裡嘩啦嘩啦洗掉，才像儀式完成平靜離開。但仔細一算，每天固定兩萬塊，扣去週末週日，一個月等於有四十萬花在這件事上。完全不知道那後面的意義是什麼。

只有一個客人，有一天頭罩護頸腳裹石膏坐輪椅進來，說是被車撞了，拿到理賠三十萬，結果一個下午就全輸光了。另有把錢輸光拿房子銀行貸款跑來賭，老婆拉著婆婆進來，拿拖把就在店裡全武行追逐毆打的。

老闆偶爾會拿幾千塊，叫他們去別家店開機「刺探軍情」。

至於酒店少爺（他是在林森北路其中一間上班）的經歷，他也講得像是在那種日本洋食店作色彩鮮豔、栩栩如生的蠟製牛排、蛋包飯、薯條、青花菜、親子丼的工藝程序。小姐們粉臂酥胸，臉上妝畫得幻美如夢，包廂裡各人不同牌子的香水如看不見的調酒師把空氣混成一種稠膩的霧陣。但等打烊時燈光亮起，全部淒厲像鬼片。有一位店裡的大姊，平時化了妝，雖知有一定年紀，但極高雅風流，輕聲細語，穿著旗袍身材也好。老客人喜歡點她，喝醉了亂摸，她也會極女性化溫柔地把他們手拿開。有一天假日，他在附近街道逛，一個老婦輕聲細語喊他，他看著素顏拿著菜籃的老太太，竟失禮地恍惚了近三十秒才認出是她。

另一些情節則似曾相識（幾乎所有關於酒女的故事必然會有的橋段）：被客人灌得爛醉的

小姐，他攙扶癱軟的她回到分租給四個不同酒店上班小姐的隔間公寓。女孩摟住他痛哭失聲，他安撫她，扶她吐在馬桶，拍她的背任她胡言亂語，哄她睡著，然後全身而退。主要是公寓隔間裡的狹窄、昏暗、髒亂、空氣污濁令他印象深刻。

但下一個禮拜，回到店裡（他說「公司」）上班時，女孩又艷妝成那群性感玩物裡的一個，無靈魂地在包廂裡讓客人挑選、摟抱、噴菸、灌酒。偶爾兩人相遇，像陌生人一樣。表情冰冷，像那個晚上發生之事並不存在般。

對這一切，W的感想是：「這世界上什麼樣千奇百怪的人都有。」

W小我約五歲，勉強算與我同一世代之人，所經歷的這二十年來台灣政治、經濟、社會的變化，回憶中可以援引的重大事件、電視節目、廣告、流行音樂、麥可喬丹的NBA、呂明賜李居明的中華隊、屁笑話……幾乎都覆蓋在同一溫度與色調的時光截面。因之我或更驚異珍惜他說出的這些、貯存在他的記憶體裡的，他曾目睹的我們這個世代的「追憶逝水年華」。那似乎不是前輩們的故事裡，那些物質匱乏年代奮鬥打拚的懷舊黑白片。城市街景以遠大於我們少年經驗好幾百倍的規格張展拉高，繽紛迷離，裡頭塞滿了不知從哪搬移來的，迷幻閃亮的各色人等。我們像惡童在其間流浪、冒險、迷惑地學習那些像核污染海面色彩鮮艷魚屍般的，被排泄塞擠在城市邊緣死角的零餘者的故事。有時確實在講述和聆聽這些故事時，面孔晦暗不知這些經驗對「人類精神文明之提升」有何意義？W說他曾和另兩個朋友，到北京待三個月。前兩個月住在製作人家，日夜趕工合寫一三十集的連續劇劇本，分了錢之後一個月在那城市四處晃遊把它花光。兩手空空回來。那樣的一趟有何意義？W說：認識各種人吧。劇組的人、大小牌明星、群眾演員、騙子、流氓，所謂「京漂」的各省流浪至此回不去的傻B夢想者……

這陣子搭計程車，和運匠哈啦攀談難免總從灰灰惘惘的經濟大蕭條扯起。但我偶爾會驚嚇於其中某一兩位，眞是「經驗的巨獸」卻微服隱藏在這城市孤獨地開車。有一次一位頭髮銀絲亮的運匠老兄告訴我，他結婚時名下有四棟房子，他老婆有六棟房子，後來被不同的朋友各倒了三千萬和一千多萬，自己的房子全沒了，老婆的房子也賣了三棟。他們離婚十年，他只等把小孩撫養到大學畢業，便要自由單飛尋找第二春（他不斷說：「我對不起我老婆。」）。他說他現在把了一個馬子，嫁到日本又離婚回來，非常漂亮（「女兒在日本有星探要找去當歌星，你看有多漂亮。」）。他不敢給這女朋友知道他在開計程車賺零用金，接送還是開他的老賓士。他說他和朋友合組一個公司，是向營建署申請一張牌照（「光這張牌就要一億。」），可以挖海砂，然後他們用獨家引進的臭氧技術洗這些海砂，就可以變成建築用砂。那個運轉起來，一天是二、三十萬進帳。他說他就是在說服這個日本回來的女友拿錢投資。我說那你罩得住她嗎？他說她佩服得我要命，我從前是能請一桌酒席，全桌十個警局分局長，我辦活動一台遊覽車四十個退休中學校長喔，我以前請花旗那些經理副理喝酒，一個晚上十瓶XO把他們全放倒，周遊我還跟她打個牌喝酒是老朋友……

我總是被這些故事迷得搔首撓腮，可惜目的地總太早就到，像我們這時代聽故事的宿命，那樣硬生生被截斷。

輯二 晃走的城市

夜遊神

搬進城裡已好幾年。奇妙的是勾動我想起此事，恰是因這些天乍暖還涼，忽豔陽光照一如盛夏，忽又陰霾蕭索的天色。春雨綿綿，我打傘糊里糊塗走在人行磚上，皮鞋的縫綻竟然進水。

那正是那時搬離鄉下，住進城裡公寓時的氣候。街景樹影像吸水過飽的水彩畫紙。其實塵土不興，空氣中充滿著一種一整年只有這段時光才有，行道樹們從葉片、樹木、樹皮整體騷動不能安靜的氣味。

偶然在朋友的文章曾見提到我，寫道：「……城裡來的朋友」如何如何，一個回神，才想起自己確實已是「城裡人」了。

那是怎樣的一回事呢？孩子讀了城裡的小學（這也是當初遷就學區而倉卒搬家的原因）；每禮拜總有幾天時間一到，便拎著大袋小袋垃圾，從公寓四樓奔下，混身在巷子裡各拎一藍膠袋的主婦、少年、老人和印尼幫傭越南幫傭們，擠向停在定點的垃圾車，像籃球禁區身體卡位的拔起投射一樣（有時用勾射），把胖鼓鼓的一袋廢物扔進那金屬輾壓攪碎的怪獸之嘴……

偶爾可以在哄小獸上床後，騎著妻的淑女腳踏車出門，穿過夜色中閃黃燈的和平東路，在擠滿叼著酒瓶的老外和濃妝辣妹的pub入口騎樓鎖車，到樓上的「漫畫王」和我的漫畫達人朋友討教，現場想到啥特殊畫風啥有點意思的，直接從櫃架上整落抽出……

偶爾有多年好友從南部上來，可以夜間出門喝兩杯，然後像想像中的日本惡漢作家醉醺醺地搭短距計程車回家，在寂靜闃黑中掏出鑰匙插進鎖孔……

「住在城裡」，或意味著，可以，在某一神祕瞬刻，發現只有自己一人，走在空盪盪的夜間街道上。

有時或遇一二頭髮糾結如灰麻繩的流浪漢，一身行囊保特瓶罐塑膠袋布陣四周，縮睡在郵局自動提款機的騎樓凹影裡。

也有過一次經過一間燈光妖幻像廣告運鏡的光潔7-eleven門口，一個理著美國海軍平頭的女孩，醉醺醺，滿臉淚水，罵著三字經，吆喝著收銀檯裡，穿紅罩衫制服，也是剃平頭，但白白淨淨小圓框眼鏡和尙臉的另一個女孩出來。自動門賓蹦賓蹦開了又關。我發現除了我作爲第三者遠遠旁觀，整間發光的便利商店及外頭地磚上還殘餘燒烤店潑出海產污水腥味的走廊，俱空無一人。那使得罵人的和低頭不睬的兩人，像在小劇場舞台上一樣悲哀又純淨。

也有過一次，和友人喝酒畢，約半夜兩三點，暈恍恍快步走在冷風撲面的城市馬路上，一些夜班計程車像巡游魚缸底沙的鼠魚，緩緩跟在我身後，直到我揮揮手才換檔加速離去。經過一座電話亭，暗影裡一個風姿綽約的女人，噴著菸，躁鬱地撥號。然後，用撕破喉嚨讓整條街聽見的音量，對著聽筒大吼：「蕭×強，你欠我錢。我操你媽的××——」我吃了一驚，酒整個嚇醒，甚至還丟臉地在電話亭邊顚絆了一下。女人掛上電話，把一整口菸用最大肺活量吞吸進丹田，然後和這狀態非常不協調地對我嫣然一笑。

幾年前，曾幫一位導演發展一個劇本的故事大綱（當然後來這個劇本是流產了），他的男主角是一個在某次重大災難痛失摯愛之人後，便得了失眠症的憂鬱傢伙。爲了要處理這樣一個睡不著之人，如何打發那一個個在城市裡不眠的漫漫長夜，我想了許多「一個百無聊賴在入夜城市可能的活動」：跑去 fight club 當人肉沙包；在百貨公司樓下空蕪的投幣式投籃機百無聊賴地投籃；找工具撬開自動販賣機挖裡面的易開罐飲料；翻進小學校園把教室所有的椅子以一種支點平衡的方式倒立在每一張課桌上；甚至（爲了視覺效果）放火燒路邊的某一個鋁皮垃圾桶；天亮前跑去一間全聚擠著菲傭的教堂，淚流滿面和她們一起跪著祈禱……

這些那些。

後來我發現那全是移植於某一些小說或電影之閱讀（譬如卜洛克的小說？或年輕時讀的安部公房《燃燒的地圖》？），關於一個夜間城市的樣貌，或是一座城市的靜夜之夢。一個酒精中毒的流浪漢，在街角撿到了一個有著天使心腸的混身惡臭的女孩（或是失憶症的女孩？或是被人蛇用毒品控制的阻街女郎？或是一個殺了她父親而心智崩潰的女流浪漢？）……或者，如那位導演在原故事構想中，作爲救贖者的女主角（她治好了那男人的失眠症）：一個嗜睡症患者，一個整天待在擠滿那些LV、Prada、Gucci、香奈兒、Hermes動物皮革氣味之名牌包墳塚的五、六坪大小二手包店的女孩。到了夜間，她就像仙度娜拉關上鐵捲門，為了心愛的眞品（對，該死的超A仿冒品）盛裝到夜店當公主……

這些其實不是我搬進城裡後，在夜間遊蕩時可能看見的。有一陣子我非常好奇一個奇幻景觀：那是我每週一、三、五黃昏帶小孩去上英文班後所見，在新生南路、信義路交叉口那一帶街區，無論是往鼎泰豐金石堂那一方向的騎樓，或是斜對角一間隔著一間櫥窗裡停放著不同廠牌休旅車的展售場景，總是在黑壓壓的人群中，魔幻不眞地走著兩兩一雙，美麗高得像機器人的俄羅斯少女。這些女孩，牝鹿般的小頭顱和身形的比例，不可思議地全是日系漫畫裡的九頭身，臉孔精緻立體得讓人目奪神搖。肌膚似雪。耳垂、肩膀下巴、脖子……每一處細節的弧形皆優美如一個瘋魔燒瓷家手下的極品瓷瓶。她們是從哪冒出來的呢？我被弄得迷惑不已。以我的直覺，這些女孩身上的氣氛，絕無一絲絲所謂「金絲貓大舉侵台」那種跨國妓女的風塵味，也無一絲絲混pub的老外或美語班打工老外的調調。她們甚至帶著一種科幻電影裡，來自未來更進化人造人的器質性和疏離氛圍。我甚至想像：這些高、眼珠像綠寶石稜切折光一樣的美麗魔物，在維修的輸送帶上，那漂亮頭顱下的切口，露出的是一叢叢發出金黃光澤的金屬管線……

流浪漢

我曾讀過一本小說，講一個瀕死老婦和一位闖入她住屋的流浪漢的故事。小說的結尾，那位老婦要求流浪漢「時候到了的時候」幫助她死。那是一個無比孤獨的故事，老婦始終在叨叨自語，全世界的人都遺棄她了，最後她在路邊撿到這個睡在紙箱上、渾身尿騷味，腳趾甲蜷曲發黃像牛角的流浪漢。他是她的信差，死神的使者，用他發臭長癬的身體擁抱她枯萎老婦身體裡那個渴望回到少女時期被母親擁抱的靈魂。

她問他為何不願洗澡。他說他恐懼滅頂。他曾是船員，有一次他們的船觸礁了，在混亂中他的手指夾進放救生筏的吊臂滑輪裡，被輾斷了。他和另外幾個人在海上漂浮，直到被經過的船隻救起。

他再也不願出海了。

小說中一個最不重要的段落：「有一天，在卸貨的時候，他們聞到某種惡臭，打開了貨櫃，發現裡面有個男人的屍體，一個偷渡客，在藏身的地方活活餓死。」

我總在異國城市旅次途中的不眠之夜，發著抖，想念我的那座，可以夜遊的城市。冰冷的街角，兀自發著冷光的自動販賣機，玻璃小櫥窗裡頭一罐一罐咖啡或啤酒，打著黃色強光、引擎發出轟隆巨響的掃街車、臉容豔麗的酒女，像有一台隱形的攝影機在對街跟著拍攝，以絕對可以特寫的強烈表情和讓人心碎的身體姿勢，走到人行道邊，半彎腰嘔吐著，從街燈的光輝處迅即俯衝下一隻烏鴉，啄食著她吐出的醬色穢物。

你總是幻想：夜遊是你闖入了一座城市的夢境裡：清空的街道，街口的閃黃燈，冰冷櫥窗裡靈魂被吸走而成為死物的名牌包，白光流洩而出的 7-eleven 。……多像遊樂場裡的歡樂屋恐怖屋。反覆幾個空洞動作的機械傀儡，用蠟像和機關偽冒一個宛然如真的世界。於是同時和你出現在這個夢境場景中的人物，便被你視為和你一樣受了詛咒，在全城人皆熟睡在他們保險箱小屜般一格格安全的公寓裡時，他們和你，卻得如機械玩偶上了發條，在那闇黑之夢裡四處遊走，慢半拍地擺動身體關節，保持住那個城市夢境的遊樂場氣息。

那些流浪漢。

有一個夏日夜晚，我在中國西部邊陲的一座城市裡，在火車站的四周，擠滿了像蟻窩上踩踏著同類身軀搖晃觸鬚躁亂攢動的生物。他們全被擋在高柵欄鐵門外，伸頭探腦看著月台上傳說中首次要開上海拔五千多公尺的高原火車。後來我聽說這火車站附近是那座城市最亂的一帶，偷拐搶騙、娼妓、賣毒品的，從鄉下來城裡被扒走了路費於是像河中找替死鬼晃蕩等著扒人錢之茫然遊魂，或是乞丐、逃兵、把自己老婆卸成八塊的殺人犯……。那時已近午夜，但城市上方的天空仍是一片灰白（那就是所謂的「白夜」吧）。我跟著人群擠上一座跨架在鐵道上方的天橋，發現那些抓著鐵絲籠格往下眺望的、推著腳踏車讓另一人站上椅墊上可以有制高點的、臂膀挨擠著臂膀的、臉色陰沉眼光帶著一種對闖入者狐疑警戒意味的、喝醉的……他們身上全帶有一種……怎麼說呢，我記憶中在我的城裡應是深夜孤獨睡在便利超商外的壓扁紙箱上的、遊民的尿騷味。那種髮垢、體臭、腋膻混合著衣服久沒清洗與隨身珍藏的發餿食物的濃郁酸味，甚至他們牽著的騾馬的糞便，在我的城市是一首獨奏，在那座天橋上卻是一種流浪者體臭的大合唱。它們層層包覆，把各自的臭味編織成一個整體。

只有我一人，不帶氣味地突兀置身其中，被他們包圍著，那是一座尚未現代化，尚未將流浪漢自他們的群體切割，孤立出來的城市，他們頭戴著小白圓帽，像吉普賽人在天橋上用小鐵鍋舉炊、搭帳篷，用水壺的黃濁水洗頭洗臉、骯髒的婦人們用她的乳房哺餵她們骯髒的嬰孩，他們甚至在這擁擠的、半空中的聚落裡，交易著他們自城市他處拾荒或扒來的瑞士刀、壞手錶、過期罐頭、鞋、帽子、女人的絲襪、小孩的練習本、香菸……。我記得火車開動的時候，他們集體靜默著，但喉頭發出一種興奮的、動物性的「咯咯」聲響。那個煙囪噴出的煤煙，飄上來蓋住了天橋上的這一切雜遝氣味，像某種宗教滌淨，像某種祝福。

我總對我的朋友說：「我要去當流浪漢了。」

我總是說：「其實我是個流浪漢。」

但那或只是一種對自己置身其中，與自己過度相似的群體的一種煩膩與叛逃。什麼是流浪漢？在我的城市裡，流浪漢其實可以摸進開著冷氣的麥當勞或丹堤咖啡，使用它們潔淨無比的廁所，或拿起人們離去時剩在桌上的半杯拿鐵咖啡慢慢啜飲……

但他們是那麼的孤單。

也許在那個夢境裡，我們把流浪漢想像成緩慢爬在五彩藏密堆繡上的跳蚤；或者像一座古生物群化石塚那些架叉的恐龍骨骸上爬行的一隻螞蟻；或像溫德斯電影《慾望之翼》那個可以聽見全城之人內心恐懼、慾望、哀愁、孤獨之聲音的天使。相對於城市那亂針刺繡將所有人之時間與回憶密織成一旋轉螺旋或八寶塔圖，流浪漢的時間恰是那單一的、不被縫進的、最小計量單位的時間。

他自己的時間。他自己的回憶。

有一次我和妻子吵架，那時我萬念俱灰，自己一人跑出門在深夜的台北街頭躁鬱疾走。我穿過那條白日時擠滿日本觀光客的美食小街，夜裡它的柏油路面卻被商家潑出的洗鍋水弄得又甜又腥又臭。我坐在一個渾身衣物像用拖把布條拼綴起來的流浪漢旁吸菸，突然想起這些年來，我那些一個接著一個自殺的創作同輩。

「是不是該輪到我了？」

那時在心裡賭咒，在這半夜兩點，如果有人打手機給我，那我就再抽根菸便回家睡覺。如果沒有，表示這世界並無我這人存在的必要，我就去上吊在前頭巷口的那棵榕樹上。這時手機鈴聲響了——卻出現了一個非常滑稽的畫面——我和身旁的那個達摩流浪漢，同一瞬皆跳起往自己的懷裡掏手機——結果竟然是他的電話，他拿出一隻摩托羅拉××型的，煞有其事地掀開手機蓋，接聽了電話。（原來我的鈴聲和他一樣啊。）

他壓低了聲音（流浪漢還有不可告人的祕密？）說：「……………」

你救了我。我心裡想。或許像那些古老的傳說，不肖的後人受到父親生前所積陰德的庇蔭，這或是某個與父親有交情的土地神，在關鍵時刻斷了我的妄念。曾幾何時，我變成這座城市晾蓋在它櫥窗檐角一整列無人會順手牽羊的玻璃風鈴？我會在街道的光塵中看著那些刻意讓自己長期處於飢餓狀態的美麗女孩，她們短裙下如牝鹿般細長的瘦腿，但我卻會注意到她們手中提的LV皮包，回頭像鑑賞家般對妻子說：「仿的。超A。」孩子們和他們的同學競相收集便利超商滿七十七元贈送的不同皮卡丘花色或英文單字磁鐵，我會一次買兩條菸，讓他們像軍火商之子，一次撈了滿把的戰利品。我的一位年輕時的哥們（他是個絕頂聰明的傢伙），做生意不可思議地順利，某一個場合被一位長輩要求（是的，不是邀請）參加一個既像祕密聚會又像「哥老會」的團體，經過了嚴格的資料審查（包括財力證明、身家調查，有沒有前科或跳票紀錄）以及每位會員的口試答詢（他們共十八個人，全是五十歲以上的歐吉桑生意人），終於「邀請」他加入他們的團體。

「參加之後到底要做什麼？」我問他。

「沒什麼，就是每個星期天早晨，每位會員一定要穿著正式，到圓山飯店吃早餐，吃早餐之前，大家還要站在餐桌前唱國歌和會歌噢。」

那個夜裡，我抽著菸（我打了一根給身旁那位假裝成流浪漢的土地公），想著這一切。所有人害怕變成流浪漢。害怕一失足掉入那個被這城市驅逐，不允許有他的群體的飄泊與孤獨。

馬路邊的天使

在和平東路溫州街口對面的人行道，有一幢荒廢的日式房舍，它的左手邊是擎天矗立、新蓋好的SRC鋼骨大樓，右手邊是挨擠著裱畫店、機車行、豆漿大王，一間黑烏烏的、有點古怪的老米店……的舊式騎樓。是以日式房舍前那一片有點突兀的，因爲周邊地貌皆隨城市快速變貌被時間的嘴鬚蠶食，獨有它靜止不變，而奇幻地像一座平坦孤島在那懸著。

那一片紅磚道孤島恰也是一排公車站牌的候車處。每天黃昏又是三輛大小黃漆垃圾車併靠於此，讓暗影朦朧的婦人、退休老人、菲傭、印傭，像拋沙包大賽此起彼落朝著轟轟巨響刺眼強光的機器怪嘴投擲垃圾袋。

日式房舍的外牆堊土，表面風化成一層混著霉苔的粉灰，牆內露出的植物，有茶樹、桂花、矮椰子、鬚榕、七里香，靠牆濃蔭掩出的是一株老藤壓枝的九重葛。這些植物，都有一定年歲，幹皮皴皺，枝葉布滿久佇馬路旁必然的一層塵土，但株株都有一種「久經日月精華」的妖靈之氣。

對了，這片「人行道孤島」地景的對面，馬路另一邊的溫州街口，即是鼎鼎有名的蘿蔔絲餅小攤。我在這一帶住了兩年，幾乎每天，不論白天、正午、傍晚，每回經過，總見排隊的人龍從街口串延到騎樓一邊，誇張時可以拖長個一百多米。但是在這一頭，那片浮島般的紅磚空地，有一個削瘦的中年人就著一輛古怪的改裝攤車賣現煮咖啡，生意就乏人問津了。

那輛攤車介於高爾夫球車與殘障人士電動馬達輪椅之間，或者有點像大賣場員工盤貨時省腿力駕駛的電動小車的二分之一縮小版。體積非常小，他在那極小空間挨擠著玻璃器皿瓶瓶罐罐間以精密動作進行著舀咖啡粉、放濾紙，將壺嘴噴氣的壓力壺裡的滾水倒進放了一支金屬溫度計的量杯，再以手腕的迴旋舞蹈注入滴漏咖啡壺，白煙瀰漫中，很像是從一只不可能的小皮箱，像藤蔓冒出變魔術那樣把「本來該是一間偌大的咖啡屋」裡的繁複工序，在街頭表演起來。

我每天早晨送完小孩上學，一定來此跟他買一杯咖啡。咖啡非常專業，像Starbucks、西雅圖甚至丹堤這些讓味蕾層次消失的連鎖咖啡屋占領大街小巷之前，衡陽路、西門町、台大巷弄或是南京東路上一些極考究的咖啡店煮出來的專業咖啡。價格便宜得讓人想哭：藍山一杯六十元（唯一遺憾是用紙杯盛），曼特寧、爪哇、曼巴、哥斯大黎加黃金豆咖啡一杯四十。

我認識一位長輩友人，少年時住在韓國，他現在是一家蠻有規模的公司的老闆了。但有一次他告訴我：國中時他在韓國念寄宿學校，那時韓國普遍極窮（比當時的台灣還窮）。青春期的孩子抽身子，整天肚餓嘴饞，永遠吃不飽。那時最高檔的享受是，翻出牆向校外美軍黑人買偷盜出來的美軍配給便當，其實裡頭全是罐頭和乾糧餅乾，還有巧克力，即使這樣，還是可以分成A餐、B餐、C餐。運氣最好是C餐，配的是牛肉罐頭。但你永遠不知道好不容易存夠的錢會買到哪一種。有時到市集，一個老婦把幾根已經黑掉爛掉的香蕉也拿出來賣，還貴得要命。他們也乖乖的買，覺得爛香蕉是全世界最奢侈的食物，啃完蕉肉，還用舌頭來完舔香蕉內皮上的白色棉狀物。宿舍裡學長偷學弟的東西，有一次他被偷火了，也跑去偷室友的置物櫃，糊里糊塗偷了支派克鋼筆。拿去黑市賣，居然賣了二百韓幣，這可現時變成一個闊佬。跑去小店喫了一碗拉麵，那可是覺得自己混身上下的部位都配不上自己那根嘗到富人滋味的富人舌頭。

他說，他永遠記得一個人，那是個韓國人，在學校後牆外開了一個麵攤，賣拉麵（其實就是一碗用煮的生力麵啦），熱騰騰的，上頭打個雞蛋，那個美滋味——賽過魚翅鮮鮑。窮學生翻牆出去，饞昏了，眼露凶光，褲袋翻出像大腿側也長出兩條發白的舌頭。沒有錢，先掛帳。等學期結束回家騙錢，返校時再結。其實全是一筆糊塗帳，似乎沒有人眞正把前帳結清過。那一碗碗熱呼呼湯花帶油的麵絲滋潤暖化了那群不幸少年的肚腸。錢則欠了又欠。

他說：「我一直相信這個男人一定是上帝的化身，打扮成個賣拉麵的販子，救贖我們這些餓昏的少年。」

那個煮咖啡的男人，同樣讓我猜疑是另一個面貌的上帝的化身。

他不只是街景。

我住的巷子，可能和台北市任何一處社區一樣，極難找到停車位，偶爾開車出去，回家時便像那種設定了路線記憶的機器鼠，反覆在相同區塊的巷弄裡緩緩梭繞，有時可以在那繞上快一小時仍遇不上有車離開吐出停車格，這樣我便會放棄，去停在一處高樓間凹缺的柏油空地，一小時六十元的收費停車場。

這個停車場原是採無人管理榮譽繳費式，入口處牆邊釘了一只小木箱，箱腹放著一疊疊可登記車牌、進出時刻的小紙卡，散放著一些迴紋針和廉價原子筆。但大約是人們總將車自由進出而不理睬那只投錢箱，不久後停車場出現了一個阿婆管理員。但她的算數實在不好，人又夾纏，有幾次我停車預繳了錢，領車時她又氣勢洶洶地重要一次停車費，弄得很不愉快。把車開走時還會看見她氣急敗壞追著拍打其他車輛的窗子要錢……

後來又換了一個婦人，可能是阿婆的媳婦。年紀約四十上下，臉瘦而黑，兩眼帶著笑意，眼角笑紋如水波。她的收費較阿婆寬鬆許多，總一副與世無爭的樣子。幾次我停車，見她戴著袖套和養樂多阿姨帽，一個人坐在一張摺疊鐵椅上看書，上頭的枯黃麵包樹葉啪啪墜落，也渾然不覺，繳費時發現她讀的是一本紫微斗數的書。「哦，妳在研究這個啊？」「沒有啦，待在這無聊，就翻翻書多學一些，我之前有和老師學喔。」

「你也懂？」拿出一張摺了幾摺的命盤，打開，「那你幫我看看這張盤，是朋友的……」很快我發現她的專業知識遠勝過我的三腳貓半仙程度，但我像小學生在柑仔店遇見陌生同齡者，拿出甲蟲對戰卡或神奇寶貝卡，湊著頭討論那棋格上的戰鬥指數、絕招、特殊狀況……種種神祕的術語，黃昏如暗金之沙，將我們周圍的城市景色整個覆蓋。

裝成熊的男人

天冷，血管內的血液像放進冰箱冷藏室的瓶裝蜂蜜，你幾乎可以感覺走在街道上這個身體裡的流動物變緩、變稠、變得不那麼效率把氧分子攜帶到露出禦寒衣物外的各末端。成日昏昏沉沉、毫無動力，睡眠時間變多變長，連坐在書桌前看書，也常睡得書頁上一灘口水。

當然可能是鬱症復發，總是一些不快樂的消息。

久未連絡的X君，通電話時說，已和妻子分居一段時日。他們沒有小孩，夫妻各自有穩定的收入，貸款的公寓裡堆著X的書和收藏品，還有兩隻乾淨、無味到讓人遺忘其為動物的貓。X君說，獨居的時光，時間的規律消失了，變得無比自由，想吃才吃，日夜顛倒，常一整天不出門，沒和別人講一句話，垃圾也忘了去丟。這一陣天冷，突然整個人跌進他以為這輩子不會再犯的重度憂鬱。常一個人縮在屋裡哭泣。酗酒。他發明了一種將威士忌冰在冷凍庫再拿出來喝的方式。他說，那很怪，酒不會結冰，卻變成一種像果凍像麥芽糖的滑軟稠膠，含在口裡，像小時候吃京都念慈庵川貝枇杷膏。忘了那是酒，貪嘴一口嚥下再一口，糊里糊塗就醉翻了……

S君也和小他十來歲的小馬子分手。這幾年S玩得很凶，幾次朋友聚會帶來的女伴都不同（雖然我也學會了不動聲色對不同類型、外貌、年紀的女孩們，嫂子嫂子喊得親熱）。那個女孩算是較穩定長久的一位，眼睛大大的像S的小女人狐疑地找不到我們這些老傢伙的葷笑話之笑點何在。結果還是分了。據說是某一次兩人相偕到東京自由行，單身漢近二十年的S第一次和另一個人擠在日本那小得像電話亭的旅館房間裡，兩人的行李箱並排攤開各自的換洗內衣褲，且擠在床上找不到一舒愜坐姿看電視。S才意識到：這就是我們之後關係繼續發展，必須在一起生活的模式嗎？女孩已到了一務實規畫「結婚」這件事的年紀。於是回台灣後兩人便分手。

聖誕夜那週他獨自跑了趟香港。原來去找一位舊情人（如今是可以分享各自情緒，可以傾吐心事的好友），但只一起吃了頓飯，對方便道歉必須和男友去過節。S說這些年他處理感情，總像一位業餘的天文學愛好者，當對著天文望遠鏡盯著那永遠令人訝異迷惑的星空奇景時，他總能提醒自己不要過於耽溺影響他的事業。這次的分手也全在掌控之下（他是個有教養的人，可以把分手處理得溫柔且讓對方有尊嚴），不想還是重創內傷。

S說，所以記得，在分手情傷時效內，千萬不要自己一人跑去陌生的城市。你會有一種幻覺，以爲疏離可以讓自己抽離出對慣性的依戀或傷害。其實完全相反。也許恰好因爲香港的耶誕夜特別有一種「節慶群體強迫症」。街上紅男綠女，彷彿全城的人都跑出來把所有的歡娛、哀傷、夢境、欲望、末世恐懼……全蒸騰著體味酒精和香水混成一個亂烘烘的整體。他擠在遊街的人群裡，形單影隻，無處可去，更意識到自己是異鄉人。後來終於崩潰，一個人在那繁華街景中不停流淚。

至於L君，婚後外遇不斷，他的妻子則變成一個層次遠超出徵信社而臻於FBI之專業藝境的抓猴高手——說不出是誰訓練誰或誰的動物本能激發了另一人的諜對諜天賦，他們簡直像史密斯先生與史密斯太太——她可以像犯罪現場鑑識小組查他車座椅上殘留的毛髮、衣服的氣味、並且找人查他手機通聯紀錄、另一個女人的手機通聯紀錄、撬開辦公室的鎖查到另一支手機的電話帳單……。「問題是她不曉得，我最愛的還是她。我們整天討論離婚，她以為我捨不得的是小孩，其實我捨不得的是她。」

反問。他知道她愛算命（他想到自己把一個開朗的美人兒弄成一個對生命慌亂迷惑的迷信婦人，就忍不住心痛），特別跑去掛號她常去的一位算命仙，多塞了一萬塊給對方，想知道她到底想要什麼？她腦袋裡到底在煩什麼？她知道些什麼？

「沒想到那瞎子算命仙說，我命裡合該有上億財產，妻賢子貴，但千萬不能離婚，一離開這女人，一切如夢幻泡影，下場可能變拾荒老人。我心裡想：哇拷，不會吧，她連我會摸來找這算命的探情報都先算到了？這瞎子該不會先被她買通了……」

我們都是四十歲以上的男人了。但各自的感情困境真像《慾望城市》的劇本一樣混亂忙碌。似乎不論你最初選擇結婚、不婚、生孩子、不生孩子、對另一半守貞、或貪歡縱慾，有一個穿著黑斗篷的不祥人物都等在轉角——那似乎是死神提前現身——扼住你的脖子，不讓你斷氣，但提醒你：不論你要什麼障眼法，還是難逃「其實你終究是孤單一個人活在你自己的眞實裡」這一噩夢。剩下的時光只是餘生了。

有一次，幾個男人一起聊天扯屁，ㄩ突然說起小時候偷看父親藏在床頭櫃裡的A片錄影帶（不是DVD哦）。他說其中有一卷歐洲的關於「人獸交」的讓他印象深刻。ㄩ說得隱晦且混亂，我們聽他描述那A片情節，完全無法感受到色情或變態，只覺得超現實，滑稽近乎默片。他說那個帶子的畫質很差，仔細想想也許不是A片，而是一部藝術電影。他說那故事是關於在一座法國古堡裡，有一匹白馬在某個月夜被僕人牽進來，所有女人都因激情而昏倒。劇情追查下去（爲何這裡面的女人都有人獸戀的傾向？），原來這個家族在一百多年前，她們的先祖是位女伯爵，曾和一隻熊「人獸交」。但因爲那支A片拍攝的年代很早，可能尚未有影像合成的技術，所以當劇情演到最關鍵，本片最色情底牌的「人獸交」場面時，那隻熊很明顯是一個人像遊樂場發糖果給小朋友的工讀生，戴著假的熊頭罩，穿著熊毛皮連身衣，和女人嘿咻。

我們其他人聽了這個故事，全笑翻了。又有點感傷。似乎那一團混亂的畫面裡，那畫質粗糙光點跳閃的貧窮年代，那個穿戴了一身熊毛的男人，有某種妄想超越凡人境界卻終究破綻百出的悲哀元素，和我們連結著。

算命

有一天，ㄑ替我排西洋星座命盤，對著一張像航海羅盤圖的紙說：「你的冥王星落在第一宮，海王星和月亮落在第四宮，月亮又是天蠍。是否你的原生家庭是你內心極大的負擔與纏困？」

我說還好吔。說起來我比較像我家人的負擔。

ㄑ說，那意味著，你的原生家庭，曾發生過什麼不願讓外人知道的祕密，那個祕密是你們一家人不願去觸及的禁忌。那像是迷園裡的濃霧把你的童年、青春期皆陷困在一種恍惚或不真實的氣氛，也影響了你成年後和真實人生打交道的種種不順利、脫序、甚至混亂……那個祕密，像懸絲把你們變成皮影戲傀偶，影影幢幢，而你又被屏幕後搖晃的光源深深吸引……

我對ㄑ說，妳說的深深觸及我心底的一個幽微的按鈕。回憶如燈影蛾翅，枯葉紛飛，彷彿在被禁錮的、昏暗無光的長廊盡頭，真的有一樁我強迫自己遺忘的家族哀傷往事。但那只是我的想像，或者說是願望罷了……我其實生在一個，並無太多傳奇或祕密的家庭。在我幻想自己將成爲一個不凡小說家的青年時期，甚至常常哀嘆啊我的身世實在太平淡無奇太沒有那些偉大作家如螺旋窄梯般扭曲與縱深的童年了。

譬如說：父親的暴力；哀美如詩的兄妹亂倫；被偷換過的血親關係；或是，像阿莫多瓦著迷的原型：一個不貞的，惑亂於自己情慾的母親；或者是，家裡某一個成員的自殺……這些駭麗瑰奇的故事郵票，沒有一枚可以夾進我的家族集郵冊裡。我的母親是我父親的學生，但那是在她畢業後兩人才開始戀情；我母親是養女，但我發現我的朋友許多人的母親在那個年代都是養女；我的父親是個嚴肅正直的人，雖然我高中時某一次請病假獨自在家，偷翻他抽屜時曾在書桌夾層找到一本陳舊漬黃的金髮女郎泳裝寫眞，那時確是個極大的衝擊，但那和如今滿街人手一本繽紛撩亂的女星全裸露點照相比，只能覺得我爸那一輩人在感官刺激這一層，活在一個近乎枯寂的時代；我母親在她五十歲左右就成爲一個極虔誠的佛教徒（這一點也和我許多朋友的母親相似），她至今仍保持過午不食、早晚課，及每天拜八十八佛等等嚴厲的自我修行生活。我父親在大陸曾有一個老婆、一雙兒女，但那幾乎是他那一輩於民國三十八年隨國府撤退的老外省大部分人的集體悲劇；除此之外，他們兩人，可說是一生相互守貞……

難道，我不是他們親生的？

但從小幾乎所有長輩都說我是我爸去用鑄模翻製出來的。

無有怪奇。無有祕密。無有柏格曼式的哭泣與耳語，不可告人的塵封往事……

譬如說，某個朋友的馬子，她的母親只是她父親的小老婆（或曰情婦），童年家裡的小公寓裡便無有父親的角色。「那個男人」偶爾出現的畫面，俱像君王一般尊貴而光輝。母親會在前一晚便難掩歡喜地多話，在廚房忙東忙西，弄一桌盛筵。當天精心打扮，然後在「那個男人」面前，把自己降格成和她們姊妹一樣屬於女兒的位階，察言觀色、討巧賣乖，空氣裡總浮晃著一種節慶的繁華與虛幻。然後是第二天早餐，「那個男人」要離去前的倒數時刻，母親必然找個茬說兩句帶刺的話，把氣氛搞僵。男人必定是沉著臉起身，換衣，離開。

然後她們姊妹就得一整個禮拜，便當，晚餐熱了又熱，重複吃「那個男人」只碰了幾筷子剩下的那一盤一盤奢華的大菜。

從小到大，「那個男人」和她說過的話，加起來怕沒超過十句吧。她後來根本是帶著一種局外人的同情和不耐，搞不懂她母親幹嘛每次都要把那苦苦盼來的，極難得「臨幸時光」，弄得最後皆以不愉快收場？

直到有一天，「那個男人」竟然住進她們的這個家。那時他在她眼中已是個衰弱的老人。當然她母親也老了。（這類故事，通常是男人的大老婆和那邊的子女把他趕出來，事業又垮了。其他的情婦和私生子女也拒絕收養，於是便來投靠這個最好欺負的情婦。）她和男人間仍是沉默無有對話，反而是嫌惡地看著那已退化成小孩的母親（她的一生就被這個男人毀了），像撿到寶那樣伺候著男人，熬湯、擦澡、背後向姊妹訴苦……

我總是對這類的故事深深著迷。

譬如妻的朋友S，父親是從前國民黨時代的名官，據說少女時期，幾乎每個晚上，都和母親兩人，拿著贈票到劇院包廂看戲。「眞的嗎？那妳和其他那些院長、部長的小孩，會有一個固定模式的社交嗎？」我好奇不已。我想像著那樣的排場：麗妝華服的官夫人、雕塑般的僕傭、絡繹門庭的門客、爾虞我詐的派系山頭傾軋、年紀相差半世紀的將軍和將軍夫人……像李渝的小說《金絲猿的故事》，老將軍那個安靜嫻美、紅伶出身的年輕妻子，後來竟跟著將軍的大兒子私奔了。

又或者，有一對良善、寡言的長輩夫婦，他們唯一的女兒，在青春如百合綻放的二十歲，就得了一種怪異的猛暴性肝炎死了。這樣被死神抽牌選中的噩運，把這家人原本和眞實連結的線索弄混亂了。這件事實在太荒誕詭異，乃至於像一場夢。尤其那位自律甚嚴的父親幾乎被徹底擊垮。因爲在女兒過世前的這一、兩年，恰好父女關係進入一種嚴管與叛逆的緊張。兩人的個性相似，難免有一些電影曝光畫面似的爭吵、摔門、怒吼……但沒想到這一世兩人的父女緣就那麼短暫啊。這位長輩後來的這十幾年即被各種交替不暇的怪病纏擾。年輕時有一段時光我和妻子每隔一週便會去他們家裡坐坐。他們也把我們當自己孩子那樣地，期盼我們的到臨、泡茶，像父輩那樣回憶一些往事；或者我在工作上遇到一些困境徬徨，他也會替我分析、出意見。我們總是在話題中避開「女兒的死亡」這件事，但我置身在那小小、陰暗的客廳，周遭牆上全貼滿那女孩從小到大不同時期的生活照。我總感覺死亡的哀愁仍像細沙靜靜浮沉在這個家的每一角落。對我而言，他們就像夏目漱石《心鏡》裡，那個少年眼中所見，那一對被悲慘往事攫奪了之後餘生全部「活著的實感」的夫婦。

祕密。我對く說：我確實耽溺於這些身世靜靜晃搖、如海底沉船艙縫洩漏而出的浮油。我極喜歡石黑一雄的小說。一種抑斂情感、嚴守教養，甚至疏離冷淡的敘述。但最後你才發現敘述者所描述的家族故事的源頭，是一個被困在永不得救贖之地獄底層的，叫人發狂的傷害。我說，但我的原生家庭，並沒有這些那些的祕密與創痛啊。也許該倒過來說，或因我的星圖布散在那些黑暗之域，所以我才偽造、搭建了一條足以讓自己在其間冥想故事的暗夜行路。

香港

先從蔡明亮《不散》講起：大雨滂沱的福和戲院，燈光昏黯的售票廳鐵窗，停滿機車的骯髒騎樓，電影看板下是那挨擠在一起恍如西部片臨時搭景造鎭急就章蓋出來的一棟棟灰色水泥建築。我少年時代的永和盡是這樣的，約五層樓、無電梯的新公寓樓房。那種可由樓上對講機按鈕將大門打開的裝置，對少年而言何其新鮮。蹺課的午後，如何鑽進去那些新蓋好仍無人進住的公寓樓房，變成了一種新冒險。我們誤傳著自那戲院後棟的空公寓樓梯間，可以鑽進一條通往戲院地下室的祕道，但其實那個樓梯間根本被一扇灰色油漆的電動鐵捲門擋住。空蕩蕩的場景任意丟棄著盛了穢物的保險套、吸膠後的塑膠袋和一些空菸盒或菸蒂。我不確定少年的我在某種對世界的浮晃拼圖時期，有沒有被這些破碎之物暗示地、遲鈍地刺傷。

我記得有一個深夜，我要去就讀的國中偷考卷，但必須捱到深夜，就是躲進福和戲院看兩片聯映的三、四輪舊片，其中一部是光頭麥嘉的《追女仔》——我確知那光幕裡的世界不是我生活的世界！不是台北，不是和父親搭火車再轉長途客運的台中、南投；不是公路局一路顛晃終會聞見海水腥味的基隆……那個世界不在我（到那時為止）生活的島上，那就是香港。

那樣的年代，物質匱乏而灰黯，有一些奇妙的神祕的魔術事物，是從年節父母的朋友來家拜訪時留下的：陳皮梅、南棗核桃糕、椰子糖；某某阿姨「出國」帶回來的，香港保濟丸、虎標萬金油、雲南白藥。或是一個有錢的小學同學隨身帶著一枚一元港幣的銅板（他告訴土氣的我們這一塊可抵新台幣七塊！那樣的「七倍」幻影幾乎像「月球的地心引力是我們地球的六分之一」一樣遙遠而科幻），上課時在桌上彈指讓它明晃晃地旋轉，停在桌面上時，上面浮鏤著一個英國女王的頭像。那對我確實是一奇幻近乎魔術的符號。

一九八八年夏天，我上「成功嶺」受訓。如眾所周知，那是台灣戒嚴時期，以軍訓教育介入前現代社會所謂「成年禮」儀式，以制服、身體操訓、強制性團體生活、軍事化術語及所謂「震撼教育」給予一整群剛通過聯考而尚未入學報到的十八、九歲年輕男孩進行「現代性」（國家、或成人社會、或某種簡化成戰爭劇場的男性自我想像與群我關係）認同；那是一種較「救國團」男女混雜、辦家家酒般的野訓團康更擬眞；但相較那些同齡未考上大學即入伍的「眞正的服兵役」，則如同扮戲一般的訓練活動。

我因為在入訓前體檢時，在特別欄塡下「喫素」，而被分發到一奇特如各方怪角拼湊之連隊。一連有三排：我待的第一排，是包括像我這樣的素食者（大部分是虔敬的佛教徒和一貫道信徒）。還有四、五個不喫豬肉的回教徒——所以用餐時，長條餐桌一群穿著軍服的傢伙，在値星官訓斥一番喊開動後，則各自閉目用各不相同的手勢動作對著餐盤禱告之奇景——我記得我前面一個一米八的高個叫「遠藤永康」，說話口音完全是中國人，但當你問他到底是日本人還是中國人時，他會隱晦神祕地解釋他父親入日本籍，「因工作需要」，所以我懵懂模糊有一暗藏心底的幼稚猜想：「他老爸是諜報人員。」第二排比較齊整，是一群身高低於一米六的小個子（即俗稱的「地瓜排」）；第三排則全是僑生——那可熱鬧了——韓國、緬甸、印尼、馬來西亞、泰國，還有香港僑生。各路方言鄉音，雞同鴨講，尤其在軍歌教唱時，值星官站在講台對著教室各方嗡嗡轟轟手語提問的人們也比手畫腳地解釋，非常像新聞裡紐約那斯達克證交所裡戴耳機朝不同區域紀錄員比手勢轉遞指數行情的交易員。

更妙的是，國中有國。第三排的僑生們依據他們的僑居地，裂解成大小不同的次團體，這有些像我父親那一代的外省人，初來台灣為對抗那彷彿置身默片中的異鄉孤獨感，總會充滿熱情地參加一些什麼「安徽同鄉會」、「無錫旅台同鄉會」、「南京各界同鄉會」……這些次團體依其人數多寡而氣勢殊異。我記憶裡是緬甸僑生的聲勢最盛，因為人數最多，且他們之中有個「頭兒」（我忘記他的名字，姑稱之為劉漢翔）。此君是個問題人物——但問題不出在他不上道或拖帶著外面社會那些黑幫背景什麼的，而是他太專業了，他是真正的軍人——集訓不久，學員間即耳語傳說著這傢伙是從小就在泰緬邊境的遊擊隊裡打野戰打叢林戰的。據說他曾親手殺過六個人（不知為何？二十年後我仍記得這個數字）。他長得一張麻子燒餅臉，單眼皮，體格非常精壯。我記得我們當時的連長在講授野戰課程時，還帶著一種焦慮並怕被拆台的心虛態度向他示好：「當然我們這都是紙上談兵，劉漢翔你要不要上來講講實戰經驗？」我記得那個畫面裡

（眞的！），劉漢翔坐在一張野外折疊板凳，像出獵的山寨大王兩旁各兩個他的同鄉僑生扛著他舒服慵放的胳臂，背後還有一人替他捏背。那張麻子臉嘿嘿笑了兩聲，算是「連長給了面子，我收到了，我不會不給你面子。」據說他每晚皆被請進軍官辦公室和原住民老士官們賭拚高粱酒。我亦曾看過他像教訓小廝那樣在寢室一巴掌一巴掌痛毆一個他們一夥的緬甸僑生。

倒是在這個雜牌部隊裡（我們那個連且特准毋需參加什麼「國防部長校閱」或「經濟部長大禮堂演講」這類全成功嶺動員，絕不能丟臉出醜之大型活動），有一個落單的香港僑生引起我的注意。他不群不黨，戴一副變色墨鏡。奇怪是整個第三排裡只有他一人是香港來的。（如今想來合理，相較於其它僑居地的華裔青年，對香港中學生來說，到國民黨的「自由中國」台灣讀大學或不是個挺吸引人的主意。）某一種那年紀褊狹心態，對香港僑生亦有一種異於來自其他地名的傢伙的複雜心理，「噢，他來自一個比我們現化或文明的國度。」

有一個星期天，整個軍團外出休假，那個場面確實就像久遠年代的軍教片《成功嶺上》裡演的一樣：這些穿著草綠軍服、剃了狗啃平頭、持續二、三週在軍營場景裡集體裸裎圍著水池洗戰鬥澡、吃大鍋飯、用牙刷洗糞池尿斗、在向左轉向右轉這樣的機械動作中被士官們羞辱痛罵（「你們這樣的低能白痴居然還能考上大學！」），只爲了讓你意識到「你只是一個和其它所有人一樣普通平凡的人」的少爺兵們卻在所有的巴士一車車將他們送至山下的台中市區時全部破功。像柏青哥鋼珠檯裡迸竄的珠子各自彈進不同計分的小格：有上了停在馬路邊加長型黑頭車的、有整個大家族上至阿嬤下至表姊外甥大鍋小罐來探望的、還有似乎爲了炫耀行情一些花枝招展叫人噴鼻血的美麗女友一把鼻涕一把眼淚就依偎在穿軍服的愣小子胳膊上的……那時你確實會浮現某種無產階級革命者較陰暗的那部分心情。「所有的人原來全部是不同的。」當然我置身在那一大團四散亂竄的綠色鋼珠群體中，很快就被前一晚自台北搭夜車下來的父母認出。我母親讓我非常丟臉地提了一只黃銅加蓋的湯鍋，我父親則在人群中非常大聲說了句讓我羞恥至極的話：

「小三，好樣的，這就是個革命軍人的模樣啦！」

那時，我突然發現，我們連裡那個香港僑生（他的墨鏡在烈日下變色成全黑）落單且孤寂地從我們身旁走過。我們互相打了招呼，「嗄，何學龍。」我向我父母介紹了他，他也禮貌地向我父母問候，不想我那個自十九歲即離開親人飄零異鄉的父親，被牽動了某種隱祕而投射的情感，力邀這個「可憐巴巴，家人也沒辦法來探視」的香港僑生，一道去他們訂下的小旅館裡休息。

那整個過程，這個香港仔都一臉迷惑，尷尬。實在也是語言不通的關係（父親和母親各用不同的方式向他搭訕了幾句，最後皆挫敗而放棄），他沉默地跟著我們擠上計程車，到那間小旅館。在三、四坪大的空間裡，和我一起喫著母親提來的那鍋滷蛋、豆干、雞翅、海帶、蘭花乾；然後一起用小湯匙一勺一勺挖食剖半的木瓜。我父親且借用旅館裡的熱水瓶和玻璃杯泡老人茶。還打菸給我們兩人抽。我和香港仔都身體僵硬地板直腰坐在床沿，我父親則是一臉舒愜，解開皮帶腆著肚子蹺腳靠坐在小几旁的破舊皮沙發上，他突然想起了什麼，撐直了身，要我們把綁腿放了，軍靴脫了，「好好放鬆一下，」香港仔死命不從，我為了轉圜氣氛，便卸下了自己的軍靴，那冷氣小房間裡便瀰漫著一股強烈鹹腥的腳臭味。我父親這才言歸正傳對香港仔說了一句讓人哭笑不得的話：

「你知道，十幾年前，我也是《老夫子》的忠實讀者喔。」

我們不斷在走動。我和ㄩ，還有ㄋ。第一天她們帶我經過鵝頸橋下的「打小人」地攤：那是三、兩老婦，據地而蓆，供著觀音、關公或齊天大聖、蓆上鋪排著近二十隻的黃紙紅墨摺老虎。香爐中插香撇撇落灰，三支逆戟鐵鉤上點著的紅燭亦已熔塌不成形。ㄩ解釋：打小人必須將你目前心中最憎惡或極欲詛咒對象的名字寫在小紙上，阿婆便會召喚神兵神將，跨越時空替你去打他（她）……

打一次小人五十元港幣。

這也太便宜了些。據說在東莞或廣州，找一個亡命之徒替你殺掉某人，「只要」一萬元人民幣即可。確實站在那光塵漫漫的老舊橋墩下，心中浮現了幾個一時衝動想寫給老婦施術的名字。但終於因對這種「神祕執刑」對方一無所知的陰險咒術充滿懷疑而作罷。被打之人會遭到什麼打擊？只是小小摔一跤或莫名拉一場肚子這樣的等級？或是在這陰暗的晷軌移動刻度的時刻，他將罹癌、車禍、或遭凶徒刺殺而暴死？我與他（她）們的冤仇有深刻至此嗎？或是，祕密的，那些高架橋下滿臉皺紋老婦所豢養之鬼物，它們替我執行這黑暗魔法的同時，我將付出什麼代價（絕不止阿婆們作幌子收的那幾枚銅板）？有什麼原該屬於我的福澤或幸運會作爲籌碼被搓洗掉？

我們不斷在走動。經過街市、廟街、玩具街、佛具街……那些高聳如峽谷的髒污建築間狹窄的街道。我們混身如在夢中遊走而面無表情的人群中隨他們疾走。累了即鑽進一家潮州茶館飲茶，或在街角某一間甜點鋪買一杯凍奶茶帶著走。橫插的招牌有一些陌生的詞：「時鐘旅館」（應該就是台北供戀人打炮、「休息699」的Motel吧）、「西醫師某某某」……。窄小框格裡的金店、手機鋪、茶餐廳、燒雞鋪、小水果攤、穀物店、兩替店……

第二天黃昏我們乘渡輪至尖沙咀鑽進了重慶大廈。像朝聖一樣。我們心慌意亂地挨擠在那檀香味在虛空中繁花簇放的舊敗建築內鑽竄。那些黝黑得發亮的印度人意味深長瞭然一切地看著我們。小玻璃櫃裡褐黃色或暗紅色的印度咖哩和醬菜、金光閃閃的仿冒手錶。那樣的光度和空氣使得闖入的我們的身體像一把西式早餐桌上發著銀白光澤的金屬刀叉一樣沒禮貌。

稍早前我們走過油麻地「鴉打街」、「上海路」一帶的舊工匠店鋪：老式的秤、老式的媒氣燈、老式的電鍋和五金店、衣車零件……。那些時刻，我心裡無比悲傷，這全是從年輕時開始我和妳來去無數回卻總是避過繞開的城區街道。不知從何時起，妳只願走進大型Mall冷氣將其他空中微塵、黴菌與老舊住居汗臭味驅趕殆盡的「拱廊街」未來物件之甬道了。而我在隨著ㄩ與ㄋ在這偽裝成白銀之城鏡中魔城的老舊街區不斷行走的同時，清楚知道：我們終於得分手了。我已找不到那個我不斷欺騙自己「妳其實是在夢遊」的那個眞實的妳了。我已眞正失去妳了。不，我已讓那個多年來如烘乾成小小一坨茶球，收在妳的保鮮貯物盒中，那個燥枯的自己，在另外的街景中，舒緩地把自己沖泡打開。這是我的街道，而不是「我們」的街道了。

我不再愛妳了。

我感到幸福且悲慘、自由且恐懼、甜蜜且哀慟。像茶葉在自己的琥珀色的發光水杯中舒緩張開。我不再想向妳描述：「這是我啊。」向妳描述這個時刻的我曾看見了什麼，寶愛什麼，為什麼感動而哽咽。

第三天夜裡，我們刻意走到蘇絲黃的街區，在垃圾車巨大的咆哮聲中，看著那些艷麗令人難以置信的人妖女孩們，卑屈又驕傲地要白人老外觀光客替她們點菸。我們經過那些蹺腳坐在色情酒吧前等候尋芳客的菲律賓女孩們。我們走進一間愛爾蘭pub，雙手握杯像喝冰鎮的中藥，皺眉喝下那苦得讓舌根發麻的黑啤酒，ㄇ帶著他的女人，賣乖地說起男人過了五十，如果被女人遺棄，可以說是人生至慘之境。因男人總疏於學習這些瑣碎卻其實是真正和快速流轉之現代社會交涉的事務：問路、到旅館辦check in、到百貨公司購買日用衣物、劃撥繳款、到陌生城市該如何整合不同的交通工具、和公寓不同樓層的鄰居相處、和孩子的老師對話……。ㄇ說，為了我們的老年，所以現在要對妻子好一點。那時我想：其實我已被妳遺棄久矣。很長一段時光，我像青春期到老師家做客憋尿不敢探問廁所在哪，我像個睜眼盲人無比恐懼地自己在機場通關，完全沒頭緒地自己在陌生城市亂走，有時其實才在旅館周圍街道繞一圈，便已力氣放盡，彷彿行至天涯，撤退回封閉但安全的房間。我自己到HANG TEN買旅行時穿的休閒短褲。我自己找可能沒那麼多驚喜（如妳喜歡嘗鮮冒險）卻讓我安心的小麵攤早餐鋪，獨自一人就食……。這些事已在許久以前便發生了。後來我迷上在深夜找ㄑ到生意慘澹酒吧，請她替我算塔羅，實在是現實的街景塌陷，我徬徨無所依，才焦急地打探「我的故事」會是什麼樣的發展？

我們走出愛爾蘭酒館，街角的人妖更多了，眾人起鬨要我和另一偉大小說家相偕繞這街區一圈。看看女孩們不跟在身旁，那些豔麗溫柔漢會不會上前搭訕開價。我和小說家倉惶但故作鎮定地上路，奇怪的是，一路下來，沒有一個暗影中的人妖在我們經過時有所動靜。她們似乎看穿我們只是在玩一個好奇男孩的遊戲。她們叼著菸，用悲傷得像犬類的眼睛和我們對望。轉了個彎後，整條夜街竟空無一人，只有垃圾筒旁翻飛的單張報紙。我和小說家，無比寂寥地，可以聽見鞋底橡膠踩在地磚上啣啣聲響地，走過那一列藍漆鐵門盡數拉下的空街。

另一個夜晚我和她們去了蘭桂坊，各式顱相的男孩女孩、義大利的、法國的、澳洲的、印度的、華人的、菲律賓的。我甚至還看到一個有淡金色長髮的北歐女孩。這間pub裡的酒客皆性感而優雅，人人拿著酒杯或小支啤酒瓶，隨著電子音樂輕輕搖晃著身體。當然他們是這全球化場景裡，昂貴而不會在街角被踩扁自尊的另一群人。我們圍占住酒吧後花園的一張長木桌，談各自城市的文學、媒體庸俗化、獨裁者的細膩手法、某某的崛起或某某的過氣……

兩點整，所有人從酒吧湧出，沿著那斜坡往主街走，的士車像紅瓢蟲一輛輛挨擠而上，停下，呑進三兩老外，急駛而去。再一輛遞補，再吞去三兩人，再駛去。如此還是不足以將醉醺醺的人潮清空。ㄋ說明天我們帶妳去紅磡的牛棚看劇，那裡原是屠宰牛隻的聚集處。我說好哇。但我心底其實正對不在場的妳說話。我說：我不再……。但我終無法在心中把那句咒語說完，胸臆充滿失去妳的劇痛，那遠超出我任一時期的預演、假想。

福せん
青桐坑
テーマ別の旅
青桐坑
テーマ別の旅
福せん
青桐坑

黑心素料

曾有段時候媒體披露，有立委與宗教人士將採購自台北市虎林街和吳興街傳統市場的二十一件素料，送衛生署食品藥物檢驗局化驗後，發現有七成——包括丸類、魚板、蒸餃、竹輪、貢丸、魚排、魚羹、大小魚丸、小火腿、蟹棒及干貝，這些屬於重口味的素料——摻雜豬、雞、魚、牛等動物成分，此事爆發，全台統計超過二百萬的素食人口籠罩在「不想是一場葷夢」的憂疑浮動情緒，是為「黑心素料」風暴。

慚愧的是那次我竟也置身在那個「受害集團」之中，說來我喫素至今已近二十年。想想恐怖，我素食的歲月已整整地超過、淹沒那稀微記憶的前半生「肉食時光」。回到那個起心立誓「好吧，那就這輩子都喫素吧」的最初時刻，其實一個十八、九歲的高四重考生，能有什麼看透娑婆世界生命不幸輪迴全景的大智慧大慈悲？不外乎就是重考班冷氣房教室陰慘的氛圍，對自己未來這一生無從想像起的孤獨時刻，跑到補習班附近森林公園的一尊白玉石觀音雕像前下了承諾。「求求祢讓我考上大學不用去當兵。」

235-62
台北縣中和市中正路800號13樓之3

印刻出版有限公司　收

讀者服務部

姓名：______________　性別：□男　□女

郵遞區號：__________

地址：______________________________

電話：（日）______________（夜）______________

傳真：______________

e-mail：______________________________

INK

INK PUBLISHING

讀者服務卡

您買的書是：______________________________

生日：________年________月________日

學歷：□國中　□高中　□大專　□研究所（含以上）

職業：□軍　□公　□教育　□商　□農

□服務業　□自由業　□學生　□家管

□製造業　□銷售員　□資訊業　□大衆傳播

□醫藥業　□交通業　□貿易業　□其他____________

購買的日期：________年________月________日

購書地點：□書店　□書展　□書報攤　□郵購　□直銷　□贈閱　□其他

您從那裡得知本書：□書店　□報紙　□雜誌　□網路　□親友介紹

□DM傳單　□廣播　□電視　□其他

您對本書的評價：（請填代號 1.非常滿意 2.滿意 3.普通 4.不滿意 5.非常不滿意）

內容______　封面設計______　版面設計______

讀完本書後您覺得：

1.□非常喜歡　2.□喜歡　3.□普通　4.□不喜歡　5.□非常不喜歡

您對於本書建議：

感謝您的惠顧，為了提供更好的服務，請填妥各欄資料，將讀者服務卡直接寄回或傳真本社，我們將隨時提供最新的出版、活動等相關訊息。

讀者服務專線：（02）2228-1626　讀者傳真專線：（02）2228-1598

仔細想想我年輕時確是一個莽撞衝動愛亂賭咒，將遙遠生命未來的某些憧憬抽象物事當作抵押品和上天交易的豪客。我在陷入苦戀的絕望辰光，曾駕車在羅斯福路的直蕩蕩馬路上，對自己說：「從這裡一路開下去全是綠燈，我就會得到這個女孩。」發誓吃素的同一年，我在補習班一旁百貨公司的賣書部門，站著翻讀了余光中譯的《梵谷傳》，腦充血地對虛空中的神明說：啊，我只要活到三十六歲就好，讓我成爲一個偉大的藝術家吧！

那樣遠期支票的贖罪券是否太昂貴？我從此成爲新舊朋友圍聚一桌超級美食時的喜劇材料。我的一位尊敬的前輩，一次在京都「風風亭」燒肉料亭諸人排坐著將牛尾，牛肩肉、牛舌、小羊排等高級食材放在滋滋冒油的鐵板燙熟，看見我淚眼汪汪枯坐一旁烤青椒和著泡菜吃，無比嚴肅地對他念高中的女兒說：「妳一定要用功讀書考上大學，不然看看駱叔叔悲慘的下場。」實在是我長得太不像一個茹素清修之人了。我如今已無比習慣和素顏的妻子走進餐廳，微笑地糾正端鍋或端餐來的小姐：「對不起您放錯了，那個素鍋是我的，這個海陸鍋（或烤羊排或肋排大餐或生魚片拼盤）是這位女士的……」所有的人都不相信我喫素。我一位朋友的母親在他用盡各種方式逃避兵役皆失敗，而又得知我以鳳山步校第一肥免役退伍且竟是喫素後，酸楚地問她兒子：「汝咁要試試看改喫素？」

像一色盲之人穿上緊身潛水衣戴上潛水護目鏡沉潛於一整片衆人描述如此繁花簇放色彩奪目的珊瑚礁海底，卻只見一片黑白斑紋的大小魚群在深淺灰色的地貌輪廓裡迴遊。在漫長的奉守誓戒時光中，有時難免寂寞地湧現「我是否太早地按下隔離艙的按鈕，和我正在經歷的這個當代的文明斷絕了一個貼身的接觸」之念頭。特別是有時看著電視《料理東西軍》那些魔幻食材在神乎其技的豪華料作下逼人味蕾失禁唾液噴湧，我會激動地問妻子：「怎麼樣？妳會選那個鐵火丼還是牛肉丼？」「懷石料理還是中華極限料理？」「烤深海鮪魚下巴還是炭烤松阪牛排？」總會得到一叫人嗒然若失的回答：「喂，吃素的，那關您什麼事？」或是聽那些缺德的美食老饕們無比神往地描述那些奢華美物進入口腔的銷魂之境：犬齒輕抵的韌感，在舌間滑溜融化的恍惚，嗅覺中楓像被不斷翻剝給予撫慰和驚嚇……那些輕涮一下的內蒙小肥羊、金黃膏汁的海膽、用香草、香料煲燒「幾乎可以把舌頭也吞下去」的印度咖哩嫩雞腿肉，甚至什麼用清蒸石斑魚的漂著青蔥絲的魚湯拌飯……

這之中其實暗藏了一個「古典感性所衍生之道德律則已無力支撐介入現代性場景所需動員之道德情境」。一個現代素食者他所選擇的枯寂之境，可能是將一個，那些豆皮素雞、香菇梗牛肉乾種種阿婆素料無法再以「外形僞扮」的豐饒感官隧道封閉起來。所要棄絕的可能遠不止我高四時所想像的「不吃那些肉了」（那時大方犧牲掉的無非是高中福利社裡那些油膩難吃的排骨便當雞腿便當或滷肉飯），它可能棄絕掉了我們活在其中的這個資本主義社會除了衣裝、電影和體育外，最深邃迷人，繁文縟節，最濃縮隱喻了人類技藝時間印痕的一大片美好風景。吃素時刻說服自己對抗美好肉食的救贖情感和道德威嚇也遠不止像「阿婆吃齋往生西方淨土」，或我小時候站在菜市場驚駭莫名看著雞販從鐵籠抓出如女人尖叫之雞隻，割喉後扔進滾水桶脫毛的血腥場面；或是魯迅在《朝花夕拾》裡提到，那些《玉歷鈔傳》刻本插畫裡的，陰慘流傳民間的十殿閻羅或活無常……十年前我曾讀到一本孟祥森先生和錢永祥先生翻譯澳洲 Peter Singer 教授所著之《動物解放》，書裡指證歷歷全球化的肉品供輸背後慘無人道的大虐殺，和「工廠化農場」內經濟動物所受到比集中營更糟蹋更痛不欲生的悲慘處境。我記得有一章好像描述了某一國的養殖雞舍爲了讓小雞加速長成肉雞，讓牠們終生站立（牠們擠在一團無法挪動身軀的「準食材」同類裡）在一每天二十四小時的光照裡；另外還有一些將牠們同伴的活體攪碎成飼料給牠們吃的恐怖畫面……

我記得那時讀畢滿頭大汗，一面僥倖自己那麼隨便地（僅因爲當初許願考上大學）站在道德的「對的一邊」——「動物權」的概念將「素食」拉高成一種對抗「全球化」、「動物集中營」、「法西斯」的數量化景觀，一種嚴厲的「自然人」實踐；另一方面，似乎從那胃道最內裡的黑暗核心，不斷翻湧出無數次我爲之嚙舌垂涎不可得的美好肉食料理。結果，現在他們告訴我，我喫了這二十年的素，到頭來不過是懵頭懵腦吃了一些腐肉殘屑填充進去，再努力模仿肉類料理的，黑心素材（眞是迂迴又複雜的食品工業流程哪）。

回到承諾本身，這些年不乏一些溫暖又邪惡的食肉族長輩這樣問我：「你那個和上天簽的喫素約，到底什麼時候到期啊？」這是有背景的；幾年前我跟隨這些老饕前輩進行了一趟日本美食拉麵之旅。一路上橫了心裝耳聾聽不見他們的嬉弄質疑，把那一碗碗據說是豬大骨熬湯或海鮮湯頭的各站名家拉麵（什麼函館系統九州系統北海道系統）連湯帶麵唏哩呼嚕吃個精光，幸福得滿眼淚花傻笑不止。遇見可清楚分辨肉形肉質之餐則嚴謹地避開。那時我們住在京都四條河原町的一間小旅館，每日清晨我皆留下妻在房間續睡，獨自步行到鴨川橋頭一間 Doutor 咖啡店吃早餐。我完全看不懂 menu 上的整片日文，也不會說半句日語，於是總對著櫃檯上方日光燈打亮的幾個漢堡照片，其中一個一看即是夾著大片大片起司的幾號餐指一指，對小姐比一根手指。每日我皆心滿意足地踅回旅館，告訴妻：「日本人他媽的 cheese 就是好吃！」一直到了第四天，那天的行程大家必須早起在那間咖啡店集合。那時我熟門熟路地對著上方的起司漢堡比一比，櫃檯小姐且熟識地微笑，妻卻在一旁詫異地說：「你怎麼了，看不懂日文，那下面寫著 turkey，那是火雞漢堡餐。」

當時在場的那幾位前輩，從此沒有一人相信，我在四下無人時確實沒有偷喫肉了。

阿嬷

我姊打電話來，說阿嬷昨晚走了。

「啊？」

我姊說，阿嬷從傍晚就一直鬧，說肚子痛、大便屙不出來，我媽和我姊還幫她通便，搞得筋疲力竭。但她非常有精神，很煩躁地在屋裡走來走去，不斷罵人。到半夜又從臥房跑出來，吵著要去診所吊點滴。（這十年來她無論任何小病就是去西藥房買感冒糖漿，有嚴重不舒服則是跑去小診所「注射」。從前和我哥住，多次有不舒服，就叫我哥把她的「老嫁妝」（壽衣）拿出來曬。兩年前有一次幾乎掛掉，送醫院急診，院方判定多重器官衰竭，當時將她移至我阿姨家，一些她們佛教團體的師兄師姊圍著臥榻（壽床？）上打扮停當等死的她助唸佛號，儼然在護送她一程往西方極樂世界，不想唸了一整夜，她突然睜眼，中氣十足喊要放尿。之後又勁搞搞的活得比誰還臭屁。我想做子孫的多少有種被死神在這老人身上意興闌珊，甚至超現實的惡戲給弄迷惑了。多少有點放羊的孩子的意味。）後來我媽發現她喘得很厲害，有一眼甚至斜了，趕緊要我姊叫一一九，她老人家還自己氣唬唬走出巷口上救護車呢。送進醫院急診室，我媽她們簽了一些手續（包括放棄電擊或插管等急救同意書），出來打電話給我哥，前後不到半小時，醫生便出來說：「張燕的家屬嗎？她已心跳停止。」

對我而言，那樣的死亡之夜無比詭異、古怪，甚至帶著黑色喜劇的本質。我阿嬤和民國同年，已經九十七歲了。印象裡我很小的時候，她就是個老人了。她並不是個惹人喜歡的老人。年輕時據說以慳吝凶悍著稱。她是我媽的養母，我媽的童年往事就是一部「苦兒受虐記」。我父親生前多次背後對我說起這位矮小凶狠的外婆，總是氣憤不已。好像他剛娶我媽的那六、七年，阿嬤要求我父母全部薪水全上繳，並且要我哥跟她的姓（這很複雜，我媽姓張，我阿嬤也姓張，但她很堅持執念我們要祭拜一「周姓阿祖」，似乎是她生父那邊的香火）。有很長一段時光她都住廟裡幫師父煮飯。十幾年前和師父吵架搬去和我阿姨住，後來又和我哥住了六年，我父親過世後她搬到永和和我媽我姊住。似乎和她一道生活的人，都會被喚起靈魂內在一股莫名的憤怒。她嘴不太留情，總愛講兩句不痛不癢卻刮傷別人的刻薄話。我每次回永和那老屋，奇幻如夢地看著那三個世代各自孤獨於自己生命時鐘的母女，共同在那光度黯淡的舊厝裡生活，總覺不可思議。我姊總會跟我告狀阿嬤一些糟蹋人的惡劣行徑。我因是蜻蜓點水偶爾回去，無從在情感上真正介入，且老人家重男輕女，見到我和我的孩子們，總是端出慈祥笑瞇瞇的一面。但我覺得她像是《百年孤寂》裡寫易家蘭「被死神遺忘」，愈縮愈小，慢慢退化成屋子角落陰影裡一尊童偶，被小孩們拿來當玩具縛綁、塗臉、滾來滾去。她在我眼中像一隻目光矍鑠的禽鳥。

老實說她的死去我並不特別悲痛。老人活太長很容易失去尊嚴。她生命的背景早已消失，漫漫歲月活在別人的時光裡。電視上播的是讓她完全不能理解的超現實世界。想想她跨過八十歲之後竟又活了近二十年。我母親極孝順，但她自己也已變成一個老人了。她的兩個女婿，我父親和我姨丈，早幾年前便先後敗倒於生命的排水孔。只有她仍寂靜地活著。

那個晚上，阿嬤死去前約五、六小時，我才回到那昏暗老屋執行「跳蚤大屠殺」。主要是兩禮拜前，我按慣習帶兩小孩回永和，小兒子耳尖，非常興奮地聽見閣樓上極貼近的小貓咪嗚叫，母親說是附近野貓在我家屋頂生了一窩，其實是在鐵皮屋頂外簷，但整天衆貓喧譁拌嘴，像是搬來一家不太懂禮貌的新房客。因爲半年前這老屋突然鬧老鼠，繁殖且恣意竄走，後來母親和大哥費好大勁才將那些鼠輩驅逐掃蕩，所以情感上對貓的進駐充滿親切友愛之情。

不想上週，母親要我暫別帶孩子們回去了，因爲「爆跳蚤」——不用說是那家新婚客帶來的——肉眼難見的跳蚤爆增起來比老鼠更恐怖，母親和姊姊的小腿被叮得像紅豆冰棒，不，簡直像電影裡滾筒機槍窟窿密覆的消音管。老屋死角太多，父親遺留的書籍雜誌纍堆成爲跳蚤的叢林戰巷道戰障蔽，她們試了多種方式皆一籌莫展。母親說有一天她走出院子再回屋內，褲管上密密麻麻布滿那些邪惡的小黑點。她和姊被咬得搔癢欲死，反而阿嬤像超現實失去皮膚下有血液在血管中流動的大型動物特質，那些跳蚤竟無一隻在那百歲老人的細瘦腿上留下任何一口疤痕。

我問了有養貓經驗的ㄩ和ㄇ，筆記抄下步驟，那天黃昏便攜帶全副裝備，像海豹特戰小組回永和老家，執行全面殲滅行動：我進屋前先將自己周身噴灑反蚤樟腦噴劑，然後用吸塵器將每一死角吸一遍；再用水桶泡整大瓶漂白劑，以一個房間一個房間切割成單位拖地；最後再在各角落噴灑極毒的「蚤不到」殺蚤化學藥劑。再像化學兵戴上口罩，一手一罐特製殺蚤噴霧毒劑，從閣樓大貯藏室，飯廳上方一間小違建房間（那是我和我哥國中後共同的臥房，如今久未人居，堆滿濕霉的棉被、爛報紙，和我哥不知何處拾荒而來的各式廢物），院子的花圃樹叢，屋後蕨草蛛網遮蔽的防火巷……那畫面眞的像天羅地網的大屠殺，從我手掌噴出的扇狀毒氣，把那古厝昏暗空間，濛上一層不透光的灰慘迷霧。

那個時刻，我戴著口罩，像置身於我靈魂深處一種殘虐快意，用六罐殺蟲劑噴射擬造的外星毒沼澤殘酷劇場裡，突然看過，我那失去眞實感，將在六小時後死去的矮小阿嬤，搖著蒲扇，氣定神閒推紗門出來，在那濃霧毒氣裡無比輕快自在地問我：「啊這次怎麼沒帶那兩個小漢ㄟ回來？」

冥王星人

朋友幫我排西洋星盤，說我是「冥王星人」，我問那是什麼意思？她說就是我這個靈魂在這一生最大的學習課題就是「死亡、性以及權力」。我說那又是什麼啦？她說我天生是寫小說的（這我聽了當然很樂啦），不過最好去寫推理小說。且我是「八宮人」，也就是太陽在第八宮。簡直是double「性、死亡和權力」。

回家後我無意間對兒子們說起「爸鼻是冥王星人」，他們起鬨問那他們是什麼星人（K隆星？），我上網查了，結果妻和大兒子也是冥王星人，小兒子是太陽人。眞是獨自一人照亮這黑暗包圍的家人哪。小兒子非常興奮笑著說：「我是太陽寶寶。」

在一個名爲「天隕占星工作群」的網站，我查到他這樣寫「冥王星人」（這傢伙寫得蠻厲害的）：

……冥王星是行星符號學當中，唯一一顆沒有緊密連接的一顆星，代表太陽的圓沒有連接著月亮，而是完全漂浮於月亮之上，也因此冥王星的第一個意義，是意志完全獨立於現實與情緒之上的意思，也因此冥王星的第一個意義在於決斷。……一個冥王星第一宮的人，在自己的一生當中，常常會有豁出去的行爲。他們常常會因爲一股意念而決斷的去做決定……但最後卻是後悔的。冥王星的第二個意義在於直覺和靈感能力……具有沒有理由沒有原因，但是我就是知道一些事情的這種能力，因爲過程當中似乎沒有路徑，也因此會給人一種用猜的感覺，只不過他們超容易猜中罷了……

對神祕性的事物感興趣，與鬼神、靈魂多連接，與業力有關，過度重視絕對、具壓迫感的配置方式、狂暴的報復性、個性與選擇太過極端導致緣分容易消耗殆盡。……這些種種，都是「冥王星人」的特質。我覺得這位「天隕」說得極準。

冥王星帶來的第三個事件，是生命和死亡的接近。一個冥王星一宮的人，將會有著比一般人更高的比例去接觸到死亡。比方說求學過程當中某個同學過世了，而這個過世的同學剛好是冥王一宮最好的朋友等等……

眞是準。從年輕時開始，我身邊遇見的許多人，在一種奇怪的信任氣氛，愛把他們關於死亡的經驗講述給我聽，那像咖啡奶精廣告鳥瞰一個圓形平面，你將有限的白色乳汁緩緩傾注進旋轉的深黑色，形成一種迴旋交織的白與咖啡圓舞之暈眩。我的生命彷彿常走進那條掛滿人臉變形成漩渦驚怖哀嚎之畫的長廊，死亡常過度貼近、侵入活著的世界。

對孩子們來說，這些名稱只是太陽系九顆行星以太空望遠鏡攝影藍色赭紅色或灰色的不同星球。它們同樣美麗、遙遠，因無生命而無從拉近視焦以想像。但對人生已過大半的我來說，似乎其禁錮的品德、執念、突出之特質……成爲一心領神會、確實與我關聯之神祕源頭。我並不很理解與我相同的「冥王星人」，是透過一怎樣的「神的設計積體電路晶片」，從那顆幾億哩外的晦黯之星，遠距投射到我們短短一生的宿命主題？

那天下午，趕到板橋殯儀館時，母親、大哥他們已爲阿嬤的遺體助唸阿彌陀佛十個小時以上了。那是一間位於殯儀館對面窄巷內，承辦停靈、冷凍屍體、牌位誦經、公祭家祭、棺木骨灰罈出售，乃至出殯……諸多死亡繁瑣細節的葬儀公司。我隨著衆人跪在靈床上面容已略呈灰色的阿嬤遺體唸了一會兒經，因爲手機響，便藉機下樓抽幾根菸。

那一帶，從新海橋頭、殯儀館，方圓二、三百公尺，全是與殯葬有關之店面：賣各式石材之骨灰罈的、停靈如 Spa 俱樂部般氣氛高級的，或如柑仔店零售各式壽衣壽鞋冥男童女童紙紮豪宅賓士家電電腦的……但我站著吸菸處，卻像果菜市場一角，無比空荒堆著爛碎菊花百合，一群苦力模樣的歐吉桑頂著烈日蹲在鐵門拉開的車庫前吸菸。靠得極近的幾間葬儀社裡用錄音機播放之誦經聲互軋著。一輛運棺貨車從二樓車道退出，駕駛是個理光頭的胖子，似乎完全沒從照後鏡估抓距離，便暴衝後退，惹得對面一群穿白色制服掛金黃垂穗的管樂隊阿婆們激憤地去拍打他的車身。空氣中則飄散著這死亡拱廊街唯一一攤小吃的油炸臭豆腐又腥又催人飢腸轆轆的邪惡芬芳。

我只能說，眼前這一切死亡之街景，真叫人口乾舌燥，混亂而怒意勃勃。完全沒有死亡本身純淨的黑暗與悲慟。眼淚是因烈焰燒紙金之濃煙而燻出的。如果有隱伏心底的恐懼，也只是那塞滿視線的冥奠道具連結著民間禁忌的制約性畏悚。但這些靠這行吃飯的老人、老婦和嚼檳榔的惡漢們，真的用一種雞飛狗跳、凌亂狼籍、色彩鮮艷的人世囂鬧，把那確實本因死亡即緘默的諸多遺體的片場，汗涔涔，架胳膊亮肚腩，又擠又賣力地宣示著「活的暴力」。

輯三

另一個人

慷慨

能力。某種能力的淪喪。

過了一個年紀，我突然確定，自己已不可能，實踐、或是重新臨摹，父親身上的某些品質（或許是技藝，或許是人情世故的剔透，或許是正義感、憤怒的能力、某種生活的藝術）。那像是一個男子漢之間，曾經靜默無言的約定，而我卻在時光中，不為人知地將它毀約（因為契約的另一方已經死去？）。又或像一場悲傷寂寞的目睹：父親的獨幕劇。我是他唯一的觀衆。他滑稽而疲憊地不厭其煩展演給我看：「兒子，看好哪，做人是這樣的。」年輕時我或許憤世且叛逆，臉上掛著不耐的微笑。有一天，我突然恍然大悟，他這樣意識到觀衆（就是我）地，近乎後設地，每一動每一動皆講解品評，其實是在「傳藝」。他希望我能記下並延續，他想像中的那些美好品德。但遺憾的是，我在我的時代裡，太心猿意馬且害怕與人不同；或者是，我的時代所能給予一個年輕人的教養便是無教養。總之，那成為一場無效的目擊，一場無效的演出。我聽見那個類似物種滅絕的聲響，如春川冰裂，就在我身上發生。

譬如說：慷慨。

我從小到大聽過不下百遍關於我祖父的故事：我祖父年輕時好賭，一夜之間豪賭（或被人設局）將安徽無爲老家的整片田產盡悉輸光，帶著祖母遷移至南京江心洲，以殺豬爲業。「每年過年，洲上一些窮人，就跑來祖父的攤前賒豬肉：『駱大爺，眼下年催得緊，家裡沒肉給小孩過年，好不好賒一點……』你祖父頭也不抬，只問：『幾斤？』『就三斤吧。』『三斤哪夠？』『就五斤吧。』『五斤哪夠？十斤。』豁郎就掄著菜刀在肉案上割一大塊肉給人。」父親每次都重複仿演那以手掌虛擬豬肉長度，由小截而驟放大的戲劇性，以及揮刀斬肉之豪氣。那裡頭似乎有一種歡娛：舉債度日，卻慷慨與人，空手回家面對亦無錢過年的祖母，被罵到臭頭……

我小時候每逢除夕，家裡總邀十來個父親的學生合吃年夜飯。窄小的客廳，我們小孩在父親的暴躁斥罵中將藏放在防火巷一張大圓桌推滾出來，撐開四腳。然後從廚房將母親燒好的一道道年菜端出來堆滿桌（佛跳牆、紅燒獅子頭、涮白肉火鍋、滷牛腱、白斬雞……），似乎仍是食肉的意象。我們小孩則擠在裡頭神龕香案下的小方桌吃不那麼豪氣的年夜飯。年紀稍長才從母親口中知道：那些「大哥哥大姊姊」全是僑生，可能那個年代僑生亦無法負擔年節即返鄉的機票。父親同感於孑然一身離鄉在異地過年的寂寥，遂在那克難的小框景裡，歡歡鬧鬧地以異鄉人招呼那些異鄉人……

譬如說：正義感這件事。我小時候有一強烈印象之事件：有一天放學回家，母親臉色蒼白要我們自己乖乖在家做功課，她要趕去醫院，因爲「你爸爸在路上被人家用扁鑽捅了」。原來是父親在巷口看見幾個仔在圍毆一個老頭，父親仗著自己身形高大，上前喝阻，幾乎沒說兩句就被捅了，腹部的襯衫和西裝褲襠全是血。結果在警局弄明白，他根本是渾水：那個老頭欠人家錢不還，債主氣不過，找了兄弟來恐嚇一下。父親好管閒事，莫名其妙捱了一扎子。我小學四年級時，父親突然失業在家，原來是他學校的新校長把一筆清寒獎學金污了，當時學校裡群情激憤，每晚都有別的老師打電話來家裡發牢騷。父親經不住攛掇，在一次校務會議上開炮發言，大約是愈說愈激動講了些重話，那學期結束後被解聘了。且更難堪的是，原先拱父親的那些傢伙沒有一個支援，全悶不吭聲。待父親被整肅時他們全噤若寒蟬，與父親疏遠。

很多年後我母親說：「那根本不關他的事，只是新舊校長派系間的人事鬥爭，你爸沉不住氣，被人家一搧火就跳了出去。好了你丟了飯碗，大家卻好好沒事……」

我年輕時最羞恥之事，便是和父親一道搭公車。我坐在後面的座位，他坐在前頭，過了幾站，他會無視全車眾目睽睽，大著嗓門隔著一整車廂對我喊：「小三，小三，快起來，讓座給這個老太太坐。」

我從很年輕時，似乎便賭氣將自己朝一個與父親相反的人格發展：我不輕易臧否判斷他人之善惡，我孤僻離群，我厭惡用一正派道德者自居，我不相信任何可成一生執念的道德理想……。我看著這個離交親的年代已非常遙遠的世界在眼前分崩離析而緘默難言。我和孩子們嘻哈胡鬧在一塊，也許心底恐懼二十年後他們像我年輕時恨父親那樣恨我。我不知道如何理直氣壯用「風檐展書讀，古道照顏色」、「典型在夙昔」這樣的話語腔調，告訴他們要堂堂正正做人。

有一次，我帶兩兄弟在附近文具店玩一台「甲蟲王者對戰卡」的電動——這種機器，投幣後會從下方隨機吐出一張甲蟲卡，全憑運氣，有時你會拿到戰鬥值二百分的銀徽亮卡赫克利斯甲蟲，有時會拿到名稱幻異的絕招卡（「翠鳥之技」、「幻影旋風」、「獵犬猛撕」、「百烈拳」）——那天，為了一張珍罕的銀徽卡，兄弟倆爭吵起來，我忍不住斥訓了他們一頓：「要慷慨。」「什麼叫做『慷慨』？」他們睜大了眼睛問我。

因為無從由己身尋找例子，於是我窘困地進入父親的故事。「譬如爺爺就是個慷慨的人。」我乾巴巴地講起那個從小聽了無數次，我祖父他們太祖父賒豬肉給窮人的故事，這個故事的結局是「後來爺爺十四歲那年，你們太祖父死了，鄉裡人說：『我們欠了駱大爺一輩子豬肉錢，現在他走了，留下孤兒寡婦，我們該把帳給還了。』每家都上門還錢，還的錢，讓爺爺他們買了十幾畝地。」但是當我模仿記憶中的父親，說到「三斤哪夠，給五斤。」時，我的小兒子突然念起三輪車跑得快要五毛給一塊你說奇怪不奇怪。然後他們全吱吱咯咯笑起來，害我也表情滑稽跟著苦笑。

機車人生

這一陣子迷上了日本漫畫家古谷實，據說他真正大紅特紅的作品是《去吧！稻中乒團》（以粗劣線條和惡搞情節講一個高中桌球隊的故事），我尚無緣一睹。倒是從後來畫風變成熟的《機車人生》入手。當我和有持續在看日本漫畫的朋友提起「古谷實」這位漫畫家時，他們總支吾又隱諱地說：

「嗯……他的風格有點變態……」

但我讀完《機車人生》時，心中疑惑著：這並不變態哇。有點像幾年前讀過一部大陸小說家王小波的《黃金時代》，當然背景從文革知青下放轉換成日本東京的高校生人際小圈圈：無來由的青春潮騷；小男生之間精蟲灌腦對發光女體的渴慕；少年在生命第一次和殘酷生命（或社會體制）衝撞時，像未長殼的柔軟蝸牛被無感情運轉的金屬機械戳得鮮血淋漓；以及許多年後再從迢迢時光的另一端，追憶這一段逝水年華……

最後總是並沒有和年輕時以什麼「執子之手，與子偕老」這類純愛誓諾的戀人在一起，瘋瘋顚顚的哥們也總會散去。在我這樣的年紀，讀到這樣的作品，心裡總百感交集：沒有神學動員，沒有中年人的哀樂世故，沒有故意的女性主義，而就是純愛。他的每一格運鏡都讓人覺得是眞實正在發生的，慢速的，對那個媒體每天轟轟隆隆進行的眞實世界心不在焉的「高中生的人生」。包括機車、保險套、街上的變態男、面無表情對你施暴的成人，以及一種「命定會給身邊人帶來衰運」的自我想像，因爲濫好人個性而總捲入哭笑不得的悲慘世界（這個個性溫和的男主角荻野優介總像受驚嚇的小動物，被一些怪女生叫去演變態怪戲；或陪勒索他的傢伙去河裡找槍；或陪老大的女友去尋找老大，旅途中在小旅館被那其實也還只是十七歲少女的「老大女人」給上了）。……那一切悠悠慌慌其實根本不知道日後的生命還長著呢的憂鬱時光，一旦慢慢像水族箱底部，你以爲早被其他大魚掠食的透明小魚苗，隨著氣泡漩流從水草叢中浮出，眞是讓人又驚訝又懷念。

K君曾告訴我一個他年輕時在學生宿舍發生的場景：他說那個下午他獨自在三坪大的房間裡喝XO（這是一個蠻奇怪的故事開頭），那女孩是他的學姊，是個骨架高大但臉孔甜美的外省女孩，無邪天眞地跑來敲門。然後便是女孩坐在他的床上（其實只是一個鋪在地板的彈簧床墊），他坐在她對面的地板。K君說，那時他的視覺位置，恰正水平對著女孩穿著牛仔褲，腿卻岔開的部位（她以一種信任慵懶的姿勢半躺在床和牆壁間的靠枕上）。在那個房間裡，那個午后，那樣隔著一層牛仔褲布料的女體最神祕的部位，K君說，她也許正下意識地，擺出一個不設防的姿態。

他說，那時，我幾乎只要找到一句話，一個藉口，一個孤男寡女獨處密室（他們各自有男女朋友）因此無有人證的下流動作，一個前傾，一個像撞球擊球將手指、手腕順勢推出的小肌肉運動……就可以將那兩人靜止對峙的咒語打破。

事實上他也確實伸出手去抓起女孩的手。上一個瞬間，有一隻蚊子叮了女孩的手背一口。她說：蚊子咬了我一口。（所以她也在默許，甚至鼓勵他打破這身體僵局的動作？）他說我看看，遂撈起她的手。

但在那一細部特寫的瞬刻，他看見了一幅放大的怪異畫面：女孩薔薇色皮膚上那個腫起的包上，被她用另一手的指甲摳了一個十字的刻痕。

他說就在那時，他的慾火徹底被澆熄。「怎麼會在那麼短的時間就在蚊子包上刻一個十字？」

我不很理解K君關於這個故事背後的時光教訓是什麼？主要是他說到在同一時期，同樣的那個房間，當時他的女友。那是一個文靜保守的本省女孩。在其中的某一個午后，他告訴那女孩他決定要去法國念書。完全猝不及防地，女孩嚎啕大哭起來，哭得像要把內臟嘔吐出來一樣。他那時難免氣惱，我心裡還在盤算著我先去搶灘，一年後再接妳過去，怎麼就一副我們將要分手的末日模樣？

不想他到了巴黎不到半年，真的就和女孩分了。雙方都並無第三者。就只是包括空氣、溫度、街燈、街上流過的陌生人，全被抽調布景換成一座完全完全無關的城市。長途電話又貴（那時尚無MSN），昂貴且遠距的對話空白逐漸拉長，終於就在一大年夜惡吵一場就不再連絡了。

有一天，他獨自睡在巴黎近郊一個小鎮的宿舍裡，突然想起在台灣的那間宿舍的那個下午，女孩那樣哀慟地哭著。她那時就知道他們終會在此生變成陌路之人。他被那居然無法逆轉的命運巨大的什麼給重擊，自己一人縮在床榻上亦傷心地哭泣起來。

K說，可怕的是，這十幾年過去，有一天他靈機一動，上Google搜尋網的關鍵字欄裡，輸入那女孩的名字。他說，完全，完全沒有一筆關於她的資料。她在哪個單位服務？她曾發表過什麼論文？或是更年輕時考取大學的榜單？沒有。這個曾經和自己如此親密的一個女孩，就從天上地下活生生消失了。他覺得恐怖，又輸入幾個不同時期或長或短與自己有一段情緣的女孩們的名字。「還好，她們都在。」K說得像是有一個祕密組織要抹去他這個人過往任何相關人事之痕跡似的。後來他又輸入另一個女孩的名字（那個在自己手背蚊子包上刻十字的學姊），螢幕上亦是一片空白。

我後來又借了古谷實的《青山綠水好自在》和《當我們同在一起》，哦那畫風確實就頗符合那些朋友所謂「變態」的評語。我以爲古谷實是眞正曾在大城市遊民的聚落中混過的，他的人物們，醜怪、噁心、不幸且滑稽。他們被父母遺棄，遭街頭幫派利用再像蟑螂一樣踩扁，主要是他們完全沒有這類「流浪漢傳奇」主人翁冷眼窺紅塵的機智冷誚，他們在龐大城市峽谷的擠壓下，完全符合物種生存法則，變成低頭而古怪的模樣。我看了古谷實的作品，內心非常震動。我高中有一段時光，腦袋裡裝的全是，冷靜計畫如何暗殺我們學校主任教官的步驟。他是個僞善卑鄙的傢伙，會在我落單時告訴我「像你這樣的人渣，爲什麼不在自己家衣櫃用根童軍繩上吊算了」的大人；卻會在課堂用一種「針如果一直旋轉，線怎麼穿得進針孔」的奇怪理論告訴我們「世上沒有強暴這件事，只要女生不願意，誰都無法得逞」，逗弄著那些高中男生興奮崇拜不已的敗類……

魔偶馬戲團

朋友K君寄了一本怪書給我，書名《罪人的遺書——陳進興獄中最後告白》，是由「基督教更生團契」授權「新新聞」出版的。我一口氣便把它讀完了，讀完後心緒翻湧如潮。當然這可以視爲一本「罪人在走向死亡（槍決）之前的懺悔錄」，書裡說話的那個「陳進興」已受了洗，日記部分的段落常出現「主在十字架上爲我們頂了罪，祂的寶血潔淨了我們的污穢」、「願主的大能教導他走向正確的道路」、「我逐漸明白神要我學的是什麼：當我成爲祂的兒女後，生命的主權就不在我手中，祂是我生命的主」……這一類的話語。書後甚至附錄了陳進興〈給年輕朋友的一封信〉、〈公開道歉信〉或〈同房獄友見證〉（證明他們所見的陳進興並不是一面目可憎的魔鬼，而是臉上不時流露出喜樂與平安的基督徒）這幾篇文章。但我讀了之後，心中卻非常迷惑、沮喪，甚至有一種對於（可能是所有「滌淨儀式」爲了安撫社群或部落人心憂惶恐怖而不得不然的）「快速」（或曰「類型劇之套式」）的憤怒……

也許比喻不倫，但我覺得那像是幾十年前，重複看了二、三十遍電影《梁祝》的歐巴桑，明明熟爛情節，哪一段祝英台會悲泣而死、哪一段梁山伯會唱怎樣悲慟的黃梅調，然後殉情；哪一段會化蝶……但每每看到那裡都會爲劇中人慟哭乃至暈厥……

懺悔。寬恕。救贖。

彷彿一個裝滿了人類最深罪愆，人類黑暗之心所能創造最殘虐之罪，一只最毒的包裹，在那樣的「快速」中被匆匆打包，將他送去神的國度。一個殺人魔，他在監獄中認了罪，強光中看見他痛哭流涕跪下。讚美主。像一個展列的樣品，他將被處死刑，氣化、幻滅、消失在時光之謎的屏幕。從罪，到懺悔、到肉身灰滅，這個過程（神蹟？）像膠凝果凍被靜止那聖光垂照的**ending**。

誰有資格寬恕？「上帝自有其旨意」。那像是印度教的「梵」：個別的人，只是一個巨大宇宙意志流過之無數小容器其中的一個。近距離的眞實感消失了（他們用檳榔鉗剪去白曉燕小指的時刻，毆擊那吃了安眠藥或興奮劑而恍惚的少女的時刻，射殺方保芳診所三個人的時刻，暗夜強暴那些女人的時刻），他也是上帝的造物其中一種形狀，或許那些虐殺，無動於衷的施暴，是我們不理解的最黑暗之邊陲，懸崖下看不見的，無比恐怖的墜落。而連這，都是上帝（或祂的愛）所能包含、理解，收攝其神祕秩序……我們不理解，卻不能因之憤怒……

對不起，我在那樣的「罪人的懺悔」的快速中，看到了一種讓人背脊發冷的，想像力的匱乏。一些閱讀犯罪小說時ABC的「人物內心之轉變」之基礎要求，一些最簡單的提問：爲何罪人總在死刑定讞的牢獄中才會痛哭流涕體會神的愛？（爲何神蹟不是發生在逃亡山中的孤獨時刻？不是發生在殺戮當下受害者瀕死恐懼臉孔的面前？）如果，如果那必然會發生的死刑——

那將「邪惡之包裹」收件投遞給上帝的，讓肉身消滅的強光屏幕，那個ending——被取消了，消失了，罪人的生命時間得以繼續，他會在餘生如那懺悔錄中的自我描述，恪守「被寬恕」（如果眞的有）之前的，無有止息的懺悔？

話語的複誦、學舌如此容易。

譬如說，寫到他們三人在房間裡對白曉燕做的事，關鍵的細節總被跳到一些空泛如布袋戲師傅旁白的評解：

「……我還記得，那天爲了不讓她看清楚房間裡的擺設，只用一支小手電筒照明，房間內非常陰暗，加上心情十分沉重、緊張，每個人的喘息聲都很大，只是『人爲財死、鳥爲食亡』，我暗暗的對自己說：祇要這麼一次，這一次事情辦成，我就再不做這種事了。「可是，『冤有頭、債有主』，如今回想起來，怎麼也想不透，當初怎麼會這麼殘忍的對付這麼一位無辜的少女？難道她不是人？難怪有人罵我是妖魔，當時我的確是泯滅人性。」

這是什麼呼攏的反省？

……白曉燕藥愈吃愈多？他們看顧時也都說她會吵會鬧，問他們如何處理？都說：「拳腳相向」，但是問題的關鍵是，爲什麼吃安眠藥後，反而會大吵大鬧呢……後來我們才曉得……是時下的興奮劑之類。控制不了是不行的，你一下他一下，大男人出手力大，不知輕重，連白曉燕的命也打飛掉了……

總是「他們」（先死掉的林春生和高天民），用痲藥注射關節是民哥，切斷小指的是生仔，包紮的是「我」（陳進興）；殺方保芳三口人的是民哥（「爲了整容的事不被發現，民哥決定殺人滅口，我原本不贊成，但想了想，實在不想和民哥有什麼爭執，而且反正到頭來，都是一個死。」）；提及逃亡期間犯下的多起強暴案，他說：「我『入珠』的事，已經是衆所周知……逃亡期間……心理壓力實在太大了，亟於尋找發洩的管道——而我唯一想到的管道，就是強暴。後來我看報章雜誌上，專家的分析說：我屬於壓力型的強暴犯；另外就是憤怒，想到我的家人也被牽連，警政單位要逼我投案，簡直無所不用其極，而且又一再透過媒體放話……我實在氣不過，就想撕他們的臉面，讓警方下不了台，於是東曝光一個，西曝光一個，擺明了我人就在台北，你又能拿我怎麼樣？」

眞的，眞的，像忘了自己就是那殺人凶手強暴犯的說書藝人。又是犯罪專家的分析，又是神祕隱誨的「入珠」和生理的無奈，又是廖添丁形象獨自一人力戰「以多欺少」、「誣陷我無辜家人」的警方，又是「我原本不贊成，無奈……」這樣的罪人遺書，結尾加上「既然主都已經饒恕了我過犯，我也理當饒恕任何一個人對我及家人所有虧欠」——請原諒我，讀到這裡我差點昏倒，什麼？「饒恕」？誰決定了「主已經饒恕了」？誰賦予他陳進興「饒恕任何一個人」的道德制高點？我心裡想：他們在哄他。但爲什麼要哄他呢？因爲他們要讓那個包裹快速地投遞往上帝的國度。他們要他複誦《聖經》的話語。這個展演過程不容許他雞飛狗跳胡說八道（譬如他在關於張志輝部分測謊未通過的當天日記中寫：「我的測謊不能通過的話，全世界的話都不能相信了。」），他們不能允許這齣「罪人懺悔記」變調，摻入過於複雜的想像空間……

這本書讓我想起那時候在媒體大演「楚門的世界」的李泰安，還有那個「草船借箭」、「濟公鬥八魔」，讀著《孫子兵法》、《如何和驢子相處》的「兵法老人」李聚寶。那個造成舉國狂歡如愚人祭的瘋魔和痴傻背後，不正是一種「人」作爲主體的想像力的失落嗎？我們進行著偵探小說的想像力（所有：屍體裡的毒、鉅額保險金、測試機關車、時間差、所有的證人、之前機率未免太高的死人）；我們進行著綜藝節目Live秀加整人秀的想像力；我們進行著一種看戲時對「演員」和「角色」之間分裂、張力、表演技藝（或控制情感）的虛無的佩服……。而我們匱缺的，便是對那位越南新娘，那個倒楣死者感受的想像力；我們失去了對「罪」的想像力。李雙全的古怪遺書，李泰安的嘻哈逗耍，和陳進興的遺書操作著同樣的魔術：它讓人忘了那些死者，忘了已發生過的痛苦和眞實的死亡，讓人目眩神迷把眼光集中在他們的魔偶馬戲表演。

寶貝

最近因朋友推薦，買了一張CD，歌手是個年輕女孩，叫作張懸。專輯裡有首歌〈寶貝〉，歌詞十分簡單，簡單到像年輕時初讀羅智成的詩集《寶寶之書》，或川端康成寫藝妓少女天眞爛漫的一些小品：《虹》、《淺草紅團》：年輕如造物恩典，美好到不知如何是好。晃蕩也不是，專注愛一個人也不是，哀傷未來的衰敗腐朽卻又沒個想像藍圖、發憤上進又覺得浪費、時光像靜止一樣每一事物皆清楚分明，輪廓濛著光：

我的寶貝寶貝
給你一點甜甜
讓你今夜都好眠
我的小鬼小鬼
逗逗你的眉眼

讓你喜歡這世界
哇啦啦啦啦我的寶貝
倦的時候有個人陪（孤單時有人把你想念）
哎呀呀呀呀我的寶貝
要你知道你最美。

如是重複。這個女歌手的歌喉像在京都青石地磚小巷穿繞時，人家屋檐下掛的玻璃風鈴；又像某種彩色縐紋紙摺在小鐵絲圈裡再漿硬了的「風天使」——一整串穿著罩帽風衣騎腳踏車的小紙人偶，隨風打陀螺。嘩啦啦啦，叮鈴鈴鈴。透明、清亮。讓我這中年男人聽了，胸臆竟有一種近乎哽咽的懷念與感傷。黃粱一夢。夢裡花落知多少。這樣的歌聲，在這個悶熱而集體受創的島上，眞算是「療癒系」了。我不知怎麼衝動起來，笨手笨腳地拿手機輸入一些亂七八糟的代碼，把這首〈寶貝〉設定爲來電答鈴。

有一天午后，我坐在一間咖啡屋頂樓吸菸區，我的位置恰好對著鄰桌一年輕女孩的側臉。啊，她長得眞好看。當然不是像我們現在便利超商雜誌架上眼花撩亂一張張重彩妝五官立體把性的張力突顯到極限（總像某種貓科動物盯人的眼神，或色彩鮮豔的傘蜥蜴，啪，得用這張美麗的臉把架子上包圍住她的其他幾十張美麗的臉給擠開）的視覺系美女。她的眉眼很淡，甚至像古谷實漫畫裡某種性格溫和無特色的高校男生。那個頂樓有一半被規畫成戶外花園。所以強光從落地窗漫淹進來，冷氣甚至頂不太住那個熱。女孩很奇怪地穿著一件我那年代保守一點女孩不敢穿迷你裙時會穿的白色男子網球褲，短襪球鞋。我坐在那兒看著，心裡很感動，覺得人長得好看有時像做善事。主要是年輕，皮膚像新車鈑金那樣在折光碎影中照眼發光。我不知道女孩從何時意識到自己正被人觀看？她有點浮躁而無法在一靜止狀態中停留較長時間。一下低頭翻書（她的面前是一本非常厚且大，模糊可見整頁鉛筆素描一株植物或一件西方宮廷服飾的工具書。我無法判斷那是屬於園藝？醫學？裝潢？或美術的專業領域。）一下趴下小睡，一下以手掌托住我這一方向的腮（順便偷瞄一下是哪個變態男在盯著自己？）……後來她轉的筆一個脫手咻飛到我的腳下。我於是非常紳士地替她撿了起來，很想對著羞紅了臉且變得不自在的姑娘說：

「啊，珍惜你眼前的這一切。」

這句話是《搶救雷恩大兵》片尾，一整班的弟兄全慘烈犧牲，最後連帶隊上尉也在那困惑保護一抽象珍罕物事的不划算行動裡中彈倒地，飾演上尉的湯姆漢克，對著那個亦不理解為何有這一群人身軀壞毀相繼倒下只為保護自己的愣小子雷恩說的一句話。

我錯幻記得自己在十幾年前，或是二十幾年前，似乎亦在某一場合，有一陌生長者莫名其妙地走到我面前，說了一段類似的話。

前幾天參加一位昔日友人的婚禮，他算是再婚。之前的婚姻不知怎麼弄得一團糟。這人算是個有才華的傢伙，大學時在班上總予人一種乖桀不恭的孤狼氣氛，後來聽人說他父母在他高中時很突然地相繼謝世，留了一大筆遺產。但當他第一個婚姻結束時，手頭的存款竟全空。我不能理解那樣的情況下他內心的想法。（「啊，終於是徹底的孤兒了。」）我們到了婚禮現場才知道那是一個基督教儀式的聚會，教會裡的「兄弟」「姊妹」以馬蹄形座椅將新郎新娘圈圍在中間。他們以一種激亢熱情的話語形式，輪番祝福且「見證」主耶穌的恩寵。老實說我置身其中有點焦慮，我不是教徒，對於他們那樣將個體的獨立性徹底壓扁，交給一個巨大的靈（或是神），「在主裡面」、「與主交通」、「主告訴我我該做什麼」……我總本能地抗拒（我害怕任何形式，無可協商，絕對強大的「愛」的權威及代言）。但是當新郎致詞時，我那個朋友，只開口說了一句：「感謝主……」便泣不成聲。那一刻我竟也濕了眼眶。那一刻我竟也（只是基於卑微人類的哥們情義）對那個有無止盡「愛他」、「挺他」、「支持他」的他的老大哥「主耶穌」充滿畏敬與感激。我知道一個孤獨的個體，實難以意志支撐走過那死蔭之地，「我的神祢爲何離棄我」。我知道在我們這四十之境，去聖邈遠，寶變爲石，獨自逆著時間風暴所目睹的隳壞、傷害、背叛、不公、徒勞、同類的殘忍……所有的灰色風景，那豈是二十歲時如年輕之獸泅水登岸時甩著一身漂亮毛被上燦亮水珠時，所能想像、抵抗？

如果有一個神祕的存在，在天穹頂端，夜闌人靜時，以吉他伴奏，對著那像垃圾場裡被捏扁的易開鋁罐的我們附耳低唱：

哇啦啦啦啦我的寶貝
要你知道你最美。

天哪，你知道，除了將之設定爲手機答鈴，我願相信，所有聖樂賦格或教堂壁畫以一種隱祕的，搭建階梯的意志，確是爲了再聆聽一次，那個，神，溫柔又慈悲的眷愛。

撒謊者

大樂透彩狂飆至十二億那晚，我和妻帶孩子們回永和老家，母親告訴我們一個她最近遇上電話詐騙的趣事。她說那天她獨自一人在家，接到一通電話，一個大陸口音的女人，劈頭便問：「請問這裡是ㄊㄨㄛˊ小姐的家嗎？」我母親說妳打錯了，這裡沒有姓ㄊㄨㄛˊ的，但對方像一台啓動了便必須把流程跑完的錄音機，請問這位ㄊㄨㄛˊ小姐的身分證號碼是否是×××××？我娘一聽那確是我姊的身分證號碼啊，對方又說您是ㄊㄨㄛˊ小姐本人或她的家人嗎？我們是某某銀行，現在有人向警方報案說ㄊㄨㄛˊ小姐有一個在本行開的戶頭被人盜領，現在我們必須和您核對她的帳號資料……

我母親當下意識「這是電話詐騙」。事實上這類的電話我們家的不同成員各自皆接過不同內容、不同版本的情節：退稅通知、金融卡被盜領、某某電視台的市場電話調查、恭喜您中了大獎一輛奧迪轎車（不知爲何都是奧迪？）……繪聲繪影，電視新聞不是都在播嗎？他們把電話轉接到大陸，找那邊的打工妹來打這些電話，我們這邊的電信警察都抓不到。說還不能對他們凶喔，不然他們會訂二十個披薩送到你家……

母親說：「哼，一定是一個不識字的，拿著電話問旁邊的人，啊這個姓怎麼念？對方說這都不認得，這就是駱駝的『駱』嘛，結果她一拿起電話，就記成了駱駝的『駝』了。」

我覺得母親在把這件事當成笑話重述時，背後有一種她們那一輩人特有的，對於騙人者的世故體諒，她可以好玩又瞭解地描繪出騙她的人，在電話那頭坐成一排，像卓別林電影一樣疲憊重複著成千上百遍相同的台詞。那有一種，即使她們和對方面對面坐著，明知對方撒謊，也會因不忍對方竟為此芝麻綠豆大小之事，竟得強撐出一副正直誠實之貌「睜眼說瞎話」，忍不住想噗嗤笑出，心底湧起一種「我不值得您如此費心」的溫柔之情。

從小父親嚴厲禁止我們撒謊，我曾數次犯了極輕微之過錯，只因一念之間撒謊而陷入一疊床架屋無法自圓其說的謊言泥淖，最後竟被打得半死。但母親總在我們面前展演著一種，用不可思議、龐大華麗的災難場景之亂掰，讓父親信以為真（那些謊言拙劣到連我們這些小孩心裡都嘀咕：「慘了！這下被妳害死了。」可是不知為何每回皆能騙過父親），將原本該降臨在我們身上的慘酷懲罰消弭於無形。事實上在我青春期跟著一群朋友鬼混的那段歲月，幾乎是粗心大意近乎挑釁地胡亂編造各式情節欺瞞母親：騙補習費（花在彈子房和冰宮）、掛號寄回家的記過通知和曠課單（我告訴她我遭到學校一群教官集團之白色恐怖）、臉上的淤腫或幹架時撕破的制服（她真的相信我是一個走在路上常遇見流氓圍毆可憐老婦而見義勇為的血性青年），還有那些她幫我換洗制服時總該在口袋翻出的捏扁的長壽菸盒吧，但她在那悠長的三、四年內選擇了一個從不拆穿我的，像水族箱裡的一隻靜默水母，哀傷聽著我每日價天花亂墜把自己描述成活在一個正常世界的孩子。

那樣無憂且信任地撒著謊的時光眞令我懷念。

有一次，我的朋友老C在電話中埋怨，她在許久前答應了一個友人承辦的文藝營裡的演講，結果日期臨近，她完全忘了這件事，但她卻一點都不想去演講，但卻不知該如何開口對那朋友臨時放鴿子。或因我母親豢養在我內裡那個「唬爛就要龐大華麗」之機制又無端啓動，我替她出點子，說妳就說妳臨時接到邀請，要和妳男友去美國參展之類的……當時電話中我們爲了這個爛情節樂得很，我且警告她這段（去美國的）時光，她千萬要躲在家裡，不要再每日牽著她的狗在巷子裡招搖遛躂……

不想，兩天後那個辦文藝營的朋友打電話來要我去代課，他沮喪地說那個某某突然要去美國（那時我拿著話筒強忍笑意，沒想到她眞的幹了）。事實上當時我正値父喪，原可以此爲藉口推拒，卻因一種奇怪的隱藏於後的謊言網絡，我囁嚅不敢提及「我父親剛過世」這眞實之事而答應了那個代班。也許那時心虛地下意識以爲，我若說出「我爸掛了」會讓那也是小說家的朋友詫異驚服：爲了拒絕一場演講，連這種理由也掰得出口。

「到美國去了。」「消失在他方。」我記憶中年輕時怎麼無數次替那些宿舍的人渣哥們編造故事，欺騙那些被玩弄感情的無辜女孩。在電話中繪聲繪影地告訴她們：「……他……死了。上禮拜他的母親和姊妹來這裡，把房裡的遺物整理收拾搬走了，現在這裡沒有這個人了……」

謊言至此其實就夠了，但或是我母親在我心底留下的懸念，我總在那些女孩不甘心的追問下，鉅細靡遺寫實主義風格地描述他的死因，死前那晚急診室的場景，其實有一些跡象似乎顯示他的死和對您的感情有關……什麼？他母親帶走的遺物有沒有一件（一個女孩的素描畫？一本書？一條圍巾？）……您這麼說好像在紗門推開的那一瞬有這個印象……

前不久在一位長輩友人家中聚餐，席中有一個聰明機伶的男孩，我從他後來的談話中得知他來自一個有一段傷心往事的單親家庭，他母親似乎也因那段往事變得嚴厲而沒安全感。所以這孩子的外貌較實際年紀孱幼瘦小，但心智卻超齡早熟許多。我從他以二十歲年齡可以在一桌大人間自由穿梭冷雋笑話，自我嘲謔，夾評夾敘地對一些文學，政治或八卦的話題發表看法……，猜臆他必然有一極敏感之心靈。我那時難過地想：這就是二十年後我孩子的模樣吧。但這一切都在稍晚他母親的一通手機來電後，變得像仙度瑞拉的十二點鐘響後所有魔法消失。他臉色慘白，喃喃自語，變回一個恐懼惹母親傷心的小男孩。那時，屋裡所有的大人們都慌了手腳，大家都在幫他出主意。原來他並沒有讓母親知道他跑來參加這樣一個父執輩的聚會。他虛構了一個高中同學會和散會後他跑去其中一個當年同學的家中打電動的情節（完全就是合乎他年紀的青少年動線）。後來我在開車緊急送他到捷運站搭車的路上，才大約聽懂他恐懼的核心：那晚聚會中的幾個大人，其實皆是他父親的舊識。他知道他母親有多痛恨任何與他父親有關的事物以任何形式再滲入他們家。那時他突然請求我，扮演他的高中同學，也就是說，他回家後，會把我的手機號碼給母親。他母親就會打電話給我，但是那時候接電話的我必須變成他的高中同學某某某。我必須裝出青少年的嗓音，說伯母是的我們今天的同學會結束後，趙家華和其他幾位同學都來我家。「那我父母呢？」「去美國了。」「那來我家的另外幾個同學是誰？你媽如果要他們的電話？」「好，我想幾個她不熟的同學。」「你是念什麼高中？」「你媽會不會問我你們高中老師的名字？」……

於是，像電影裡那些重構身世的諜報人員，我從四十歲的中年人偽變成二十歲的大學生，「對不起，再說一次，我叫什麼名字？」那個晚上，我一直背誦著那些名字，等待著那個母親的來電……

Platform 2

楊宗緯

某一個禮拜天深夜，我的朋友小恍過生日，一夥朋友殺去永和一間KTV算給她慶生。我大約十幾年沒進過這樣一群人圍著播放伴唱帶之電視螢幕搶麥克風的密室空間了，翻開點歌本全是完全陌生的歌名。小恍那天非常high，之前一路吱吱喳喳對我們幾個歐吉桑講著一個古怪歌唱大賽和一個長相像猿人歌喉卻如獅子座流星雨一般華麗又悲傷的年輕人。我們面面相覷，不知如何接話。小恍算是我認識的創作者裡眞正吃過苦、眞正「生活過的」。很長的一段時光她都在夜市賣仿冒手錶，每個月和朋友開小貨車全省批貨，靠此維生。也曾在KTV當過駐唱公主。她的感情一路也不是很順利，總之，她的年紀雖然比我少上許多歲，在這一掛朋友裡，卻有一種我們無法相比的世故與滄桑，但突然聽她充滿激情地說：

「……這是我這一輩子第一次感受到做一個粉絲的純潔與瘋魔，我家沒電視，每次那傢伙要唱的時段，我便神魂顚倒，到處找朋友家借電視看……。我是眞的被他的歌喉迷住了，有時聽他唱歌，就會坐在電視機前面一直流淚停不下來，我的朋友都罵我神經病……。」

那是我第一次聽到「楊宗緯」這個名字。那天晚上，小悅在KTV裡點的歌，據說全是楊宗緯在《星光大道》上唱過的歌。和我們這些老B央點羅大佑、伍佰、趙傳或〈雪中紅〉、〈車站〉、〈行船人的純情曲〉完全不同，她的歌旋律特別有一種類似科幻片的未來感，當然小悅的歌喉和我們完全不在一個水平上，我覺得唱那些歌時的小悅和我們平常在pub鬼混胡扯時的小悅，好像變得不是同一個人。我說：「小悅妳可以去最高級的爵士酒吧駐唱吔。」

那天回家後，出於好奇，我上網（我家也沒接第四台）抓了楊宗緯的演唱實錄。他唱的〈新不了情〉、〈人質〉〈聽說愛情回來過〉、他和蕭敬騰PK的〈背叛〉，直到聽到他唱孫燕姿的〈雨天〉那段：

誰能體諒　我的雨天
所以情願　回你身邊。
此刻腳步　會慢一些，
如此堅決　你卻越來越遠。

我發覺我已被小悅的熱病傳染。

當那些男孩們用宛如西洋劍般尖銳輕顫帶著貴金屬延展度極高的歌喉對決，分出勝負而哭泣擁抱時，我竟也忘記年齡地熱淚漫面。我在心底嘀咕：「幹！這算什麼？這些娘娘腔傢伙。獎金兩萬塊，唱歌唱輸了就亂哭，贏的也哭？這些穿得像吸血鬼的軟弱傢伙。」邊哭邊罵。問題是那個叫楊宗緯和蕭敬騰的兩傢伙，他們的歌聲真像顯微鏡頭下，最豪華的鑽石尖錐把堅硬的玻璃當成水滴切割裂開那樣乾淨。他們的喉中藏著一枚鑽石，割裂空氣，然後把鼻腔唇舌變成宛如一座巴洛克教堂那樣朝天頂迴旋而上的神祕音箱。

但那近乎天籟的美聲，不再是讚美詩歌或神聖詠嘆調，而是痛苦的肢體，扭曲的五官，心臟因狂愛而像番茄爆裂，靈魂因哀慟回憶起傷害而瞬間變得慘白。那是像葛奴乙用滾燙的油將玫瑰花的香味熱萃抽出時，那些花瓣吐出自己精魄同時瞬間枯萎的，惡魔的歌聲。

我發現我內心充滿了嫉妒與感傷。

我已不知不覺到了邊界的另一端。

在邊界的這一邊，我習慣用「無喜無悲」這樣的文化性格，壓抑自己面對美好事物或殘忍不義或傷害別離而起的種種激情。

那有點像，我重考放榜那天，得知自己考上成功高中、興沖沖跑去買了一把吉他揹回家，我父親卻拉下臉將我痛斥一頓。或是，上了大學的某一天，我對父親宣布：「此後我這一生要當一個小說家。」父親的臉像爐窯中燒壞的陶瓷那樣凹陷垮掉，分不清是警告還是恐懼（他的子裔墮敗衰弱了？）：

「兒啊，人生還有許多重要的，用盡全力都無法解決的事……」

父親老了之後，變得嘮叨且易感，常拉著我傾吐他半世紀以上生命早期所受的委屈和苦難。有一次他告訴我，他十四歲時父親（就是我祖父）過世，原本是私熟裡書念最拔尖的，卻不得不輟學跟著大伯父殺豬。有次被尖刀在手上割了道口子，滿頭臉豬油豬血那樣哭起來，大伯父一腳就把他踹翻到整攤豬腸豬肚和排泄物上，痛斥：

「哭什麼哭？人家哭是哭給爹娘心疼的，我們沒爹的，哭給誰聽？」

後來輾轉逃來台灣，有一次在台中，一位原本在家鄉是富家公子哥的同鄉拉他去歌廳聽歌。那舞台上旖旎如夢，女歌星的身段風流、嗓音柔美。父親被這時空錯置的繁華痛擊，在台下痛哭失聲。出來後發誓此生絕不再上類似場子。

「因爲我是孤兒啊。」

不敢讓自己直面那些激情美麗的事物，對無節制的感情感到狐疑與不安。又譬如像我的某些長輩，年過五十戒菸戒酒，當我告訴他們我確實爲了「星光幫」某些歌喉如懸絲走索的神祕時刻感動時，他們帶著保留的譴責眼神看了我一眼，只差沒說出口：「你也終於變得媚俗了嗎？」他們說，那些瘋魔的群衆，他們眞聽過邦喬飛嗎？眞聽過唐．麥克林嗎？肯薩斯的〈Dust in the Wind〉？齊柏林飛船？生命不是該保留著更大的感動之「Quota」，留給那些更難以言喻結構複雜無法以單一激情穿透的眞正美好事物？

另一個我一向極尊敬的老大哥，在我試著談這個話題時，只淡淡地說：只怕是又一次的炒作，台灣人的集體感情再一次失落幻滅。然後他充滿激情地告訴我他正讀的一本書：在一九一〇年代，幾個英國探險家用當時簡陋的裝備，到南極去採集企鵝蛋的悲壯故事。他說，企鵝這種笨鳥，因爲選了地球上最惡劣難以生存的環境繁殖後代，所以幾乎沒有天敵去淘汰牠們，因此牠們可能保存了地球最古老鳥類的特徵。這些探險家想去取得企鵝的胚胎作研究，就必須在人體根本無法承受的南極永夜之酷寒黑暗中冒險。他講了一些他們如何使用睡袋（那時沒有暖爐或發電機這些設備，帳篷裡的火要熄滅前，所有人全快速鑽進睡袋，和睡袋凍結在一起，這樣就不會凍死）；他們在冰層上遭到殺人鯨狙擊；他們為了求活不得不射殺自己的馬匹；有一晚帳篷被暴風雪吹走，所有人互道祝福知道死期將屆，卻意外在第二天的路途中重新拾獲那面帳篷。

後來這群人好像還是全部殉難……。這個故事是後來的探險隊在他們其中一人的屍體找到的日記，才為世人所知。

我知道我已到了邊界的另一端。

我知道我將一如這些長輩，或我父親，慢慢知道世界有更多更巨大殘忍更超越人類極限，因此難以言喻的感動形式。因此多疑而不輕易激動……

但不知為何，我對那兩個用歌喉把靈魂向上拔高的男孩，充滿了嫉妒和感傷。

老師

不知是否過了一年紀之後的人生境遇，最近這樣的事屢見不鮮。前一個晚上，我和孩子們聊起小時候我和我哥我姊三兄妹，在父母不在家時胡鬧之惡行（我和我哥用那時還是黑硬塑膠殼轉盤撥號式機筒亂打電話惡作劇，我姊則和我們恐怖平衡互不告密，站在我媽的梳妝台前偷擦口紅畫眉筆彈粉撲），第二天獨自在家便接到一通我到現在還弄不清是惡戲、詐騙或靈異的怪電話。一個少年的寂寞嗓音，似乎在偏遠地區收訊不良充滿雜音的話筒彼端，有點失落有點譴責地喊我近三十年前極少數玩伴才知道的綽號：

「……被你害慘了啦……沒有一個人來……你知道我等多久了嗎？你到底會不會過來啊……」

或是從白日回籠覺某個深刻凹陷如前世經歷，無比眞實的夢境（通常是長街、巷弄迷宮、遙遠年代的車站大廳、雜草叢生的無人遊樂場）中悠悠醒轉，正不知此身何在、今夕何夕的模糊邊界，便接到壓在枕頭下手機來電（原本是設定鬧鐘裝置），多年不見的友人輾轉從出版社問到電話，告知我某某走了，死了。怎麼回事？自殺、跳樓，怎麼可能？就是發生啦，還留下一個念小學的女兒，說是失業後爲鬱症纏困，老婆去年就搬回娘家，卡債繳不清銀行也凍結了他所有的信用額度……

掛了電話才想起，之前那浸浴在柔和至怪異的白光中，用一種悟道者空靈縹緲神情和腔調對我吟唸著「深潭魚可釣，幽谷鳥可羅，此心長久在，毋須自煩擾」、躲在簷下陰影說話的，不正是某某嗎？

昨天，才和S聊起國中往事，在一種睽違久遠的青春懷舊激情中，想起一個叫厂的傢伙。他是國三那年轉到我念的班上，但當時我那一班是國中最後一屆能力分班（也就是有所謂「實驗班」、「A加班」、「放牛班」這些名詞的最後一個年頭）的第一好班，國一國二時的玩伴好友全被打散重編到B段C段班，原班留下的成績特優成員怕不剩二十人，再混編其他各班挑選抓上來的前幾名菁英（至於我這廢材爲何可以留在那班上？說來慚愧，我記得那個暑假的結尾，父親鐵青著臉把我叫去書房，好像我幹了什麼羞辱家門之事。原來是校長──他是父親之前在南師的學生──打電話來，說令郎的成績本該被刷至B段班，但如此這般於是他們特別酌情把我留在那象徵榮耀與頂級的魔鬼升學班……）。所以，瘦削安靜的厂並不特別引人注意，他的成績大約保持在二十名左右（我告訴S，我們那個像外星人租界特區的怪班，後來放榜，男生二十幾個上建中，女生也快二十人上北么），窄窄的肩膀和下巴，隱身在那群天才少年少女集體瀰散的疏離冰冷氣氛中。反而是我，一整年陷落在一種機械故障完全脫離課室眞實感的「腦袋一片空白」，故而成為我們那矮個子但意志堅強的導師作為懲戒示範的舞台發光體（抽藤條、半蹲、擰耳朵、後腦鑿爆栗、板子打大腿）……

像所有劫後餘生者描述自己曾經歷之苦難時，總暗藏不自覺的吹噓與眷戀愛撫情感，我告訴S：「妳知道我們那導師有多可怕嗎？有一次有一個女生裝病請假在家，我們導師打電話去她家，才喂了一句，只聽到匡啷就沒了聲響，話筒那邊我們導師奇怪地喂、喂、喂，結果是那女生昏倒了……」

這個ㄏ，直到畢業旅行那次，在溪頭的學生活動中心臥室裡，掏出菸來分給我們幾個班上算廢材級的傢伙吞雲吐霧（我當時心裡還想，哇，這個好學生聯考壓力太大崩潰了），我們導師突然推門闖進查房。我頭皮一麻想，靠，死定了，看畫面也一定是我這害蟲帶頭作亂。所有人全慌忙踩熄菸矍然垂手起立，但那一刻，我看見只有瘦削的ㄏ，仍叼著菸，手插在西裝褲口袋，蹺著腳，仍坐在房間那張破沙發上，微笑著和我們導師目光對峙著。

那像西部片拔槍前兩造屏息靜止的過程，在漫長時光之流被我不斷放大，緊縮的瞳孔，抽搐的臉頰肌肉（當然我不可能注意到這些），一旁的其他傢伙全變成一二三木頭人……

直到我們導師用一種對大人說話的腔調（甚至帶有一種同謀不宣的兄長情感）說：「ㄏㄡˊ，你們幾個，啊？居然在抽菸？」然後推門出去。什麼事也沒發生。

我告訴S，後來我才知道，以那年紀來說，ㄏ是「準中之準」（就是「大條中的大條」，「玩眞的」之義），他之所以轉學來台北，就是被雲林原籍的中學開除。他母親家族是地方黑道，他因為個性極狠，原是地方一群少年的「ㄔㄨㄚˇ頭的」。他來台北一年，兄弟們原來的地盤被其他大人的幫派踩掉，聯考完那個暑假，這傢伙便像基度山帶兄弟們揹著吉他袋，裡頭裝長武士，一間一間地到海產店或泡茶間去「討回來」。

那是一個對於我這台北小孩，無比陌生罕異，近乎魔幻，日後在侯孝賢電影中才擬想、全景湧現的窄窄扁扁世界……

不想今天，我因事回永和老家，在中興街口 7-eleven 買菸走出，一個人叫喚我的名字，我一轉身，是我那位國中時的導師。

他的個子仍然小小的，頭髮烏黑梳得齊整，眼睛非常美（這是長大以後的我第一次發現這件事），臉孔完全不顯老態。我一眼就認出他來，且第一瞬間便進入二十五年前那個廢材學生老鼠見到貓的惶恐和心慌。我說天啊老師居然會遇見您（唉我總在這種關鍵時刻說出蠢話）。他一直說：「太好了，太好了。」他告訴我他早已退休，現在常在桃園種種菜，偶爾回永和巡巡房子。他說他常在報章雜誌讀我的文章。（我竟然囁嚅說：啊，那些太變態了。）

我有一種悵然若失之感，似乎這二十多年來，我始終把他曾施加於身的暴力，當作一種，作爲柔軟、孩童、歡樂、人渣部分之我，對立面之傷害縮影（我多想對他說：「我到現在還常作考試作弊被您抓到的噩夢而嚇醒呢。」）。那使我無論如何努力，底層總揮之不出那無來由的自我譴責與挫敗感。但時光迢迢，站在我面前的卻是一氣質優雅、溫文有禮的老派紳士。我被喚起的竟是孺慕懷念的情感。那時，我總像被和整個菁英之群區隔開來，被他展示地用藤條抽打。但現在的我，內在靈魂某些自我規訓的意志，竟和他當年如此相像。他曾非常認眞地要十四、五歲的我們讀《老人與海》、《天地一沙鷗》並要我們寫心得報告。有一次他曾說起他念師專時，個子最矮小，家裡又窮，被一些同學瞧不起，但他每天強迫自己在宿舍苦練，最後竟能作一千個伏地挺身……

他像從一張懷舊照片中走出來的活生生之人。當年我不理解，那一刻我卻覺得我和他如此相像。我們像《秋刀魚之味》裡的老派男人之間，執最典雅的師生互相鞠躬之禮。他說：「問候你爸爸媽媽。」我說好的好的。等他走遠後，我才想起沒解釋我父親已過世多年。

街車人聲轟然浮現，我心裡想：「啊，我終於到了能深刻體會這種感情的年紀了。」

哥哥

他想不起他哥哥的臉，但始終覺得自己在和躲在暗影中的那個永遠停留在青春期的哥哥下著一盤結局是被死神摧毀的棋。他哥哥常把光天化日之下非常簡單、一目瞭然的小事，扯進一個像宇宙黑洞無比複雜瑣碎、古怪又脫離現實的夾纏之境。沒有人知道他眞正在做什麼。譬如說，他哥開著一台快二十年分的二手破車，幾乎每兩、三個禮拜，那輛車皆會像女子月經一般發生奇幻的故障損壞，有時大有時小，搭配著他哥哥那神乎其技近乎好萊塢電影的唬爛情節：高速公路連環追撞；車子行駛到一半引擎突然失火；車門鎖被小偷撬壞得整副換新；車子四個輪胎不知被哪個該死的民進黨全拔走了；開在某處險降坡煞車突然失靈還好他把車去撞山壁才沒墜落懸崖……

有一天他迷惑地問他哥：爲何不換台新車算了？他哥卻擺出一副節省捨不得騷包的摳王模樣，「還能跑，就將就點開吧。」後來他意識到，那台隨時處在災難狀況的破車，正是他哥的自我延伸，他哥以自己處在顚沛危機狀態中的形象，躲開這世界運轉且必然朝向衰老敗壞的方式。

他母親和他哥哥之間的，笑瞇瞇而不頂眞實的，老男孩之夢。

有一次，他收到一個包裹，上面密密麻麻用德文寫著收件與寄件地址，唯一的兩個中文字：「張燕。」那是他們外婆的名字。他困惑地拆開那牛皮紙封和內層的乳突氣泡膠膜，發現是兩枚像 Maracas 沙鈴，散發著一種夢中魔物光輝的，德軍二次大戰使用的長握柄圓筒甩式手榴彈。

他們父親重病在醫院的那一陣，有一次他哥哥託他到他住處拿一份父親的文件，那個房子是他們父親從前囤放老家放不下之大型藏書之處所。他一上了二樓，被眼前那彷彿二戰德軍紀念館的詭異場面給嚇呆了：他們父親的書櫃拉門上，掛了五、六件灰綠或德國藍的德軍軍官冬大衣，有山地師的、有突擊隊的、有裝甲師的、有一件 SS 上校軍官服，肩上和襟前掛滿軍種辨識章和鐵十字勳章。地磚上排列著幾把長槍（他只認得其中赫赫有名的，帶著納粹印皮質槍帶的 MG34 機槍和 MP38、MP40 輕機鎗，還有一柄 K98 步槍），一旁散放著整套清槍工具、準星套、皮革彈藥包、機槍彈匣、彈鏈……，另有幾把木柄傘或步兵的格鬥刀。在他父親原來堆放著家譜和照相簿、筆墨硯台的書桌上，放著兩頂德軍鋼盔、一副防毒面具、望遠鏡、摩托兵防風鏡。另有一些勳章可能較罕見珍貴，排放的下面壓著紙，他哥哥用一種收藏達人的瑣細筆跡在上面註記著：

橡葉劍銖十字勳章、銀橡葉騎士鐵十字勳章、一級鐵十字勳章、金質戰傷章、體力章、山岳部隊銀蕨草章，二級鐵十字勳章、雙劍銀橡葉鐵十字勳章、佩劍戰功十字勳章、克里米亞戰役臂章、維爾維克戰役臂章、狙擊手紀念章、東線冬季戰役紀念章……金銀輝錯、眼花撩亂。

在他們父親原來放一只菸斗的極沉水晶菸灰缸正中，躺著一把套了硬皮革皮鎗套的P08軍官手槍。

那是他哥哥的「第四帝國之夢」。

當然那一開始只是個玩笑，就像後來他們長大之後，他哥哥和他躲在他們母親衰弱老婦的恐懼暗影裡的那些男童玩笑。

小時候，他哥哥先是沉迷於田宮版的德軍模型小兵以及「人類夢幻殺人機器」——虎型坦克，同一時期，他們共用書房書櫃上全被擺滿了太平洋海戰那些如霧中神獸從遠古傳說中駛出最終被天火殛殲的日本艦隊：赤城、加賀、蒼龍、飛龍，還有「不沉戰艦」大和號，信濃、金剛、比叡……種種種種。後來，他哥哥的書櫃上開始出現各式翻譯拙劣的二次世界大戰戰史：偷襲珍珠港、中途島海戰、斯達林格勒會戰，諾曼地登陸，克里特島空降之役、敦克爾克大撤退、沙漠之狐隆美爾、坦克大決戰、市場花園作戰、決戰雷馬根大橋、最後的柏林……

有一次他聽見他們的父親用一種彷彿自己觸犯神祇而生出怪物的驚怒口吻說：

「你怎麼在看這種東西？這個人是個屠夫哪！」

他印象極深，那是一本封面印了個黑眼眶小鬍子男人畫像的《我的奮鬥》。

他哥哥要他見到他時，手臂朝前直伸，雙腿併攏，兩眼朝遠方天空直視，高喊：

「ㄏㄞ——．ㄊㄜ——．ㄌㄚ」

也許這只是少年之間的胡鬧。天啊他們可是遙遠的太平洋上一個小島上的亞洲人哪，他哥哥卻告訴他他要「重建第四帝國」。重建之後是什麼樣的光景？他哥哥當然是「那個人」了，到時會封他爲希姆萊。那是誰？他哥哥告訴他，那是蓋世太保的頭目。後來有一天，他哥哥沮喪地告訴他：「算了，你還是別當希姆萊好了，原來希姆萊不是希特勒的弟弟，那只是翻譯音，他們並不姓『希』。」

長大以後，一次他意外在網路百科讀到希姆萊這個人：「……一九四一年希特勒決定消滅歐洲猶太人，希姆萊在東歐組織了若干座滅絕營，大戰結束之前，幾乎消滅了歐洲的整個猶太民族……」

天啊。

大學他哥哥念的是德文系，退伍後在一間進口西德濾水器的貿易公司待了三年，之間曾陪同老闆娘帶著打算移民德國的兩個小孩，到波昂、科隆、法蘭克福幾個城市「考察」了半年，主要是翻譯兼管家，替兩個台灣小孩找合適的寄宿小學和語言學校。辦妥回國後就被解雇了。

那可能是他哥哥最接近少年幻夢中「第四帝國」的眞實地理位標的一次了。

當然很難理解，那個「未來的第四帝國元首」日後會變成一個脫離現實，瘦癯但邋遢，無有火氣的流浪漢，同時又馴順無比每週回永和老家三、四天，幫衰老的母親修整院子裡的樹，捕殺老鼠、跟那些巷弄裡的阿婆們蹭擠著拎垃圾袋追垃圾車，甚至替外婆、母親和姊姊這三代母女仨洗她們胖大發黃的胸罩三角褲……

且這個家，從他們父親的摔倒、失智、慢速死亡；他外婆的猝死；到一年一隻他們養在這屋裡如家人的五隻老狗逐一死去，全是他哥像那壓低帽簷的冥河擺渡人，沉靜地（駕著那台破車）護送他們破敗的屍體，分別送往人和動物不同規格之火葬場。他哥且協助母親，將老屋滿坑滿谷，蠹蟲與粉末混藏，他父親生前的藏書（包活一套筆記小說大觀、一套大藏經、古今圖書集成、二十五史、道藏……）全分落裝箱，捐去一所佛教大學圖書館。有一天，他向他哥哥（這時他們已是一對四十多歲，禿頭的中年兄弟了）訴苦兩個孩子帶來的經濟壓力有多大多大云云，他哥哥照例用那卓別林式的，比正常世界轉速快了一、兩秒的滑稽腔調說：

「弟弟啊，把他們交給我，我拿去網路上拍賣了吧。」

輯四

差了一點點

不死

我的外婆今年九十六歲，她是民國元年出生的。在我很小的時候，印象裡她就是個老人了，如今我已年過四十，我外婆卻仍硬朗的很。她個子很小，似乎曾纏足過但運氣好並未眞正嚴格執行成不良於行的小腳（或許是因家境不好吧）。她並未像一般家中老人臥病在床，反而每天勁搞搞地自己起床、梳頭、盤髻、洗臉，拿著長串念珠念佛，像一個精鑄的實體而非幽靈在我父母家那幢老房子裡走來走去。相對地，過去的那十年裡，她的兩個女兒（我母親和我阿姨）陸續因膝蓋老化蹣跚於行，她們艱難地走在街道上或上下公車時，旁人眼中可能已是不折不扣的老婦了。她的兩個女婿（奇怪都是外省人），我父親在六年前赴大陸旅遊時中風倒地不起，在病床躺了三年終於離世；我姨丈在一次到醫院門診拿藥後，心臟病突發昏倒在電梯裡，人們發現時他已經走了。這兩個（當初她極力反對）外省女婿在臨終前的幾年其實都因阿茲海默症而予人一種孤獨、痴傻老人的印象。可以說衰老、或某種變速球般的死亡對決，讓這些小我外婆一輩的老人們，在揮棒落空時皆無奈顯露出狼狽傾跌的形貌。

只有我外婆像《百年孤寂》中的「大媽媽」易家蘭，被死神遺忘，雖然一直萎縮成木乃伊的乾枯瘦小模樣，她仍然頭腦清楚，四肢靈活。曾有一位長輩憂心忡忡地對我母親說，一種古早時的陰暗傳聞：

「人家講家中老人家愈長壽，卻沒有病痛，沒有臥床亂拉屎尿，那是不好的事，代表她會吃子孫。」

這個說法讓人毛骨悚然。「有沒有？兩個女婿都被呷呷去啊啦。」

當然你可以把這樣詭異的民間說法視之爲農業社會近似《楢山節考》的「殺老人」傳統之潛意識闌尾，唐諾先生在《文字的故事》中曾有一章就某些中國造字之構圖證據，討論了許多這些可怕的、殘酷的，讓人心裡發毛的字：杖殺老人、勒死嬰孩——主要是將生產力已捉襟見肘的荒貧社群中失去勞動價值的邊緣人「人道處決」的悲慘、務實需求。一個百歲人瑞在富貴人家、豐年盛景裡，自然是像賈母那樣的「老神仙」，庇佑著這家人福澤盈滿的活生生儀幡。但若在一年輕人都活得艱難困窘的饑荒年代，活了百歲的老人卻健步如飛，自然會讓自己都與死亡僅隔一層薄門板的後輩們，產生一種「他（她）不是本來的那個人，而是被某種非人類常態的神祕物事所攫奪占據」的恐怖幻影。一種對超出共同經驗法則的時間變形（長壽？）之畏懼：於是長壽的老人突然「非人化」了，牠拖長的影子變成一個把子孫一個一個放進嘴裡啖食的怪獸。

前一陣力霸金融風暴，我們的媒體不是也穿鑿附會地傳言：王又曾曾請法師作術，「借子孫之壽」以添自己之福？

主要是，我阿嬤在我父親和我姨丈相繼過世後，變得更精神奕奕，容光煥發。有幾次我回永和，恰遇見她獨自坐在床沿（那是我父親生前的臥室），把髮髻解開，像一隻愛乾淨的貓舔洗爪子那樣往自己的披垂長髮上抹茶油。你實在很難相信，一個近百歲的老人還有那樣一頭豐茂油亮的美麗頭髮。她變得非常貪吃，一餐可以吃下一大碗公的白飯上面堆滿各式雜菜。卻時時喊餓。常常剛吃過午飯或晚飯，就跑進廚房催我那個已近七十歲的母親：「有沒有弄吃的？我肚子餓，早點開飯吧。」問題是，你不知道那麼多食物進入她身體裡，她卻仍瘦小如故。當然可能是某種由血醣升高反應飽足感的腦垂體機制發生短路，但那些吃下去的食物究竟到哪去了？

另外，我聽我姊說，阿嬤在去年那場大病過後，時間感全混亂了。她常在正午屋外天光正亮時，迷惑地問：「今嘛是暗暝啊沒？」或是晚上九點她自己才躺下睡不到十分鐘，便驚惶失措地爬起跑去客廳，將電視前坐在按摩椅上打盹的母親搖醒：「天光啊啦，緊起床嘍，早頓還未準備。」像一隻夜啼的雞。原本她是那種不看鐘錶僅憑自己生理時鐘掐摸大約時辰的老輩人。但後來姊姊不只一次，發現她坐在陰暗的房間裡，一臉徬徨盯著一只鐘的數字和指針瞧。她弄不清那顯示的時刻是上午還是晚上。

似乎連時間之神，終於也遺忘她，棄她而去了。

去年農曆年剛過，我阿嬤一直喊肚子痛，我母親她們將她送到醫院急診。醫生馬上開出病危通知，似乎她腹腔內主要器官包括肝、腎皆已衰竭，好像腸道還黏著在一塊。他們認爲這麼大年紀人還要動手術根本是造孽，於是把已昏迷的阿嬤送去我阿姨家。一些佛教的師姊們穿著黑色海青絡繹趕來，大家圍在她的「靈床」前幫她助念，所有人都被一種絕對不是悲慟的浮躁情緒籠罩。我趕去時，她們對我說，這是她們幫人助念以來遇到年紀最大的臨終者，一百歲的躺著的軀體讓這些六十歲歐巴桑相較之下簡直就是少女。我看著床褥中那顆小小的，雜色的頭顱，心裡想：「終於要死了嗎？」床邊跪著我母親和我阿姨這一對雙膝皆損壞的老姊妹，她們的表情像即將失怙的女兒，但是天啊她們早已經是暮年喪偶的寡婦身分。她們像撒嬌那樣對著閉目仰躺的阿嬤說：「阿母，你放心去，去阿彌陀佛那裡，不要煩擾啦。」

那個晚上，我也站在人群中念了六、七個小時的佛號，突然引磬聲驟停，我阿嬤從床上翻身坐起，嗓音響亮說：「我要放尿啦。」

未必存在的身體

B君告訴我兩則關於身體的故事。

他有一位舅舅，直腸癌末期，生命最後的辰光瘦得皮包骨，靈魂卻變得透明一般，常陷入一種獨自一人在等候開往遠方的客運車那樣的神情。他開始喜歡自己開車到淡水無人海邊甩竿釣魚。有一天，他如常在海邊待到天黑卻一無所獲，收拾了釣具和冰箱，穿過沙灘和公路邊一片木麻黃和荊棘林，突然迎面一陣怪風機伶伶打了個冷顫。後來他回憶起來，似乎有自覺意識的時刻便到此為止，接下來發生了什麼事全渾然不知。

所有的事情全由他的舅媽，那個可憐的婦人目睹。她接到電話，警方說妳是某某某的家屬嗎？某某某出了車禍，目前在金山醫院急救，她趕至醫院急診室，卻發現他們把一身血跡的舅舅用精神病院的那種束縛帶，雙手雙腳腰部五花大綁束在病床上，他舅舅雙眼翻白，不斷發出某種獸類的低吼。她說你們為什麼這樣對我先生？他不是出車禍了嗎？急診室的實習醫生、警員和護士們一臉驚魂未定告訴她，這個人，之前在急診室走廊大鬧，五、六個工作人員合力還壓制不了他。力大無比，簡直像國術館裡的拳師。

他舅媽說怎麼可能？你們看他瘦成那樣，他癌症末期欸。

但他舅媽是個傳統又馴儒的婦人，乖乖在警察和醫院遞上來的各種文件簽字。根據警方的描述，這個男人駕車上了淡金公路後，不是往回家的台北方向，卻往基隆方向行駛了十幾公里，且一路逆向，最後在一個隧道口先擦撞了兩輛閃避不及的轎車，才撞上路旁水泥墩。警員作了酒測，竟然毫無酒精反應。然後便是送到醫院後大鬧的場面。

他舅媽等人走光後，不忍心，把繫住他舅舅雙腳的束縛帶解開，誰想到那瘦弱的丈夫大吼一聲，硬生生兩腳撐地連那張鐵床豎立站起，像廟會走陣的龜仙人，揹著偌大一張鐵床，左撞右撞，前顛後退，把病房裡的點滴瓶架、屏風、床頭櫃、壁燈全撞得一團糟。他母親趕到醫院時，他舅舅已再度被制伏，躺在床上邊喘氣邊用一個陌生男人的聲音口齒不清地大罵著。他母親看了一會，把那失魂落魄、滿臉是淚的舅媽拉到一旁，悄聲說：

「阿嫂，妳看這人咁是我大哥？那個臉根本是另一個人的臉，這不是我哥的臉嘛。」

「咁是『卡陰』了？」

於是他媽媽拿了這大哥的衣物，叫車到新店一個朋友介紹極靈驗的道壇請師公作法。這件事還因加上一段小描述而增添了傳奇性，即那個道士開壇準備作法前，這對姑嫂通了最後一次電話：

「要開始了？」「要開始了。」

幾乎下一瞬間，原本狂罵不止的舅舅突然說：「我要走啦。」便頭一歪睡著了，扭曲稜突的臉變得柔和。他舅媽幾乎可以用肉眼辨別，原來占據她先生的那個靈魂，離開了。他舅舅醒過來後，自然不記得之前發生的一切事，記憶的屏幕只能追溯到海邊樹林的那陣陰寒之風。後來的，如何開鎖上車，發動引擎，逆向行車，乃至車體的撞擊或自己爲何置身這醫院……全一片茫然。

這個舅舅，半年後，因爲不堪癌症末期化療的身心之苦，自殺了。之前發生的這個莫名其妙的「卡陰」事件，變成了一個與生命末章主旋律無關的，小小的插曲。

變成另一個人。或者說，原該屬於你的這具身體，被另一個來路不明的惡鬼給強占了。那個惡靈魂的意志如此強大，可以讓本來已如風中殘燭的他舅舅的身軀，充滿不可思議的力量（五、六個壯漢制伏不了，且像卓別林的默片硬生生將鐵床揹起四處亂走）。他不禁想：如果預知他舅舅變回原來的自己（收回身體所有權）後的半年，卻會自殺死去（卡繆不是說，自殺是人類唯一可以向存在之荒謬，宣告自主意志的一件事？），他的舅媽還會不會去找來可操控那神祕界面的更強大力量，把那侵入者趕走？會不會若他舅舅的身體以這較強橫（雖然具攻擊性）的靈魂形式進駐，反而不會走上自殺這條路？說不定可以活得更久？但那樣活著的那個又不是他舅舅了。對了當那具身體正被那凶惡之靈強占時，原本他舅舅的靈魂（較虛弱悲觀的）到哪去了？它是被那惡房客像肉票一樣關禁在身體的某一處角落嗎？

另一件事是，他當兵時在台南曾被一個學長帶去一間「摸奶店」。那個店裡的場景比他進去前意淫幻想的要公開而粗鄙。男客們三兩成群各據一張桌位，冷飲啤酒也算平價。中央有一個舞台，時間一到便有一位辣妹上去跳鋼管舞，但即使以他這樣生嫩的也感覺到那舞蹈動作的不專業。女孩邊跳邊褪去衣衫，只剩下內衣褲走下舞台，這時另一個女孩便接力上舞台抱著那根鋼管胡扭亂跳。原先的那個，便像一般pub裡兜售花束、口香糖或促銷洋菸的人物，沿桌詢問客人要不要摸。「摸一次一百塊。」他駭異非常，這簡直像市集裡挑牲口，各桌男客們也不輕易下單，似乎知道排前面的絕不是店裡的好貨。陸續有女孩們從舞台上脫去衣物絡繹下來，各桌盤旋遊說，被拒絕也沒有任何受傷害的神情。他注意到有客人挑出一百元點了一位姑娘，那女孩便正面跨坐上那客人的大腿，兩手勾住他的後頸，其實按下馬錶。後來他才知道一百元限時四十秒。那簡直像路邊的投幣式投籃機或夾娃娃機。你投了錢，就拚命撈本在限定時間裡抓著面前的兩枚乳房亂抓亂搓一通。

他的學長看他遲遲不肯「下單」，把菸捺熄，說：「幹！恁爸呷給你看。」叫了兩個姑娘，塞了兩百塊，一個坐上學長身前，一個坐上他。他面紅耳赤面對迫近在鼻尖的碩大兩粒女乳，不可思議和那學長對坐著各自機械運動地抓著那明明是活生生肉體的投幣式玩具（時間到的時候，他聽到電子鬧鈴在後腦滴滴滴的聲響）。主要是，他抓著的當下便發現那是一對義乳。第二，他清楚地看著那女孩從後頸肩胛到脊椎兩側，貼著一排破補釘似的肉色沙隆巴斯。他迅即提議離開。

B說，那很怪，滿座盡是截斷、獨立存在的乳房和同樣截斷、獨立存在，停在那些乳房上的手。那既是她們與我們的身體，卻又不是她們與我們的身體。

水族箱有事

許多年前讀過朱天文的一篇小說，叫〈桃樹人家有事〉，當時便覺這題目取得恁好，尤其是「有事」這個眼皮直跳的詞。說不清置身在喜慶或災厄將要發生前夕的預感或猜疑，有事情將要發生了，一些枝微徵兆顯得浮動，雞飛狗跳，鶴唳風聲，但又渾渾噩噩不知這騷亂的一切將往哪個方向變化。

最近我家的水族箱也「有事」。

先是妻的大姊突然辭去工作，跑去敦南SOGO後面那一帶的巷子裡開了間賣泰迪熊玩具的小店，原本她用小金魚缸（沒有打氣裝置，沒有水草，甚至一個月換一次水。奇怪是我按規矩建構的水族箱裡養的魚們，一、兩年下來，早像快轉影帶的《百年孤寂》，一批死亡又換一批，早不知輪換了幾代不同品種、世代；大姨子那水晶球大小的一小缸死水，最初養的兩隻斑馬魚，卻寂靜但強韌地持續活著，此事一直迷惑著我）養的兩隻斑馬魚和四、五隻雜生孔雀魚，便一併「託孤」給我了。

說來慚愧，我原來的水族箱裡，歷經了兩年多來典型「玩票者性格」——像任何一種娛樂、技藝或學問，從一開始的好大喜功、貪戀繁華盛景，到每一環節受挫，卻無耐性從基礎學起，終至於停頓在初入門時之程度——從舞裙翩翩的孔雀魚系紅木弄、佛郎哥、閃電藍尾、馬賽克、黃尾禮服……，到滿缸浮魚屍；之後改養神仙，或爆缸後加入巧娃（一種外型可愛的小型河豚）；貪可愛買的紅豆魚；或一度丁君（他是我的水族教練）贈送的一批金黃豹斑蛇王……結局或因公寓頂樓夏日高溫熱斃，或傳染病或出遠門疏忽交代餵食，俱以屍骸無存收尾。反倒是後來養了一些像珍珠草、迷你皇冠、鹿角苔、荷根、虎耳草、中柳、小柳這些水草，以及爲了對抗爆藻丟進去了櫻桃蝦、大褐藻蝦們長得不錯。很長一段時光，我的水族箱裡除了幾尾長壽不死的燈管魚及檸檬燈這樣的小魚，再就倖存各一隻斑馬與蛇王和黃金鼠，可以說是寂寥蕭索，只有水草叢（唉當然還掛滿黑絲藻）中觸鬚攢動的蝦群。

結果大姨子的「強悍而美麗」苦命魚兒一進了我的水族箱（我覺得它們好像鄉巴佬走進空曠無人的機場大廳或屋頂挑高的博物館喔），我才發現除了一隻紅尾禮服雄魚，其他三尾雜色孔雀全撐脹著肚子，像快爆炸的飛船。不會是某種傳染病吧？我驚恐地打電話給丁君，他問了魚身顏色形狀，笑著說：「肯定是那唯一一條雄魚是淫蟲，把三隻母魚全搞大肚子了。」

天啊！爆缸……

我腦海中浮現那可怕的畫面，傳說中孔雀魚的強大繁殖力，據說一對公魚母魚在理想狀態代代繁衍，一年可擴成百萬隻。我的水族箱像沙丁魚罐頭（這個形容詞從小學作文「擠公車」後好久沒用了）塞擠著張嘴吐鰓，卻被整個群體緊緊卡死、動彈不得的孔雀魚們……

不過第二天，便在水族箱水草叢間，甚至濾水箱裡，發現至少近二十尾細小透明的魚苗。那眞是漂亮！一片綠光中，那樣輕細跳閃的銀色微物，那麼微小，使得它們的水中運動，有一種卡通呈現精靈翅翼上之墜碎光焰的迷幻感。

丁君安慰我，這些小魚不可能造成爆缸啦，「多數會被成魚吃掉，最後能剩下兩隻長大就不錯了……。」這時我卻又擔心起這些無辜雛苗的生存機率了。

幾天後的週末，我的孩子們跟著外公外婆參加了一個園遊會，晚上回家捧著一個字典大小的方型玻璃缸，裡頭盛的七尾橘紅色小魚，每隻約略三分之一截小指長度，鱗片金黃中暈開一抹霞紅。是他們在撈魚攤位贏來的獎品，小兒子執拗地重複魚販的交代：「絕對不能把牠們放進家裡的水族箱裡。」我雖疑惑不已，但確因擔心來路不明的雜魚帶來傳染病。遂讓牠們在那水已混濁不堪的小缸待了一晚。

夏日公寓悶熱如火爐，第二天不到中午，水面上便翻肚浮了兩尾發白魚屍。對「生命各自有它們存活之權利」的信仰壓倒了水族玩家的基本教養，我仍對水再對水，然後用小網將牠們撈進較像個小生態系的水族箱裡。

現在我的水族箱從空寂的僧院變成了老舍小說中那些北京胡同大雜院。生意盎然，千姿百態。各種來路不明的流浪魚撥弄得水底霞光萬丈。又過了幾天，丁君親自跑來家裡，檢視我電話中語焉不詳的混亂局面。他一看那幾尾贈品，說：「這是朱文錦嘛，算錦鯉的一種……」

「媽啊，錦鯉……那長大後不是……」我腦海中浮現假日帶孩子們到台大醉月湖畔，把撕碎吐司撒入水中，群集爭食的那些塊頭比貓還大的巨型錦鯉。

爆缸的噩夢再度浮現。這次是連水族箱的玻璃壁都給撐破之畫面。

「沒那麼嚴重啦，」丁君苦笑著說：「朱文錦最大長到手掌張開那麼大。一般是作爲飼料魚，養紅龍啊什麼這些大型魚的食物，這種魚是論斤在賣的。不過牠們很貪吃，整天張著嘴找東西吃……你看是不是？小魚被吃得剩沒幾隻了，等牠們塊頭再大一點，恐怕這缸裡的蝦啊，你那些燈管啦，都被傻傻吃掉……」你太緊張了。丁君說，但是又太不專業了。

他說起一個發生在他任教國小的奇異景觀：在操場二百米跑道旁的排水溝裡，不知從何年何月開始——也許是學校一旁水族店流出的魚，從下水道一路洄游至此——至少有成千上萬隻孔雀魚在裡面自生自滅，蓬勃繁殖。小學生們放學時會三三兩兩，掀開水泥蓋，蹲著用小網撈魚。現在辦公室裡幾乎每一個老師的桌上，都有一缸十幾二十尾魚。那是一種古老的品系，尾巴呈剪刀開衩。天旱時，溝乾見底，也不曉得那些啃溝底爛泥蜉蝣物的小魚們到哪去了？傾盆大雨一下，掀開一看，裡頭又是活蹦亂跳的孔雀魚世界，撈都撈不完。

丁君說：「玩水族這件事，本來就是高度控制和違反自然——雖然你把那方寸之境模仿得宛然如它們最適合存活的樣貌。燈管、過濾器、風扇、硝化菌、水質安定劑、空氣幫浦、濾材、底沙、蝦和垃圾魚、pH值測試機……。不過大自然何其艱難暴亂，再怎樣的高手，任意更動水族箱系統內的變因，都會造成均衡的破壞。你太神經質，卻又敢亂搞，那就別天天盯著缸裡的細微改變，等一段較長的時間後，再看看牠們會自我調整一個什麼樣的光景？」

假狗仔

在師大夜市旁的小巷子，有一家叫「極簡」的咖啡屋。此咖啡屋已成爲南區部分文藝青年聚會定點，蓋因老闆娘是一愛貓人。陽光斜照的午后，學生們窩在沙發座上對著筆記型電腦打報告，或三三兩兩，抽著菸，喝著手煮咖啡、輕聲交談。那些貓，臉如藝妓，盛容而出，但性子像魔法師以咒術將之變貓前的少年少女。完全不畏生人，在地板捉對撲打啃咬，在客人的腿胯間追逐跳躍。整個空間，因這些貓族充滿動感的身軀弧線，撩弄光影的毛色，或牠們從眼神、表情展演，較人臉神祕、深邃許多的華麗戲劇性……，使得這間「極簡」，在安靜中予人一種即使在日式禪園亦未必得遇的生機盎然……落英繽紛、流水淙淙，群貓如小妖水仙在四周嬉耍……

我曾見有日本電視台的攝影和女記者，來到這家咖啡屋，追拍那些在電腦金屬殼、夕顏花瓷杯、蠟染桌巾、煮咖啡之蒸氣，或室內盆栽之芭蕉葉片間，浮光掠影之貓。

那天下午，我和ㄩ與ㄇ，相約在這間尋貓啡屋談事。如前所述，人與貓們，正進入電影般天堂樂園的靜美時光。突然，門被推開，一個女人走了進來。一開始沒有人注意她。但所有人都聽見一種夢遊般厭煩又遙遠的腔調：

「……妳們這個，貓怎麼可以和人待在一起呢？妳們不是有賣吃的嗎？妳看，怎麼全是貓？」

人和貓全抬起頭來，困惑地看了這個侵入者一眼。幾乎全是學生，沒有人知道如何應對，貓們則繼續舔肉掌，翻滾、打呵欠。

「妳們看，」她指著我：「那邊那個人還在抽菸，這裡沒有分隔吸菸區嗎？」

老闆娘不在。打工的女孩們細細私語，不知怎麼辦。我對ㄩ與ㄇ眨眼睛：「這個女人的精神有狀況。」她的臉廓很淡，眉毛稀疏。眼珠的顏色近乎一種廉價玻璃彈珠。

她似乎不習慣直視人，視焦總低於水平三十度角。聲音極細微，但冰冷的指責話語使這整個空間浮躁不安起來。

我想是不是個神經病假扮成衛生官員來鬧事，但這時老闆娘走了進來，老闆娘是個極有教養的女人，她的臉讓我想起我研究所的指導教授，女人拿著一疊紙對老闆娘說：「妳們這裡面有許多地方不符合規定，這些貓……」

我不知道這個構圖裡的哪一個細節觸怒了我。ㄩ與ㄇ都是愛貓人（所以他們會把我約來這愛貓人的祕密聖地）。但我不是。我沒有養貓。我在聆聽那些愛貓人充滿感情描述某隻有名字的貓的古靈精怪行爲時，心裡總是茫然的成分居多。但我心裡湧起的憤怒是這座城市偶爾讓人撞見的，僞善的、僵直的、自以爲無菌者的布爾喬亞暴力。貓、狗在他們的「無菌者」運動中，被視爲病媒、被鐵絲勒脖帶走、被燒掉。小說家朱天心曾說：「一座城市的進步與否，端看他們對待動物的態度。」我想我的憤怒是：人家把貓養在自己家的咖啡屋裡，妳（或後面的公權力）憑什麼推門而入，指指戳戳？我們的市長，一臉陽光燦爛地鼓勵大家收養流浪動物。我們城市的文化官員，辦國際詩歌節，把草山行館開放給藝術家進駐，在捷運上貼上詩歌……然後呢？衛生局的白目官員再派出「督察」，騷擾這些文化人的靜靜的生活……

（ㄇ說：「隔壁就是師大夜市，那些攤車，白天還可以看到像貓一樣肥大的老鼠。奇怪不去督察那裡，跑來找這窗明几淨的咖啡屋的麻煩？」）

我站起來，走向那女人，身體靠近，用威脅的語氣說：

「妳是哪個單位的？」「妳叫什麼名字？」

「妳的證件拿出來給我看？」

我說：「我是《壹週刊》。」（我的確長得像狗仔）。

也許最後一句話眞正造成女人的恐懼，那亦是我第一次超現實目睹卡夫卡式的底層官員面對這三個字的戲劇化變臉。

整個場面變成像我是她的長官（那完全超出意料之外。和她原來倨傲強勢的態度相比，她突然變得臉色蒼白，囁嚅而怯懦），我要求她把公文給我看（裡面有一條奇怪的法令，寫「餐飲商家不得養家禽家畜」），我拿出小紙片抄她的姓名和證件號碼。天啊，我們簡直被這個即興劇給蠱惑了。ㄇ拿出自拍手機像警員蒐證那樣幫我們拍照。女人開始拜託我們「不要報導」。她還和老闆娘摟摟肩，表示她們有交情。我則愈扶愈醉，眞的以爲自己是《壹週刊》的記者，「打電話給妳的長官！」像上身的乩童，我想像狗仔該怎麼講話，該如何虛張聲勢（天啊，原來……我這麼合適）。

電話裡那位小姐比較無趣，「……依法辦理……無可奉告……」「這你去問我們局長……」留在現場的女人變成一個可憐兮兮的棄卒。她開始露出城裡人較人性溫暖的一面。她說別這樣嘛，我都五十幾了都可以當你母親了。我說我四十了妳不行當我媽啦。她說噢那你保養得眞好。這簡直像當街調戲鬥嘴了。她又說我能理解你們愛貓的心情，我家也有養兔子喔。我說我不會去干涉妳家兔子會不會跳上桌。……整件事到最後不了了之，我答應女人不會報導，女人答應不再來騷擾這家咖啡屋。簡直像互相撒嬌。女人還要我打電話給她同事，證明她並沒有「態度不良」……

這個不幸的故事便是「以暴制暴」，經過僞扮，我這流浪漢也嘗到了「權力」的蜜汁。也許是演得太逼眞了，連那個氣質優雅的老闆娘，事後眞以爲我是跑市政或政府機關的記者，淚眼汪汪問我，有一天夜裡，環保局的清潔隊，趁她們人不在，把車開進巷子，把她們養的貓抓走好幾隻，她們去認領，貓卻不見了。也不知要向什麼單位申訴……。

螳螂

之前的場景是這樣：我們一同回到書店，臉色隱沒在角落恰好晦暗無光的書架背面，我們裝作若無其事地翻弄著那上頭一本一本鋪覆的雜誌（我們是要偷書嗎）我記得那些雜誌的封面：有黛安娜的目光空茫的臉，有江澤民像狸貓一般的臉，有許遠東垮著肥幫肉的臉，還有那種陳水扁和吳敦義在封面左上角遙遠互望的臉……一些標題（那是多久遠以前的年代了？）……我用肘碰碰D，要他幫我拿另一邊書櫃上插立著的一本精裝書，彷彿是一本類似鳥類圖鑑或天文百科或台北古城街道這一類紙質高級照片亦精采的精裝書……

之前是這樣的情節，爲何後來又變成了我躺在粗陋的小診所診療室旁的一張小床上（床單還是濕的），一群手藝粗糙的醫生圍在我的上方，替我動手術取子彈。他們切開我右胸的皮膚組織，我記得很清楚的是：戴著口罩的一個老人像玻璃珠的眼睛，在打開了我的皮膚後，轉頭對身旁一排人交換眼睛那樣搖了搖頭：不行，是裝塡鉛沙的土製霰彈槍，散灑在我右胸肌肉裡的彈沙們，被我年輕強壯的胸肌（不是你想像的那種胸肌，是已破膛開了皮、一條條血淋淋錯縱交叉的肌肉和肋膜）牢牢嵌著。似乎是他們錯估了子彈深入的程度，而他們的技法，也僅止於切開表皮，如今子彈正隨著我的呼吸，一寸寸地陷入，他們無能爲力…於是用被口罩遮住半邊臉的眼睛，無聲地交換這樣的訊息：好罷，放棄了吧，把打開的切口重新縫合回去吧……

不行哪，子彈還沒取出哪！我怎麼可以像塊摻了泥沙的年糕那樣被放棄了呢？別縫合回去，好歹把那些鉛沙清清唄……這樣在麻醉中無法表達自己想法的狀態下抗議著，但卻清楚感到他們正一針一針地縫合著……

醒來的時候，下意識摸了摸胸口，感到似乎那兒竟眞的有沙沙礫礫的感覺……爲什麼會作這樣的夢？爲什麼是從書店的那段跳接到這段？這之間發生了什麼事？我要D幫我拿書……然後便躺著被人像吃牡蠣那樣沒有表情地用刀叉打開了胸膛。到底我要D幫我拿的是怎麼樣的一本書？或是這之間我曾被什麼人用槍狙擊？怎樣想也想不出個端倪……

一種身軀內確實有組織被外侵物損毀的疲憊感，讓我復昏倦睡去。

這次D傳給我那本精裝書的沉甸實感，清楚地壓在我的腕和手掌上，是否不能翻開它？我看了D一眼。那是一個暗號或指令？我一翻書，匿藏在書店對街咖啡店裡的狙擊手便會朝我射擊？

（看太多好萊塢電影了吧？）

夢中，D嘲弄地無聲對我笑了笑。很多年以前…現在我們都已是這樣過四十歲的中年人了。你還在爲了看這樣不足爲奇的當年的所謂禁書而緊張成這樣，看，他翻開書（不，別翻開它），什麼事也沒有不是？不過是收藏家的一些精品春宮畫鼻煙壺，一些青花瓷胎的陰莖和女人的那玩意，丹鳳眼梳髻女人裸體屏風……

轟然一響，書店原來摺藏於書本之繁錯暗影的空間被滿眼的金光吞沒……像憑空而降的颶風把這書店撕碎、拆毀、捲上半空。

我們站在二樓教室的走廊上，正在化零爲整地排列成朝會的隊形。我們穿著深藍色的冬季夾克。（那又是他媽的更多久遠以前的事了？）我們導師的聲音從擴音器傳了過來。他是這週的值星訓導。我們這個班和別人比起來，顯得那麼整齊、緘默、而且沒有表情。從升旗台延伸向操場的那些矩陣們，顯得那麼紊亂而粗暴：他們有的在疊羅漢，有的用包裹日光燈管的麥草紙筒在互相敲擊著……我無法想像我們那矮小但嚴厲的導師此刻站在司令台上如何自處。雖然我們那麼恨他。但此刻我們像是被叛變的父親的蒼白兒子們，流落街頭卻要挺著下巴好強地露出驕傲的樣子。我們努力保持著隊形雕塑般地凝止不動。

……………………

我自廁所走向教室的途中，在昏黃的走廊燈光下，竟然瞥見隔壁班的後門，衝出一個赤裸的女體。她屈拗著手臂護住自己的胸部，並且彎著腰半蹲蹣跚而行。我認出她是隔壁班一個專愛耍寶逗樂的女生，她原先戴著黑框厚鏡片的眼鏡，此時眼鏡的摘除，比她渾身一絲不掛更凸顯出一種赤裸的怪誕不潔感。我很詫異竟然在這樣的場所看見赤裸的女體，雖然她亦是將身軀迴護遮掩成一種極度不自然的姿勢，且是這樣光線昏黃的學校教室走廊。我認得她，她是誰呢？爲何是以這樣的情境在搬演著女體？不是色情、刺激、女體的皙白……而是不協調的滑稽。

後來發生了許多事。

我們便就那樣長大了。

我們那個年代，禁錮、保守、壓抑，一種被水泥或黏液和其它個體糊混在某個群體中的窒悶感。然後便產生只屬於我們那個年代特有的夢境、晦澀的現代詩、雜誌或賣這些雜誌的商街騎樓、罪惡感、遠距觀看事物的方式。然後我們這些苦悶的青少年，慢慢的、慢慢的被時代推擠成沉悶的中年人。像蝸牛一般沒有給它爬行過的地方留下褐色之外的色彩。我總是好奇：下一代的孩子們，他們夢裡的世界是怎麼樣一個場面？也有那些異國空無一人的火車站大廳？也有和一群人坐在教室塡寫考卷那空白紙張上的考題你一個都不會？也有夜愈來愈深的窗外公車錯過了站只好故作鎭定坐在那些大人之間完全認不出的流逝街景？

朋友送給孩子們一隻食指長的青色螳螂，養在塑膠小昆蟲箱裡。箱底則是上百隻躁鬱扭動著的麵包蟲（唔，好像奧運開幕那人海拿著螢光棒舞動的生機勃勃）。螳螂則倒掛在盒蓋內側的上方，面無表情，凝如雕塑。有一支小木條或給它當仿擬樹枝上棲處的環境。結果一隻兩隻沒大腦的麵包蟲，脫離地面扭動的同伴，沿著木條爬上頂端。簡直像馬戲團裡的鬧劇。螳螂幾乎沒怎麼動作，下一瞬便把那「自殺小麵」（孩子們給它的綽號）像婦人懷抱襁褓那樣挾在懷中，青色美麗的削瘦臉龐一口一口啃食那仍活生生蠕動的獵物（不，該說是活飼料，它根本沒付出獵殺所需的體力和技巧）。

那個畫面既殘忍又荒謬，我和孩子們頭擠頭貼近瞧著小箱內進行的這一幕。突然看見他倆的眼睛漆黑、專注、純淨。

狂歡阿麵

在花蓮的旅館，我偶然瞥見昆蟲箱底部那些仍不斷蠕動的麵包蟲，發現牠們的數量變少了，且混雜其中有許多已發黑的屍身。「阿麵牠們怎麼了？是不是沒有食物？」（因爲我們只意識到牠們是食物，沒想過也應該餵牠們食物。）「但阿麵的食物是什麼呢？」「既然叫『麵包蟲』，那或可以餵牠們吃麵包吧？」於是激凸衝動的父子仨，便把旅館小几上的一小塊抹茶蛋糕（老實說我也不理解爲何那兒有這麼一塊蛋糕）捏碎了丟進去。

螳螂仍是靜靜的，面無表情地倒掛在箱蓋上方，「偶開天眼覷紅塵。」

但第二天起來，發現所有的麵包蟲全死了，那悲慘噁心的場面，極像史帝芬．史匹柏拍《搶救雷恩大兵》前十分鐘布置於整片諾曼地海灘上屍骸遍野之效果。且麵包蟲這種東西啊，才死了怎麼就快速化成屍水。

「阿麵全死了！」小兒子嚎啕起來。

「幹，牠們不死最後還不是要變成阿螳的食物。」

但孩子們還是非理性、憤怒地指責我，「就是那塊抹茶蛋糕害牠們集體中毒的啦。你每次都那麼衝動。」

於是，之後的回程，在蘇花公路上，我總聽見車上那昆蟲飼養箱裡，輕微地，屍水嘩啦嘩啦搖晃的聲響。

這件事在我們返家後遭到孩子們母親極激烈的反應，之前她就對那一盒亂掙亂扭動的麵包蟲們噁心到起雞皮疙瘩，如今那些運動感極強的醜怪們變成一汪褐色止水，她簡直快崩潰了。

沒辦法，我只好把螳螂暫移到另一只箱子（不知是否心裡作用，我覺得原本倒吊在麵包蟲上方一臉莊嚴冷酷的螳螂，這時亦對著下方的屍水，露出迷惑且怯畏的表情），把箱底的「阿麵水」全倒進馬桶沖掉，把箱子洗淨，再把螳螂移回。

「阿螳會餓死。」處女座的小兒子又開始嘮叨。唉，某些時刻，我在這屋裡的角色、心境，或蠻近似那隻被麵包蟲吵得不知該擺何表情的螳螂，一時衝動跑去把麵包蟲抱在懷裡大口啃食。

於是帶著孩子們到民權大橋下面那條「水族街」買新的麵包蟲，三盒一百元。略有不同處是新的麵包蟲個頭好像比從前的「阿麵」大了四、五倍，且扭動的周身鋪了細木屑。

那天晚上，螳螂在孩子們的歡呼注視下，下去抓了一隻麵包蟲回到蓋頂，仍然婦人抱襁褓那樣摟挾著啃食，大約也是餓極了。但這次的新「阿麵」塊頭實在太大了，我總覺得哪裡有什麼不對勁。

第二天出去咖啡屋寫稿了一天。回家時，孩子們的臉上浮晃著一種超過他們年齡的、曾目睹不可思議殘虐場面的詭異神情。他們拉著我往書房走。

「阿螳被五馬分屍了！」

一開始我以爲那是他們唬弄我的孩童惡戲，散碎在肥大蠕動麵包蟲在木屑間的翠綠色斷肢殘骸，我以爲他們將從前一種「4D-puzzle」塑膠立體嵌合拼圖昆蟲拆成零件撒在裡頭騙我。「眞的！」「阿螳被阿麵牠們咬成兩段？」近距離細看，帶著如平劇武生劍翎的頭鬚的三角窄臉、帶著足肢的胸殼、翅翼和巨大的腹部，全像空難的飛機碎件四散各處。大兒子說一開始更噁心，「阿螳被阿麵牠們咬成兩截，結果上半部的阿螳還抓著一隻阿麵繼續吃。等於阿麵牠們吃著阿螳，阿螳也同時吃著阿麵。」眼前確實麵包蟲們如暴動的精神病院病患，狂歡地簇擁成一堆一堆，搶食著那原本一身華麗鎧甲、鮮衣怒冠的貴族武士，卻因失足而被磔刑裂殺的破碎屍體。螳螂吃麵包蟲時，你感受大自然獵者寫意狙殺無能反擊之獵物的冷酷；但目睹這幅麵包蟲集體狂歡撲疊撕碎螳螂的畫面，則被那抹不去的愚蠢而慘烈之灰色的浸染。

最噁心的一幕，是其中一隻麵包蟲，把螳螂已斷頭的綠色三角窄臉戴在頭端，直立而起，大約在啃食那硬殼內的腦漿或軟組織，但那乍看像是舞龍陣前單人戴獅頭面罩的引路神。一種舉著已死神祇面具抖動的滑稽和醜惡。非常像威廉．高汀的《蒼蠅王》。

我們討論著這一場「獵人被獵物反噬」的殘酷劇（僧格林沁被髒污的「捻匪」襲殺，或路易十四被巴黎暴民推上斷頭台？）之前，究竟發生了什麼事？是阿麵照例爬上樹枝，用那種舒適撒嬌絕對順服的姿態任阿螳抱著，一吋一吋啃斷牠的身體，但實在這次的阿麵們實在塊頭太大了，阿螳一個失足栽下，之後便遭到全部阿麵們如潮水淹覆而上？或是，阿螳對自己一身高級武裝過於自信，像雄獅獨自撲進野牛群，終於不敢置信地被阿麵們細細瑣瑣如小線鋸分大塊給截拆割斷？

我開玩笑對兒子們說：

「之前我們得一個禮拜去買一盒麵包蟲來餵阿螳；現在好像整個顛倒過來，變成一個禮拜去買一些螳螂來餵這些超強阿麵嗎？」

疆子

有一段時日，我的孩子上的幼稚園在信義路的盡頭，所以每天接送孩子之餘的辰光，我和妻子（那時她還沒有工作）便各自以國父紀念館周邊的街道巷弄爲動線，各自忙活各自的，到下午四點再於小孩之幼稚園集合。仔細想想，我並不很清楚妻子在那些漫晃時光裡，究竟跑去了哪些地方？去做了些什麼事？遭遇了哪些人？

那時我總在逸仙路上的「眞鍋咖啡屋」寫稿，有時實在是連續杯之後都覺得坐得太久，不好意思了，我便會離開那一桌一桌談著政治、股票，或是埋頭專注打著無線上網筆記電腦，或是桌上攤著一整落《蘋果日報》的，你講不清楚他們是悠閒還是忙碌的男男女女……有時我會鑽進公寓人家窗台枝葉蔓垂的小巷裡，買兩張彩券，或是另找一間較小間的咖啡屋，再點杯咖啡坐坐，打個盹。有時我會走進國父紀念館裡，因瞳仁尙無法調適暗室小燈近距書頁上的文字符號與戶外強光下的寬廣視野之切換，所以眼前打拳的，在長條石椅上打鋪睡躺著的，推著娃娃車的，放風箏的，全成了像「第四類接觸」之類外星人從飛行器出場時，逆光一片白色迷霧中瘦削搖晃的黑色人形。

有時我會爬上階梯，在那像古代祭壇的巨大建築高台旁的磨石欄杆上跨坐著抽菸。我印象中身邊總有一些老流浪漢就鋪了一張報紙，便像隱藏的武功高手或曬冬陽的貓那樣，無比舒愜地橫睡在其實有一拱弧的石砌護欄上。地上總覆著一層說不出是尿漬、打翻的飲料還是機油之類，黏糊糊騷臭的油污。那樣的印象讓我回想起小時候隨父母去的一些（那個年代的）公園場景：新公園大門前的鎏金大銅牛、龍山寺金魚池畔的雲紋水泥欄杆，青年公園裡的涼亭石桌石凳……不知爲何這些讓時光悠緩的公園內靜物，總是覆著一層騷臭黏稠的油漬。很怪的是，我從小到現在，從來就不是眞正的遊民，我從不曾眞正在這些城市裡的隱祕小森林裡度過一晚，我不知在黑夜時分那裡究竟發生了什麼事？但當我窩靠在那些石階石椅石欄杆上時，一聞見那股氣味，似乎就串連上這城市某種連接著不同時代的記憶線索，覺得安心而懷念。

我記得有一次，我和妻子走出國父紀念館，在光復南路和仁愛路口交接的街角，看見一個小攤位，那是一個賣羊肉串烤雞翅烤羊排的小攤，它和如今台灣各鄉鎮夜市已漸趨同於一種口味的串燒攤子（烤肉醬調沙茶醬）不同，它是新疆風味的烤法。（妻說：當年她和一群學姊到新疆玩，夜市裡眞的全是這樣的烤法，用腳踏車輪軸的細鋼絲一串一串插著烤，羊肉削的非常薄，一串一毛錢，她們一人一次就可以喫掉三、四十串。且這個攤子的烤羊肉串上灑的孜然香料的芳香，完全和回疆那裡的羊肉串「一個樣兒」。）那個老闆是個安靜的傢伙，輪廓很深，帶著一種天生的書卷味，感覺反而很像我這些年在這個城市不同場合遇過的某類人：懂得品鑑紅酒的廣告片導演、開了一間 pub 的離職報社記者、或是什麼第幾期陸軍官校畢業如今卻在研究藏密佛法的古玩店老闆……他們總像吉普賽人一樣，打開話匣子總讓人懷疑其經歷過的人生，浪遊過的國度，採集的各色人等古怪魔幻之故事似乎非得用兩、三輩子的歲月才足以消化。我記得當時站在街邊，等著他不厭其煩一道工序一道工序地烤著那一支二、三十元的羊肉串或彩椒串（我喫素），心裡有一個念頭：「此人非池中之物。」

後來，我們搬進城裡，奇怪的是生活動線也隨著孩子的學區更動，我竟就再未往國父紀念館那一帶的咖啡館停駐了。這一兩年遊蕩在外的寫稿時光，也盡鑽進新生南路兩側如運河渠道碼頭般的大小咖啡屋：台大側門對面的西雅圖咖啡、八十六巷裡的後花園，信義路鼎泰豐樓上的西雅圖、信義路新生南路一條幽僻小迴車道裡的 IS 咖啡、仁愛路側大鼎活蝦旁的領域咖啡、甚或就從我家巷口出去沒幾步路，郵局旁的丹堤咖啡……（有一些老咖啡屋幽靈可能覺得我走進去的咖啡屋皆恁沒品味，事實上，對我而言，一個有寬敞吸菸區且某些魔術時刻偌大的咖啡座間竟只有我一人的店，馬上會在我的衛星地圖上作上記號。）

有一天黃昏，我和妻子將孩子們從英語班接出後，沿著大安森林公園對面的人行磚道散步回家。經過一排簡陋搭架甚至有露天桌椅盤據人行磚道上的篷屋，那是一間又一間價格低廉的「一百元快炒」的海產店兼克難啤酒屋。一只只玻璃櫃裡鱗光晃閃著各式扭動身形的活魚。老闆娘穿著膠鞋用水管沖洗那些堆在紅磚上的魚鰾肉臟，老闆則一臉和氣地攔路人用餐……

在這些近乎夜市攤販的篷屋之間，竟突兀地挨擠著一家……應當像開在安和路或華納威秀附近之華麗夜店的pub，紅黑雙色打光的玻璃纖維壁面，裡頭擺了幾張極簡風格的矮几，吧檯裡有一個長髮的帥哥在料理著烤肉架。連店裡傳出的香味都與隔壁海產店們的蔥蒜魚腥加油煙味不同，那股奇幻的香料糅混在炭焦香味的大型哺乳類肉香尊貴地獨立出來。

那時我們認出了那個新疆羊肉串攤販的老闆，他仍是一身清爽，站在門口抽菸。我和妻子帶了孩子進去，點了羊肉串、烤羊排、泡菜和烤杏鮑菇……並在他點餐時向他套交情：「……怎麼開了一間這麼漂亮的店？那國父紀念館那裡還留著嗎？」但他顯得有點心神不寧。我發現全店裡只有我們這一桌客人，遂和妻子討論起來：「他開在這裡不對吧？客人來這都是喫快炒海鮮的，他的店太漂亮，單價又太高了……」

後來我們才知道，原來那天正有一組電視台的美食節目出外景來拍他的店。攝影師扛著機器在他們清潔卻窄仄的料理區裡湊近取鏡。我們喫完離開時，一個拿麥克風的年輕姑娘在門口攔住妻，妻牽著孩子一閃身逃出去了。突然之間，麥克風的大海棉球放在我的嘴前，攝影機也隔一公尺對準我。

「先生，先生，能不能請你說說這家店烤羊肉串有什麼特別之處？」

那時我看見那個老闆用一雙生命曾跌至谷底之人的懇求眼神看著我。妻在一旁焦急地低喊：

「他是吃素的啊！他只有吃泡菜和杏鮑菇，他根本不知道烤羊肉串是什麼滋味……」

或許是上千百次看著日系美食節目（像《料理東西軍》）裡，那些品嘗達人們在咀嚼極品料理後千滋百味的表情和描述時的詩意話語深深地令我羨慕，我便那樣對著鏡頭唬爛起來：

「……嗯，他們的羊肉和別家不同，肉質非常新鮮滑潤，肉汁香甜，而且採用這種回疆獨特的香料，咳，譬如說，孜然、小茴香、雲南大煙子，這使得他們的烤羊肉串有一種在台北很難得嘗到的，味覺的豪華加粗獷的複雜經驗，像駕駛著悍馬車穿越激流河床時的那種快感……」

那個小女生記者，稍遠距離的老闆，正在烤肉的長髮帥哥，全聽得目瞪口呆，一愣一愣……

天線寶寶

網路上流傳一個模仿嘲弄兒童電視布偶劇《天線寶寶》的kuso版短片：

四個不知哪裡找來的，長得標準大學男生宿舍、一臉猥褻、頹廢、通宵打麻將的傢伙，身穿牛仔褲和各自紅、紫、黃、綠單色襯衫，模仿小波、丁丁、拉拉、迪西這四個風靡全球兩歲左右孩童的布偶，在「天線寶寶、天線寶寶……說——你——好——」的歡樂歌聲下，跳著亂可愛卻也亂噁爛的搖晃舞步，出現在鏡頭前一片碧草如茵的極簡空間。

「藍天藍，白雲白，天線寶寶出來玩了。」（一個溫柔的阿姨旁白）

丁丁（原版是一個頭頂有倒三角天線的紫色大頭胖肚嬰孩布偶）：「你好。」

迪西（原版是一個頭頂有直天線，綠色黑臉的大頭胖肚嬰孩布偶）：「你好。」

拉拉（一隻豬尾天線的黃色大頭胖嬰布偶）：「你好。」

小波（一隻圓天線，塊頭較小的紅色大頭胖嬰布偶）：「你好。」

一個中年男人的聲音：「天線寶寶抱抱。」那四個天線寶寶（或那四個模仿天線寶寶的白爛男生）圍在一起擁抱。這個中年男人的聲音原該是作爲旁白，向觀衆解釋這四隻怪異又無厘頭的天線寶寶的行爲或心理狀態，但因總是這個旁白說了一遍後，螢幕上的布偶用童聲再照那旁白重覆一次，或照著那旁白之指令動作。使得那幕後的成人聲音，變得像導演的命令或某個隱身在這「天線寶寶樂園」背後，有至高無上統攝權的造物主。

這個奇異的，「命令—執行」的孩童布偶與畫外音之間的控制關係，平常和孩子一起看《天線寶寶》時並未覺得不妥（究竟它是一個讓元素儘量簡化、讓行爲與單字不斷重複，以供幼兒學習的功能性劇場），但這幾個kuso大學生抓到了這種聲控傀儡式的「造物主與被造物」權利意志扞格的荒謬喜感。一開始他們依樣畫葫蘆：

中年男人旁白：「小波說你好。」（模仿小波的紅T恤男用可愛貌說「你好」。）

旁白：「拉拉說你好。」（模仿拉拉的黃T恤男說你好。）

旁白：「拉拉幫小波摳鼻屎。」（畫面上的兩個傢伙露出困惑表情，但只好照作。）

旁白：「小波幫拉拉摳鼻屎。」（他們照作。）

旁白：「小波倒立。」（畫面上演小波的紅T恤男爲難又生氣，但只好作可愛貌扭動身體耍賴：「小波不會倒立。」）

旁白（加重語氣，威嚇地）：「小波倒立。」（紅T恤男繼續掙扎：「小波不倒立。」）

旁白（堅持地）：「小波倒立。」（紅T恤男仍保持天線寶寶式可愛笑容，和黃T恤男揮手拜拜，就出鏡跑了。）

剩下一臉愕然的黃T恤男孤自站在鏡頭前，尷尬傻笑。

旁白：「拉拉不知道要作什麼……」（黃T恤男用可愛童音重複：「拉拉不知要作什麼？」）

然後是綠T恤男在草地上跳天線寶寶舞，他面前地下有一本書。

旁白：「迪西撿到一本書。」（綠T恤男照作。）

旁白：「這是『死亡筆記本』。」（綠T恤男：「死亡筆記本？」）

旁白：「迪西在『死亡筆記本』上寫丁丁的名字。」（綠T恤男照作。）

旁白：「丁丁死了。」（紫T恤男跑上鏡頭前，抱胸痛苦狀，倒地死亡。）

旁白：「丁丁沒有戲分了。」（綠T恤男露出邪惡又天真的笑臉，重複：「丁丁沒有戲分了。」）

這時，一個像監視錄影機或集中營擴音器的放送喇叭，以電子合成音呼籲：

「天線寶寶要說再見了……天線寶寶要說再見了……」

溫柔阿姨的女聲旁白：「太陽紅、太陽圓，天線寶寶要回家了。」

（原版中那個太陽上有一個非常詭異，比例極大的嬰孩咯咯笑的臉，kuso版將太陽的臉換成一個變態笑臉的男子宿舍宅男。）

於是丁丁、迪西、拉拉、小波在一陣和中年男子畫外音堅決威嚇之拉鋸對抗後，終於還是乖乖地，用可愛歡樂童音向觀眾拜拜下場了。

我一個人在夜間書房，看了這支kuso版《天線寶寶》，笑得臉部抽筋眼淚直流。我想只有我這年紀，且經歷過四、五年「育兒風暴」的這一輩年輕父母，才能體會這種說不出是感傷、沮喪或記憶認同的情感：

「天哪，那個白痴一樣的節目，我居然……我居然長達兩、三年，和孩子一起坐在電視機前，像被催眠的低能兒，那麼認眞、專注地看了那麼久，而沒有將電視砸爛？」

雖然我儘量不想廉價地將任何表徵皆牽拖到政治，但這支kuso版裡的天線寶寶們，眞的好像前一陣的「四大天王之爭」。其實想來悲涼，我們這一輩的文藝青年，可能在極年輕時就讀過了喬治．歐威爾的反烏托邦經典《一九八四》。那撲天蓋地、無縫隙可逃的威權老大哥對每一個自由人的監控管制，那看不見的畫外音可以把手伸進你最隱密的私處。但一夢黃粱二十載，那個綠草如茵，封閉監禁，僞冒成安全的「天線寶寶」世界，好像僅能在kuso版時，變成一種驟轉虛無的痙攣狂笑。全球化、個人無能抵抗的庸俗文化（打開電視看看那些綜藝大哥和年輕女星間的天線寶寶式言行）浪潮、低能的原始、制式思考行爲與傷害形成後，不負責任的「天線寶寶抱抱」……

像預言書一樣，我們和孩子一起看著白痴化的「天線寶寶」，卻無能對他們的咯咯歡笑提出警告，因爲好像無從反駁，「這是學習他們未來置身其中之世界的樣貌。」

掉貓

我不知道那個咖啡屋裡究竟養了多少隻貓。我們在聊天的時候，總有貓隻跳上你的肩頭，定定用那琥珀般的大眼，盯著你叼菸點火的動作。我像個僞愛貓者（那種心情頗近似我的某些獨身主義的朋友，不得不在社交場合和我的孩子們遭遇時，一種強撐著說童言童語，又實在不知如何和小孩相處的焦慮和尷尬），討好地搔抓牠們肚皮或背脊時，牠們毫無戒心，舒服無比瞇著眼，小嘴又像打呵欠又像貴婦作Spa那樣咪嗚張閤（「對，就是那裡，對，對。」）。有時則看見牠們自音箱或吧檯上躍下，只覺得在那店家種的棕櫚、銀杏盆栽之間，群貓亂舞，貓意盎然。

話題當然從貓開始。

Ｕ說：「有對朋友，剛搬去一間老公寓，發現天花板上有老鼠，且不只一隻，可能有一窩。他們很苦惱，靈機一動，某某不是有養貓嗎？遂向某某開口，借貓滅鼠。貓來了兩天，天花板上果然安靜了。他們笑說這貓看起來嬌生慣養，吃齋茹素的，不想是個閃靈殺手。不想有一天，夫妻倆出門去，就那麼一扇氣密窗忘了上栓。貓竟然自己用爪推開窗子，揚長而去。這事簡直把他們嚇壞了，兩人在家方圓一公里內的大街小巷搜尋，爬上家頂樓鳥瞰，鑽到死弄子裡停放的麵攤車下，攀社區幼稚園的牆，還跑去問巷口一間他們從來沒注意到其存在的三清宮的廟祝……。貓就這樣從人間蒸發了。他們想：天啊，那隻貓是某某的心頭肉啊，這就像把人家小孩搞丟了一樣哞。但還是把這噩耗告訴了他。某某當然也把他們保證已翻過一遍的巷弄又找了一遍（範圍又比他們之前要大了一倍），如此不獲，甚至跑去問一個仙姑……」

「仙姑？」

「嗯。大概就是通靈占卜那一類，他寫了『尋貓』，把貓的年齡，模樣描述了。仙姑說：還在，還在，往西南的方位找。不過怕是找不回來了。」

對不起我知道如此會惹天下愛貓人不爽，但我當時眞的大笑到把腳邊的兩隻貓嚇得往吧檯竄逃。

「這件事造成了他們和某某之間很深的傷害。彼此有好一陣互不連絡。有一天，另一個朋友約唱KTV，說某某也會到。他們想，某某願意來，是否表示和他們前嫌盡釋，傷口已經結痂？結果，那個晚上，在包廂裡，某某始終縮在沙發角落，灰著臉不發一語，後來倒是點了兩首歌。歌名也不是很記得了，類似〈車站〉或〈行船人的純情曲〉這種別離傷慟的悲歌。某某愈唱愈哽咽，最後唱不下去，對著麥克風說：『這兩首歌獻給我那隻還在天涯流浪的，我此生唯一的愛貓。』然後就垂著頭走出去……」

聽到這裡，連愛耍寶的我都難免不忍，天下用情，莫此爲甚，人獸形貌間的世俗界線，顯得冗贅多餘。我問山說：「難道不可能找到一隻長得一模一樣的貓來矇那個某某嗎？」

ㄇ（他是ㄩ的新婚丈夫）想了一下，說：「不可能吧？即使眞有長得一模一樣之貓，原來的那個主人，也能從眼神、眼球的細微色差、表情、一些外人無法知道的，他們之間的一些小互動習慣……絕對會辨識出來。」

我舉了一個例子，那是我從前一個學弟，他的馬子託付了一隻寵物烏龜讓他照顧，想不到這個白痴晚上熬夜無聊，想出各種變態招式整那隻倒霉的烏龜（譬如把牠擺成四腳朝天看牠如何掙扎翻回身，用菸噴牠，用冰啤酒灌牠，牠縮在龜殼裡不肯出來他則用桌燈烤牠，甚至讓牠爬過先黏了膠水的桌面），沒想到搞過了頭那烏龜就死了。我那學弟恐懼得抓狂，把我找去他宿舍，兩人對坐望著他放在滑鼠墊上的龜屍發愁。後來他想出一鋌而走險的辦法，即我們到水族寵物店挑了一隻看起來頗相似的烏龜（其實在我眼中那玻璃缸裡疊羅漢堆在一塊的十幾二十隻烏龜不都長得一模一樣？）拿去唬弄他馬子。這件事一直到他們結婚都沒被揭穿。而原來的那隻本尊龜早就在他老兄的抽屜裡，乾縮成一枚發黑的龜殼標本了……

ㄩ說起勞勃．狄尼諾有一部電影叫《親家路窄》，裡頭那個倒楣的，想討好未來老婆家人的傢伙，好像就是把被她們全家視爲命根子的一隻黑貓搞丟了。那眞是世界末日。這傢伙靈機一動，到流浪動物之家認領了一隻顏色不對（黃貓？花貓？虎紋貓？）但外型尙似的貓，給牠染色（她忘了電影裡是用染髮劑或噴漆）。而那一家子竟然也無人發現這隻贋品冒牌貨。事情是在所有倒楣事同時砸鍋時，那貓身上的顏料掉了色，戲劇性地被發現。

當然那是個好萊塢喜劇……

至此，掉貓的故事轉變成掉包。如何以假換眞。如何騙過人們視覺的惰性或記憶的死角，我們同時跑到嘴邊的那個話題又給吞了回去。

我想起高中時有個人渣朋友，有一學期莫名其妙當選班上的總務股長，這個廢物屌不拉嘰地把第一次收來的班費在我們面前招啊晃的，那眞是我們那年紀不曾目睹的大把鈔票。他說：「走，哥兒們發了，大家有福同享。」一整禮拜，我們結群到最騷包的花式撞球店敲杆（有鋪地毯、開冷氣，裡頭打球的人穿著花襯衫和西裝背心打啾啾領結），去西門町聽歌，到肯德基叫家庭號的炸雞。大約是太囂張了，有風聲說導師要在班會查帳。我們這個哥們慌了手腳，要我們沾到油水的幫他想辦法。一夥人在蜜蜂咖啡屋裡陪他作假帳。

「主要是，一個高中的班級，才學期初，要買哪些東西的開銷足以塡補學期不到一個月，班費就快花光的財務漏洞？」

我記得，有好幾個月黑風高的夜晚，我們一群人，翻牆爬進附近小學的校園，摸進一間教室再換一間教室。有一條鐵則：只能挑看起來像全新的。我們偷掃把、拖把、畚箕、地球儀、水桶、植物盆栽、整盒未拆封的粉筆、彩色粉筆、板擦（這個東西要把它翻新比較困難）……只是，這些堆在他家後院像小山高的清潔用具（以一個班級之所需，這位總務股長把班費全拿去買了一人一把那麼多的「新」掃把，實在也怪怪的），再換算成他筆記本上密密麻麻的虛擬價目，仍塡不滿那本該存在卻實消失的班費總額。

我不記得那位好兄弟後來是如何過關？回憶到這一段，難免心酸。那眞是個物資匱乏的憂鬱年齡或灰色年代。以是故連幹壞事的人想作假帳都缺乏想像的空間。譬如說：不可能去弄一台投影機或錄放影機，說是班機，那呆帳一下可打銷。或是弄隻貓，說是班貓？或說是某某女孩有神祕之交涉費用，其支出關係全班男生之福祉，但事涉機密，詳細數字實在恕難公開……

蜥蜴

下班的時候，在停車場，他發現一群小學生圍著他的車，他蹲下以和他們相同的視角水平觀看，原來一隻巨大的蜥蜴躲在他的車子底下。第一瞬間他著實嚇了一跳，後來他回家描述給妻子聽：「那像條狗一樣大。」他妻子露出見怪不怪的表情，似乎在這城市中心出現一尾像狗那麼大的蜥蜴，不是件了不起的事。他要那群孩子替他看著，轉身去找大廈管理員，但等他們拿著清水溝的長柄鏟一道出來時，那隻蜥蜴不見了。

那麼大一個玩意兒，怎麼會說消失就消失了？孩子們之中一個說：「也許牠鑽進你車子裡了。」

他開了門鎖（那嗶嗶兩響肯定讓那匿蹤貼伏在車子某一角落的冷血傢伙嚇一跳），發動引擎，一時也不知該如何是好（他先將冷氣開到最大，後又想說不定那樣牠更舒服，便將冷氣關了）。後來管理員找來了消防隊。他們帶來了一張像放大好幾倍的捕蝶網，網紗長長拖曳著，說是抓蟒蛇的專業網。他想：這也太誇張了吧？但後來他們找出那隻蜥蜴鑽進他車子的引擎室，並將牠驚嚇驅趕出捕捉抬走時，眞的像部落勇士放倒一隻小山豬那樣裝在那兜網中沉甸甸拖著走。

這一切像假的一樣。

前一天週日，他在他家公寓頂樓陽台用水管噴槍灑水澆四、五十盆小盆栽，那盡是些發育不良莖葉枯黃的九重葛或櫻桃，是夏天用來抵擋烈日直接曝曬屋頂的懸空絕望植物。他澆完花，應兒子們央求，把水管噴嘴交給他們。但嚴詞交待不許噴彼此，不許噴貓（隔壁的頂樓有一隻個性孤怪的黑色流浪貓），不許噴把鼻，不許往樓下噴（樓下有一戶人家夫妻個性靜癖，有幾次他澆窗台鐵架的曇花與湘妃竹，水滴漏下去他們的遮陽板，那丈夫即氣沖沖上樓按鈴叱罵）。大兒子老實，依約又把所有小花盆覆灑一遍。但當小兒子接過水管，MTV台裡惡搞暴亂的外國樂團痞子，水管噴灑出一片銀光水霧，先對著那隻驚駭亂竄的黑貓直追，再對著樓下嘩啦嘩啦掃射，兩個男孩像吃了搖頭丸一般咯咯狂笑。他怒吼：停！停！停下來！但下一瞬間他意識到水柱劈臉冰冷淋下。

他聽見自己憤怒狂喊，MTV攝影機（如果有的話）一陣亂搖晃動，他奪下小兒子手中的水管噴槍，對著那小孩的頭頂直直射下。這個動作的暴力化形象讓兩個男孩尖叫哭喊、水光炸散中，小男孩全身濕透像剛剛的黑貓在花盆間東閃西躲。（等事情平靜下來之後，他回想著在那頂樓上發生的一切，心裡晦暗地想：像好萊塢電影黑幫處決叛徒，我的動作不正是用槍指著他的腦袋扣扳機嗎？）哥哥追在他們後面，崩潰哭泣：

「把鼻，不要這樣對弟弟……把鼻，不要這樣對弟弟……」

等這一切過去之後（他叫滿臉淚涕、眼神仇恨的哥哥，牽著那抽抽噎噎，像落湯雞全身顫抖的弟弟下樓換衣服），他獨自蹲在那花盆翻倒，一片狼籍的「空中花園」（他們是這樣稱呼這頂樓陽台）抽菸。環繞著他們這棟老舊四樓公寓的更高大樓，逆著陽光，那些帷幕窗玻璃在冬天的空氣中，折射一種暈糊、不飽和的光。

他想：所有人都躲在窗後目睹著他們父子仨，在這平台上像羅馬競技場演出的大屠殺慘劇吧？會不會已經有人去打了兒童家暴專線電話？眞是糟透了這一切。他想像著自己在跟那似乎因旁觀而承受比當事人更大創傷的大兒子解釋：

「爸爸爲什麼會這麼憤怒？就是禁止你們作出這種無意義而攻擊別人的行爲。我已經說不可以了。你弟弟卻還去作。你們現在還這麼小，如果有一天具備更大更強的力量，只是一念之間，對自己沒任何好處，卻去侵犯別人、攻擊別人，那會造成的傷害，就是今天你們看到的這一幕……」

但是第二天，像父子仨的和解，兩個男孩放學後，他帶他們到民權大橋下的水族街買麵包蟲（小兒子有一次回家，帶了四隻大小不一的螳螂，說是好友送他的）。車上兩隻小獸難掩興奮地，甜甜軟軟地在他身後爭論著如果水族街沒賣麵包蟲，可以買麥皮蟲代替嗎？上回他們的一隻翠綠大螳螂，就是被這裡買的一整盒蠕動的「阿麥」（而不是「阿麵」喔）給硬生生分屍吃成碎片……

他帶他們在專賣紅龍和一種大型火箭魚的昂貴水族館前流連；帶他們走進海水缸專業水族店，瀏覽那些奼紫嫣紅、粉綠明黃的珊瑚、海葵在一種奇異幻光下款款擺動，那些海馬、小丑魚、艷麗的熱帶魚、蝶科魚；後來他們走進一間爬蟲類寵物店。兩個男孩簡直瘋了。尖著嗓門大喊：

「你看！巨型海龜！」「加拉巴哥象龜！」「馬達加斯加巨鬣蜥！」「沙漠鬣蜥！」「傘蜥！」

那些蜥蜴的眼睛，悲傷而蒼老，像睡眠不足鼓著眼皮囊泡。牠們的背鰭皮殼，像礦石般發出赭紅、銅綠、螢光橘、電藍……這些艷麗卻冰冷完全沒有感情的色澤，一隻動輒上萬元。而且全部是落單的，每一個壓克力箱每一隻特殊名稱的品種，都只有孤伶伶的一隻。小兒子果然開始耍賴哀求，把鼻我想養一隻這個……

「不行。」他堅決地拒絕了。

他不記得當時他對著他倆，發表了怎麼樣內容的，關於「擁有」這件事的長篇大論。但此刻，在那些消防隊員把那隻巨大蜥蜴從他車裡拖出、扛走之後，他腦中靈光一閃，突然浮現「為什麼我車子會這麼超現實跑來這麼一尾蜥蜴？」的某種可能。不可能吧？是在他轉身帶著大兒子到隔壁那間水族店挑選櫻桃蝦和紅鼻剪刀魚時，這個小子……他怎麼可能在眾目睽睽，包括爬蟲類寵物店老闆，包括他和大兒子，所有人都沒發覺的狀況下，把那麼大傢伙的巨蜥偷抓抱走，一路藏在身上何處，然後不動聲色地帶上車……想到這裡，他整個背脊全是冷汗。

Bob Dylan

那是他在那個小城的最後一晚，他和送機的那對老夫妻約在第二天清晨四點旅館樓下見。但那晚在小城的體育館有一場 Bob Dylan 的演唱會。那像一個從所有人各自不同夢中老街走出來的君王竟活生生要駕臨，一個月之前整座城就暈陶陶沉浸在一種焦躁、夢幻、柔情且孺慕的等待情緒中。街角、pub 磚牆、街燈桿上、書店櫥窗，到處貼著 Bob 的黑白照海報。旅館裡像他這樣來自世界各地的外國人們也見面即興奮互相詢問：要不要去聽 Bob Dylan？

他於是也買了演唱會的票。其實他充滿著一種將要離開這異國小城的感傷與自艾自憐。像許多旅行者在某段旅程結束時總要獨自完成一古怪儀式，將這如快轉影片散焦的兩個多月時光沉澱並歸檔進自己無數收藏在記憶集郵冊裡的其中一小格。他只想利用那最後一個晚上，自己一人待在房間裡，慢慢地收拾打包行李。抽幾根菸，也許弄杯威士忌慢慢啜飲。賞玩那些阿拉伯人、匈牙利人、阿根廷人、蒙古人、緬甸人……他的旅次人渣朋友熱情又傻氣地塞給他的各色紀念品。（他們爲了避開這晚的演唱會，已在前一晚在敘利亞人的房間替他辦了個小型送別

party。所有人喝得爛醉，又唱又叫，有兩個女孩還哭了，他們給他的紀念品有：他的臉的素描畫、小羊皮筆記本、絲巾、貝殼串、鉛筆、各自國家的錢幣……總之是一些一旦回到他國度便即刻失去魔法的時光碎物。他看得出他們喜歡他。但他的英文實在太糟了。他覺得他們似乎把他當作一隻害羞、傻笑、沒有方向感的流浪大狗。那個淚眼汪汪的阿根廷女人與其說是離別的感傷，不如說是他喚起她的母性本能，他這樣一個無異國旅行能力、迷糊容易出錯的大傢伙，就要離開他們，獨自進入這個文明帝國的巨大機場，那個畫面讓她擔心又辛酸……）

但是是Bob Dylan的演唱會哪。

那個晚上，他和那些可能此後再不會相遇的各國怪咖們擠在一輛臭烘烘的小巴，懷著朝聖情感，到達那座巨大卵形玻璃帷幕屋頂的體育館。當時已入深秋，場館外聚成圈吸菸的男人俱穿著毛料西裝或長風衣，女人們則盛裝如聆聽歌劇。但或因四面八方人潮全是老美，他有一種第一次現場跑來看NBA或美國職棒大賽或美式足球的悸動。我正站在帝國的核心，和這些傻蛋如此靠近上個世紀這大陸最美麗的靈魂。有一天這個國家覆滅了，或從地球消失了，我的後代子孫可會記得有一位祖先曾面對面聽Bob Dylan唱歌？

進場時他確實被那球體建築內部像蟻穴般像馬雅神廟之遼闊巨大震懾。密密麻麻的小人兒依字母分區逐級入座，那麼多的人，結果竟塞不滿場館，像一只巨大的神之碗，底端叢聚蟻群，周沿腳疏疏落落，碗心最中央一小圈打光的高台，就是待會兒外星人，不，那個神祇降靈的祭壇。

演唱會的開頭，是一個金色長髮長得像基督的主唱的樂團唱著諸如〈Blowin' in the Wind〉、〈If Not for You〉這些經典曲。他想這大約是暖場，並不怎麼高明，觀眾的掌聲也不怎麼起勁。但之後換上一個穿皮夾克牛仔褲的中年人，舞台上像祭刀般插立著五把大小造型殊異的電吉他。這傢伙絕對是個神物！他一上場立刻全場風靡，歌喉蒼涼磁性，指下吉他撥舞如激流將無數漩渦捲走，如群蛇發著瑩瑩金光互噬互吻，如閃電驟擊焚毀曠野孤立大樹，如漫天星矢輝煌不能描述……每唱完兩首歌就換一把吉他。唱到意酣時，竟像一列老式火車頭轟轟隆隆帶著這空間裡的全部人們進入一孤寂、感慨、恐懼並哀憫的時光隧道。

這是Bob Dylan附身！他心裡驚喊。

中場休息時，他滿身大汗（和全場觀眾在每一首歌結束時瘋狂忘我的鼓掌嘶喊）。在速食販賣部遇見他們那旅館裡唯一一個英文和他一樣破的韓國女人。他們用國中課本裡的英語單字交換著對剛剛那極限演出的讚嘆。所以，下半場應該是本人現身嘍。剛剛這傢伙的演出，恐怕連Bob也要感動不已吧？

「Bob Dylan已經死了。」女人說。

什麼？第一瞬他還沒意會過來。對不起請再說一次？

巴布．狄倫已經死了。韓國女人特有的無表情的臉。更加深了不可質疑的可信度。

死了嗎？是最近的事嗎？

哪裡，死了幾十年了。被人刺殺的。

他心裡翻攪著各種難以言喻的情感。搞了半天，因為總在察言觀色捕捉人們對話中幾個偶爾閃過他聽懂的單字。最後還是弄錯了。這可是他的最後一晚啊。結果原來是一場 Bob Dylan 的紀念演唱。難怪剛剛那傢伙那麼神那麼屌，如果老巴布在後台，不是神之光輝被竄奪搶走了？

原來是一場 Bob Dylan 的超級模仿秀哪。

他沒和韓國女人一起走回觀衆席，朝反方向走進外頭冱寒清冷的夜色。如果是模仿秀，那麼他看了剛剛這一段鬼斧神工的演唱技藝，已值回票價。現在我要回旅館房間，靜靜打包行李，享受我這最後一晚的感傷。

因為記不清來時搭乘小巴的方向路徑，他隱約抓一個方向，他們的旅館在河那一端許多黃色燈泡湊聚的不遠光亮處。

誰知道那是那個悲慘夜晚的開端。

一開始的兩個小時吧，他像輕率瞥過一眼行軍地圖卻在眞正走進那實境時被凹凸起伏的小山丘或橫過的住宅區莊園群給包圍、折磨、橫阻難行的將軍，蜿蜒的公路時而分叉像掌紋弄亂了他的方向感。應是在不遠的前方吧。之間他抓住一對情侶問：「Where is the river ?」找到河，越過河，就能找到他的旅店。但道路像群蛇互相攀爬移位，甚至爬上他的小腿肚。他時不時在一路盡頭處（譬如他自作聰明爬上一座小山丘的林木扶疏之小公園，想如此可抄近路，最後卻困進一片松林，且走到邊界是一被塑膠格子網攔住的高地，道路變成在幾百公尺高度差的下方）沮喪無助地停下抽菸。又冷又渴。

後來他才知道，那座城在河的這一邊（即他那兩個月待的城區的河對岸）是全美最大的醫學研究中心（即一整座醫學城）。當他像個遊魂手腳並用爬上爬下在那路徑消失的山坡樹叢迷宮間狼狽跋涉時，常驟然被矗立在眼前的科幻電影，外星人總部般的巨大建築所驚嚇。像一群垂頭熟睡於林木黯影中的變形金剛。那些建築物全刻意蓋成巨人積木的疊合狀，又像夜間博物館大廳白森森的雷龍骨架，外牆以投影燈打上強光，但一格格帷幕窗內卻一片漆黑。他經過燈光如畫的巨大醫院急診室，卻不見一個人，沒有救護車，沒有警衛，沒有計程車司機……

後來他從一陡坡失足摔下，眼前竟是一座廢棄游泳池，神祕的藍色水波在他眼前像一場雷射幻影秀款款搖擺著一種層次難以言喻的光之裙裾。水面上漂浮覆著一些巴掌大、長了白色絨毛的落葉。整個場景，竟像一女妖在此輕歌沐浴的蓮池。

他的手臂到手肘撕開一條血淋淋沾滿泥沙和松針的傷口，兩腿不知是失溫或過度疲憊而劇烈發抖。他點根菸，心裡大罵：法克你個巴布．迪倫，法克這個什麼爛模仿秀……

那個夜晚像是他人生所有荒謬際遇的某一套式：原該是無比幻美、奢靡、獨享的神賜時刻，但串在他的眼前，卻成爲懲罰……。他大約又在那黯黑迷陣中左突右闖了兩個小時，待臉色慘白走回旅館，已過半夜十二點了。

整層旅館的人都在找他。他們七嘴八舌表達他們的擔心。後來是香港仔告知他大略情況：演唱會結束後他們在小巴士停靠處集合卻等不到他，幾個和他巴吉的阿拉伯朋友還跑去體育館找了一輪，約等了一個小時，他們才放棄等他。他告知他們，因爲後來得知這只是Bob Dylan的紀念演唱會或模仿秀，他遂決定自己走回旅館，不想迷路了……

「Bob Dylan？後來他有出來唱啊。老了，嗓子壞掉了，但重點不在此，全場觀眾只是看到他就如痴如醉，大家還合唱他的〈Someday Baby〉，非常溫馨……」

「但是×××（那個韓國人女人）不是說，Bob Dylan已經在幾年前死了，被人刺死了？」

「她根本是音樂白痴，她後來說，她弄錯了Bob Dylan和約翰．藍儂，她還以爲他娶了個日本養女呢……」

輯五

像一句詩那麼短

像一句詩那麼短

朋友K君對我說了一個動人的故事。他說有一次在一個類似口試的場合，他和另外幾個人問一位在醫院當了好幾年護士的女孩，能否說說「寂寞」和「孤獨」的差別？女孩講了一個（她認爲的）關於「孤獨」的經歷：

她曾看護過一位有重度幻聽症狀的病人。此人的病徵是每晚皆無比清晰地聽見媽祖娘娘和玉皇大帝在他耳邊爭吵、抬摃、聊天。醫院給他開了藥，並且留院觀察。誰想到那藥無效，他每天晚間固定時間一到，仍像打開收音機聽廣播一樣，聽到媽祖和玉帝哇啦哇啦地扯屁、聊一些八卦。因爲那些內容（天上神仙界的狗仔爆料情事）實在太好笑了，幻聽出現的時間又非常長，這個病患每晚都躺在病床上一直咯咯的笑。吵得病房裡其他的病人無法睡覺（想想你大學宿舍裡那個戴著耳機聽ICRT，時不時旁若無人用破鑼嗓尖叫兩句英文歌，嚇得你們以爲他羊癲瘋發作的雞巴室友），大家紛紛抗議。於是醫生給他的藥加重了劑量，如此那幻聽眞的消失不見了。

沒想到一個禮拜後，這個病患就上吊自殺了。

女孩：「我覺得這就是孤獨。」

我聽了無比悵然，忍不住想問K君：醫院方面有沒有曾經記錄下來他聽到的那些，呃，媽祖娘娘和玉皇大帝抬槓的內容？那是什麼樣的仙界八卦？二郎神劈腿？太白金星內線炒股？嫦娥爆乳卻發現腋下有神祕疤痕？或是玉帝和如來佛爆發股東會董座之爭內鬥黑幕？那台「神祕的收音機」裡到底是播放著什麼樣的內容？我發現我好想聽聽看那些每晚在他腦中出現的「天聽」……

沒有。K君說，我聽那女孩說了這個故事，當場差點掉下淚來。那確實是眞正絕望的孤獨啊。有一個奇幻妖異的世界，只有你一個人能進去、看見、聽到。它是那麼神祕美好、超出人類能理解的極限，所以你無法轉述給任何人聽。有一天，走進那座神祕花園（或地下電台？）的大門被關上了，階梯被拆掉了，你再也找不到路進去了。你再也聽不見媽祖娘娘（像巷口麵攤老闆娘）和玉皇大帝（像里長伯）答嘴鼓無比親切又慷慨讓你聽見的內容了。

那麼的孤獨。孤獨到不想活下去了。

K君另外講了一個故事。他說，傅柯曾說過十八世紀在法國農村有一個叫皮耶的青年，據說是因爲看不慣母親和弟弟妹妹長期聯合起來欺負他父親，某一天早晨突然抓狂拿刀割斷他母親、弟弟、妹妹的喉嚨，然後逃到村莊附近的一座森林裡。這件近親滅門血案震驚了當時法國的社會，於是當局由巴黎調派了一位大檢察官赴皮耶的家鄉偵緝，卻怎麼也逮不到這個殺人魔。後來是皮耶躲在森林裡太無聊，跑到小鎮上晃蕩，才恰好被檢察官撞見逮捕。巴黎的最高法院審訊了六天六夜，進行冗長的大辯論。最後以皮耶的行徑超出正常人類能理解之邊界，定然是被魔鬼附身，無法以法王名下之律法判他死刑，僅予監禁三年。這個判決造成舉國譁然，皆認爲便宜了這個殺母殺弟殺妹之人。不料皮耶在獄中第二年，便上吊自殺。

K君說：傅柯稱皮耶這樣的人爲「像一句詩一樣的存在」。他們的一生非常短、暴戾、古怪、讓人不可思議，沒有人知道他們腦袋中發生了什麼事，沒有人知道他們的心境或感受。他們做出悖離人倫常理的怪誕或恐怖之事。最後又以激烈形式結束生命（自戕、絞刑、砍頭），但他們的存有感卻如此強烈，短得像一句詩一樣。「他割開了他親生母親的咽喉」。人們最後僅用這一句怪誕的話記載他。K君說，傅柯遍舉中世紀以降諸多法院判決書或精神病院紀錄中，諸多這樣「像一句詩一樣存在」的人名：某某，「他的怪癖是喜歡到鄉間無人處亂走」；某某，「他強姦了自己的女兒」；某某，「他替一些死去的小動物屍體進行異教徒儀式」……

沒有更多的細節可供理解、想像，讓人難以理解的怪誕生命遭遇。很怪。但整個社會的話語尚未進化至足以描述他們的行爲，便以法院、教會或瘋人院的律則來收攝、監禁他們的魔幻之形。

譬如：鐵道怪客，「他弄翻了一輛火車以預謀殺妻」；陳進興，「他殺了一位知名女演員的女兒，有一段時光全國的警察都抓不到他」；食人魔，「他們用火鍋分食了一位女保險員」……

上禮拜，開車帶著妻小到台南玩。那幾天，我或因剛結束一趟傻乎乎不斷趕飛機的美國行而時差作祟，或因家中舊公寓榻榻米木板下發現一整窩，不，一整部落的白蟻而掀拆地板進行大屠殺……整個人精神不濟處在一處夢遊般的恍神狀態。孩子們倒是一路玩得非常開心。回程時走南二高我一路呵欠連連把不穩方向盤，後來在清水休息站下交流道和妻子換手。那個休息站有一座非常大的Mall：裡頭的美食街讓人嘆爲觀止像博覽會一樣擁聚著台灣南北各路的小吃名食：謝謝魷魚羹、阿宗麵線、排骨麵、蚵仔煎、蒸餃世家、爌肉飯……

我在那巨大的超市買了一包紅糟醬素肉乾，走到外面一大片可眺望平原夜景的草坪。妻帶著孩子們和一群別家的孩子攀爬一座造型石雕的弧凹腹部。或因旅途中闖進這樣奇幻不對稱的豪華場景，讓我興起類似跑進機場大廳總是肚子餓的錯誤情緒，我拆開那包素肉乾，就著菸一條一條往嘴裡塞。

突然之間，某一條（眞的！那一瞬我以爲那零食魔物變化成一隻八爪小章魚，往我咽喉裡鑽）素肉乾噎住了我的氣管，就跟那溺水於游泳池之人的恐懼絕望一樣，我進入了一個默劇演員表演一樣的掙扎狀態。妻和孩子們的嬉笑聲又遙遠又清晰。我無聲地乾嘔，用手指進喉嚨裡掏，沒有人注意我在做什麼……

大約半世紀那麼久，卡進氣管的那團鮮紅豆渣被我硬掏出來，我發出肺病老人那樣大聲的咳嗽和喘氣。頭、臉、四肢發麻。我相信腦中絕對有幾條微血管爆了。妻這時才發現湊近：

「怎麼了？」

我滿眼淚水地說：「差一點，我的墓誌銘就成了『這個英年早逝的小說家是被一條素肉乾噎死的』。」

黎礎寧

黎礎寧自殺這件事給我極大的震撼。我家並未接第四台，星光幫第一代爆紅的時候，我是過了許久才因友人S激凸推薦，上Vlog點播了楊宗緯和蕭敬騰的鑽石與白銀歌喉對決。二班我則從頭到尾錯過。說來我這樣年紀的中年男子被家計與生活瑣事包圍之疲憊與世故，著實不是星光幫此等節目製作單位預設的觀衆群。

今年農曆年過後，我爲了把手上拖延漫漶的長篇收尾，和妻商量每週有三天跑去新竹、桃園、宜蘭、台中的一些小旅館「閉關」寫稿。於是奇幻的，在某幾個孤獨沮喪、寫不出任何東西的週末夜晚，我是在一間一間窄小、晦暗、陳舊，燈光昏黃且地毯且附著一種揮之不去霉騷味的小旅館裡，坐在床上吸著菸，瞪著電視機裡的「星光三班」那不可思議，近乎我們這時代這島嶼之史詩的飆歌、對決PK、落單之挫敗者和既是同伴又是敵手的倖存諸人含淚擁抱……

有時我一人在那些旅館裡看得熱淚漫面。我當然知道那些現場即興的催淚戲劇性是製作單位設計的遊戲軌跡。但三班的這一批孩子們實在太像一群美麗頸弧奮力揮翅的白鳥了。他們那麼純粹柔弱，卻又那麼努力。有幾次的ＰＫ對決，靈魂意志將這些不過才二十出頭年輕男孩女孩的歌喉飆高到無比巨大莊嚴的境域。偶爾幾次其中一、二人會宛如神明降臨、渾身發光宰制整個舞台。那讓我目瞪口呆。雖然大部分時刻，他們會像這樣年紀孩子應該的表現：失誤、抵抗不了巨大壓力、垮掉、失敗、淚灑現場……。但我實在太喜歡這群孩子了，從徐佳瑩、林芯儀、黎礎寧、黃靖倫、美猴王潘嗣敬、舞神歐巴馬、簡鳳君、小侯佩岑林雨宣，乃至ＰＫ賽爆發冒出來的原子小金剛……

黎礎寧是這其中最能召喚我久已結繭之柔弱粉絲情感的一位。我一直以爲她會是最後的冠軍。她本身像是一把豪華昂貴、音質醇厚音域無比寬廣的薩克斯風，優雅迴旋在比這個比賽高許多海拔的稀薄上空。當然比賽的後段，聚焦全在被諸神寵愛背後像垂著天使羽翼的創作天才徐佳瑩與具有強大靈魂意志你感覺她將這歌唱大賽拉至聖壇獻祭、生死相搏之境的林芯儀，兩人之間的駭麗對決。黎礎寧似乎就早早退出戰局，進入一種每次登場，只在享受演唱，而非比賽的醚醉狀態。

在那些窄小黯黑的小旅館房間裡，從那個發光的小框格中，有一種我這年紀不可能再有的年輕純質像水母或深海烏賊的透明生命在湧動著，他們其實比我們這些大人堅忍、見怪不怪，面對挫折、傷害或屈辱，更有創造力將之優雅帶過。有一場比賽，黎礎寧在短時間內學西班牙文，和一位台北愛樂菲律賓裔男高音同台飆唱（那次林芯儀亦是在瘋狂特訓後和台灣一個頂尖愛爾蘭踢踏舞團表演踢踏舞），我看得瞠目結舌，似乎一場神祕的測試，「看妳們的極限可以，可以推到多高？」但大人們給他們的獎勵實在太吝嗇微薄了。他們各自在那樣高強度的擠壓中，展演了二十多歲靈魂所能摺藏的，不可思議的華麗、精緻、像神贈予的美好品質。那比我們這個社會的政治人物、媒體名嘴、白痴八點檔、打嘴砲綜藝大哥……所給一整世代深層靈魂的觸動、提升、正面能量，多得太多了。但似乎比賽結束後，拉斯維加斯的布景舞台，不，野台戲的竹杆篷架拆一拆，曲終人散，蜃影幻夢，大人們趕著下一批罐頭偶像的生產線機關開模，另一場嘉年華，另一個無需進入真實的虛擬巨星遊戲又開始。

那樣的開啓了封印的瓶塞，將某一群人內在如神燈巨人的神祕壯麗可能召喚出來，最後卻草草揑掉、棄置的浪費、沉慟，與虛無之慨，幾乎存在這島國每一領域。從棒球、籃球、奧運金牌希望、電影、小說、藝術……似乎在某一時期，你總會無比驚豔僥倖看見一、兩個毛色發光的秀異天才，他們也按著各領域世界級的極限規格在操練自己。每一個將這些年輕孩子從尋常人的形貌抽拔拉胚成神蹟（譬如黎礎寧在唱西班牙文藝術歌曲的那一刻）的高速運轉、強壓、撕裂張力，以及他們承受這些極限操演時脊椎發出嘎嘎聲響的戲劇性，幾乎都可以紀錄片拍攝下來變成盪氣迴腸、催人熱淚之史詩。但為什麼之後常常什麼也不算數，所有人皆嘻嘻哈哈咕咕呱呱朝著浸在尋常平庸光度的生活裡奔跑過去呢？為什麼我們總會在許多年後，唏噓感傷地遇見那些毛色灰黯的，變成修路工人或便當小販的職棒明星，變成寫廣告文案糊口的天才小說家，變成毒蟲的實力派演員，變成負債者的電影導演？

我在那些髒臭小旅館，為著電視小框格裡那些發著光的「神的孩子」們的極限演出而熱淚盈眶時，有什麼地方出了差錯？事物本身展演的方式被我偏斜了某個細節而錯誤的理解？幾年前極著迷的一個日本綜藝節目《超級變變變》，那個競賽或表演或嘉年華或裝扮秀遊戲的設計形式，其成立的戲劇核心或精神性的什麼總讓我百思不解：一組一組的參賽者（可能是來自全國各地的小學生、拉麵店或美髮店同仁、業餘藝人、廢材大學生）在極短的時間，表演一件「模仿眞實但其實不是眞實」的事物。但這鴻光一瞬的表演，往往需要這群業餘表演者反覆操練好幾個月以磨合默契及流暢感。透過布景、道具、懸吊、同伴間躲在舞台死角的扛舉協助，他們專注又來勁地表演模仿尋常生活的事物：飛鳥、風中搖擺的晾曬衣物、自動販賣機、海灘剛孵出之小海龜、奧運各項運動剪輯的廣告……種種種種。有的表演眞是讓人佩服不已。這些業餘演出者，在每一集節目得獎後的興奮大叫大跳、互相擁抱、淚水弄得扮妝的顏料糊掉……但是之後並沒有人因此而成爲職業演員哪。

我後來想：也許「星光三班」的那些孩子們，原初被設定的（或我們眞正在消費的），本就不是他們的歌喉舞藝能否到達一巨星之境。而是像電影《登峰造擊》的那個拳擊女孩。我們要他們演出的，本就是挫敗本身。對挫敗的恐懼、哀憫與尊嚴。他們如在夢中地把「與挫敗鬥爭」這件事，集體表現到不可思議之深刻輝煌。但節目結束後，他們是角色而非演員。下一齣續集大人們會找來一批新的演員重演一次他們經歷過的事。

夢見姚明

那時我正在那宿舍的雙層床上鋪午睡，悶熱的空氣中有某種中學時第一次上生物實驗課練習看顯微鏡，老師要每個同學用空醬瓜瓶或空酒釀瓶浸泡了一玻璃瓶的稻桿液以培養變形蟲草履蟲之類微生物，那樣的氣味。仔細想想是床墊榻榻米枯稻稈浸了汗漬的霉鹹味。電風扇在上頭來回旋轉，發出一種昆蟲持續拍擊翅翼的聲音。相較於其他男生宿舍那堆滿牆角的空酒瓶或亂堆在書桌上的泡麵空碗與隔夜滷味餿湯塑膠袋，或是床底幾臉盆騷臭的襪團兒，我們這間房可還眞像是修道僧侶的空寂臥室呢。

後來那大個子便開門進來了。他的頭低低的，毛巾披在後頸，整個人瀰散著一種才剛遭遇重大挫敗的氣氛，我當下便想起：啊？原來我的室友是姚明？

學生時代倒也扮演過幾回風雲人物身邊完全不重要小卒仔這類的角色。仔細想想或許我確有某種素人心理醫生，善於聆聽且替這些承受著常人無法想像之巨大壓力與戲劇性人生的「神選之人」解憂打氣之人格特質吧？不過在這個夢裡，我清楚知道自己的年紀比這個近二米三〇的年輕人要大上一輪。我的心智比他成熟多了，人生也到了親身看著諸事開始走下坡的階段。說來我這角色還真像那些漫畫裡的「萬年重考生」——宿舍裡的怪叔叔。存在的意義只在讓懵懂年輕人警惕：「要努力上進啊，不然會變成那樣一個悲慘的人生……」

這種奇怪的柔和情感，使我忍不住在夢中的上鋪，對著我的室友姚明搭訕起來：

「終於還是輸給爵士那些瘋子了……」

「是啊……」原來這大個子的嗓音比想像中來得稚嫩。不過他確實真高，他坐在對面床下鋪的床沿，仰起臉來，讓人覺得是跟一頭人面長頸鹿講話。那張臉……不知是眉骨的位置或散焦的眼瞳（我想起另有一人也是這樣的眼神：馬英九是也），顯出一種莫名的憂悒與無辜。

「都怪我……最後那三個籃板球……」

像所有人在這種奇異獨處時刻，都忍不住想抓住機會問一兩個接近宇宙浩瀚銀河眞理那樣的屌問題。譬如說，你搭飛機被升等至頭等艙赫然發現鄰座竟是那個財霸一方的郭董；或你開計程車竟載到返鄉探親的王建民；或某次電梯故障停在半空，密閉空間裡唯一的難友恰巧正是剛辭掉閣揆的蘇貞昌……

總是該單刀直入問他兩句會讓他動容，心有戚戚焉，甚至打開話匣子侃侃而談那不爲人（及媒體）所知的一面……

那些問題總像火燒冰淇淋，完全相反的況味，卻同時湧到嘴邊。

暴得成功是怎麼樣一種滋味……或該問驟然摔落谷底的感覺……萬人之上天才的無聊感或其實壓縮了其他人數十輩子的奮鬥之夢，疲憊重複遠超過別人能理解的磨難……

我知道在這間宿舍的外頭，有大批扛著攝影機拿著收音麥克風的記者們，恨不得破門而入。有太多的問題等著他！那些關於巨人症的傳言，過長的骨骼難以支撐自己巨大的體重、膝蓋傷、右脛骨骨裂、三次趾甲摘除手術，他們說他的身體是一枚定時炸彈，身體素質腰腹力量不夠、體能不行，有一位美國女舞蹈家建議他徹底切除兩個腳趾蓋……

疲勞。疲勞。疲勞。

隨著賽程所有的戰況報導，似乎全環繞著他那具比所有人高大，卻傷痕累累，處處鍛接管線皆滲漏鏽蝕的身體。

我告訴他，我高中時為了苦練彈性（很奇怪的，我身高僅一米七六，卻在我們那一群湊在一起打球的朋友裡，職司抓籃板的角色），每個晚上在我們常去的一間K書中心所在的大樓樓梯間青蛙跳，從一樓跳到七樓，再坐電梯回到一樓，重新開始。後來那K書中心的工讀女孩告訴我，每次我跑去青蛙跳時，整棟大樓皆為之震動，發出砰砰巨響。一些住戶還謠傳樓梯間鬧鬼，每晚到了七點鐘，便有一群怨靈從地底跳僵屍到頂樓……

夢中的姚明聽了哈哈大笑。

但我終究是個身高一七六，連大學系隊都打不到的平凡人哪。

靠近陽台那邊的綠網紗窗門外，蟬鳴喧天，綠樹濃蔭在熾白日照下呈現一種妖異的，波浪或湍流的透明卻暴亂之印象。較遠處的校園有學生對牆靶練習網球揮拍的彈擊聲。所有的一切都讓人懷念不已。如果是在另一個夢裡（而不是這個我和這NBA球星共爲室友的怪夢），應當是迷霧莊園般的，我曾在年輕時假日校園宿舍殺了某人又將之掩埋的哀愁空景。有一些甲殼昆蟲絕望地渴死在籃球場旁枯黃的草地裡。還有一些碎玻璃粉屑在烈日下晶瑩閃爍。

醒來的時候，我的臉頰全是淚水。或許是突然意識：這些年因爲種種原因，我失去了許多不同時期的摯交，但時間繼續，乃至終於有一天，連我的夢中也不再出現他們。在熟悉無比的夢之場景裡，出現了一個陌生人。一個正處脆弱時刻的孤獨強者。一個溫和，承受不能承受之重的巨人。

身旁的女人被我悲不能抑的爛模樣嚇到了，她幫我擦去眼淚，摟著我，像哄嬰孩那樣安慰著：

「別那樣……有那麼多人愛你嘛……」

廣告出租
0910-005839
0800-003-668

想起一個人

日前在《中國時報》社會版看到一則新聞，讀畢忍不住就在咖啡屋裡哈哈大笑：「……前晚范姓兄弟接獲葛男電話，雙方約在台中市成功路妹妹的美髮店前談和解，兄弟倆認爲輸人不輸陣，找來混黑道的友人蕭升富（二十八歲）陪同，蕭男還帶了一把改造手槍同行，內有三顆子彈，放在范的背包內。

「三人到現場，發現葛男找來連姓、張姓等十多名男子赴約，仗著人多勢衆，說不到幾句話就動手打人，范全得見情勢危急，高喊『東西（手槍）拿出來，給他死』，並接過手槍朝張男連扣兩次板機，但都無法擊發。

「范全旺只好再取回手槍，以槍托毆打張男、連男頭部，未料手槍竟當場解體，槍管、彈簧、子彈、彈匣散落一地。此時，市警一分局繼中派出所員警趕到現場，逮捕范姓兄弟、蕭男等三人。

「……連警方都忍不住揶揄：『談判帶這麼兩光的槍，實在太沒行情。』」

這幾天突然想起一個畫面：我記得我初上高中時，恰正和一群國四班結織的廹廹仔朋友（也就是我爸媽口中的「壞孩子」混在一塊：冰宮、撞球間、櫥窗裡玻璃桌上有小檯燈的咖啡屋（那些像列車座的人造皮沙發幽暗空間，其實是大學生情侶依偎喁喁私語的場所），某某南部上來的阿欽阿猴或釋迦這些只知綽號不知其名的傢伙木板隔間的寒傖宿舍……。我們其實只是像剛換毛血氣賁張年輕的獸，在那苦悶的年代，在那其實高樓剛雨後春筍從各處矗立但尚未遮斷全幅天際線的城市荒原四處竄走。並未因緣際會（當然如今想來會說僥倖）推開某一扇通往幽黯國度鑽進毒品、幫派、酒店泊車小弟或餐館廚房打工仔那些網渠巷弄裡更深入這城市的惡之華夢境。

但在那個系統的語境裡，這就叫「空子」。混假的。青春期的暴力衝動和只能透過眼神之銳利、髒話粗口之模仿操作、身體之鍛鍊作爲「終有一天要一戰」的原始資本、朋友掛間的義氣確認，在城市散碎各角落的場所，膨脹著自己要掌握某種控制力量的抽象欲望。大部分發生衝突以檢驗這種青少年狠勁的對象，還是在學校裡的同齡之人（非常像波赫士的小說，拿著小刀用凶惡臉孔對峙的，其實竟是鏡中的自己）。

尤其是在高一剛進入那封閉空間的數千人全穿著灰撲撲卡其制服的男性校園裡。眼神的互瞄。巡梭。找那混在人群中既是同類又是敵人的「欠教訓的傢伙」。那一次，大約在教室走廊，眼神和另一班一個穿水泥灰訂作衣褲和光華商場鐵道側那種尖頭漆皮鞋的矮個傢伙對上了。像某種硬質物件相牴了幾秒，我終於（雄性動物本能立判實力強弱）裝作若無其事將眼神飄開。以爲此事被包裹在那短短幾秒內，等於並未發生。向同班另一「在混」的朋友詢問，說那傢伙算是個狠角色，台西來的，留級生，曾砍過人。

不想隔堂下課，小個子帶了兩個高壯的跟班（其中一個還戴徐志摩框的黑墨鏡），在教室外叫囂，招手叫我出去。

「莫你剛才是睛啥洨？」

「我哪有？」

被帶上頂樓樓梯間（如今回想：會爲少年們那煞有其事，嚴格遵守此類情境之排場、規格、台詞、乃至談判舞台的缺乏想像力而忍不住失笑），三人各自掏出菸點上，我注意到那兩個高個制服上繡的是兩槓的學長，但明顯是聽從這矮個子的功能性打手。

矮個子又用台語問了我幾次，「你是在囂張什麼？」「你是混哪的？」「你是在睛令爸什麼？不爽什麼？」那時我兩手空空，孤自站在他們面前，一種身體本能的恐懼（要受到暴力毆擊了）讓我脣乾舌燥，於是很像搞笑藝人打破冷場地也從自己口袋掏出壓扁的菸點上。

「我哪有睛你，」這樣示弱地解釋著。

之後，像雙方都不知接下來該如何處理，矮個子老大在要狠台詞拋完後亦詞窮的尷尬停頓時刻，那個戴墨鏡的高個，跨前一步站到我面前，眼睛從墨鏡上方瞪著我，而且似乎爲了作出「猙獰之睛」的強烈效果，濃黑的眉毛糾結扭動著，眼珠也上下翻轉。

不公平的是，現在的我想到那動作和動作間銜接的笨拙處（眞的有點卓別林），會忍不住哈哈大笑。（後來的歲月，在電影中看到那許多黑幫老大在這種場景，各種充滿變態創意手段讓你恐懼，意志徹底瓦解的手法：用老虎鉗把舌頭拉出來，在你面前槍殺他自己身旁小弟還閉目哼貝多芬的〈快樂頌〉，或像希斯萊傑演的那噩夢中走出的「小丑」，或像《人魔》那個優雅老頭，鋸開你的顱蓋骨摘下一部分不令人致死你自己的腦當場煎熟餵你吃……）但當時，那個回憶畫面中的我，卻在一種缺乏經驗的憂懼和茫然，腦中快速迴轉著「我該選擇怎樣的角色以配合演出」？

回瞪回去（其實我體格不比這兩高個傢伙差）？直接揮拳開幹？或視而不見繼續抽菸把那沉默擴大？或打菸給他們江湖一點油滑一點但氣勢不減說這是誤會捧捧那矮個老大說我怎麼會睛你咧早聽說你是這學校最凖的……種種種種。但在那回不去的畫面裡，我卻爲了想結束這因太年輕而不知如何收場的局面，在那一瞬選擇了一個最糟最屈辱的演出形式。

我垂下頭，耷塌著肩，作出一臉衰咖認栽的懦弱表情。那像犬類動物爭奪地盤時，其中一方垂下尾巴宣示臣服的訊息。

關於這個除了我和那三個人外無其他人在場的屈辱記憶，就在此草草收場。當然還有一後續的、小小的不愉快畫面：即很久以後，另一次，當時我班上一個傢伙被一高二的欺負了，他ㄊㄨㄚˋ我去二年級教室那邊討回來。這次我扮演的角色與那戴墨鏡的高個兒雷同，憑著較高壯的漢操與凶惡的長相，作爲逞凶耍狠的活道具。我記得當我撐出氣勢對著那高二的胖子飆出一堆狠話時，他卻也露出害怕、被震懾的神情。也支支吾吾說了一些誤會啦，厚！你高一就這麼壞以後認識你啦的和解話。這時，站在那傢伙身後的一個人（我認出他了，就是當時站在小個子身後，臉較不凶惡的那另一個高個子）輕聲細語地說：

「免睬汝伊，伊是俗仔。」

如今回想，像一台粒子高速分離器裡被甩得四處碰撞，亂跑的粒子。除了那個小個子可能是眞正混過的，我，那戴墨鏡的高個，那長相斯文的高個，那欺負我們班的高二胖子學長……，沒有一個是眞正專業在混的，全像被不同片場借調的臨時演員。我們必然如常的長大，各自在白領社會浮沉蹭混。這幾天想到這件往事，奇怪的是，後來在大人世界裡，也遇過一兩長輩，在你猶不懂世事不知堅持個人尊嚴與原則的狀況下，同樣在那只有你和他在場（帶離正常運轉之人群）的惘惘威脅時刻低了頭，那似乎永劫回歸，之後你即使累積了更大力量與資本，在他面前仍是被視爲可欺的、可輕狎的、被吃定了的。不過這是另一個故事了。

昨日之島

這幾天看到一則新聞，那個前一陣子被媒體奉為「現代魯濱遜」——自稱被漁船放鴿子，滯留法屬留尼旺島二十七年，還娶了三名女人——的胡文虎，被法文報紙踢爆，曾在該島殺害當初收留他的男子，被判刑十年，且還因性侵一名七歲女童，其實是在今年八月被留尼旺島驅逐出境，並被法國列為不受歡迎人物。若非從國外媒體傳回的這些歷歷眞實之現代性細節（法院的判刑，租屋之糾紛，而留尼旺島是一人口七十六萬的現代小島），我們這些天眞島國之人，眞的延伸那海洋遠端的另一座島上發生之事，是一則孤寂、冒險、漂流、生存的蠻荒啓示錄。

關於魯濱遜，自香港來台北短暫駐留的ㄌ告訴我一個極像馬丁史柯西斯《教父》的老人故事。據說這位老人，在七〇年代的香港，確是位黑白兩道、殖民政府與老華幫不同光影世界算得上角色的人們皆聞之肅然的大人物。跨足報業、賭馬、地產、貨櫃、娛樂……，當然，還有撲朔謠傳，極像港片黑幫電影最魅幻神祕高層的典型臆測：跨國白粉。之後當然是港英政府高層有人要「動他」（ㄌ在描述這一段時，臉上的神情、壓低的腔調，完全是我們這一輩人，經驗匱乏卻可以挪引豐富電影橋段以附會之的默契），也眞的給抓到了個小辮子，總之他出亡至台灣避風頭。這一避三十年。

留在香港的事業版圖，由他的兒子們接手，不但沒有衰敗星散，反而更縱橫盤錯，儼然形成更現代化跨足政商媒的企業集團（ㄌ說：兒子們的手都是乾淨的）。老爺子當然是遠端遙控，作所有最後決策的人（想像一下，即時視訊會議這玩意的發明，似乎就是爲了讓這樣的情節在電影中更酷炫更科幻）。ㄌ說，有一次他有幸被邀請到其中一位兒子在企業總部幾十層樓高頂端的辦公室，那位第二代接班人目光精悍，體格似某種操艇選手或鞍馬體操的運動員，但評論起世界金融局勢則連算有長期涉獵此一領域專業知識的他也不得不佩服。顯然是鉅細靡遺在關注旗下媒體和對手報刊的各版面論述文章。當時這位大老闆還對ㄌ表達了對於他在某月某日於某報專欄一篇文章之看法，不以爲然的態度。這令他印象深刻。

但之後發生的一幕，眞眞讓他如進入電影之夢境核心：老大，不，企業總裁邀請他一起泡湯——是的，在那城市高空上的指揮中心，豪華辦公室的隔壁，就是一個占地怕你們台北這種三十坪公寓兩倍大的三溫暖浴池。假山奇岩、煙霧氤氳。不容違逆，他遵命和那意志和體魄皆如精鋼鑄劍般的強者，裸裎各據岩岸一側，繼續聽他侃侃而談。那完全像羅馬貴族、權勢者和對手談判時的劇場空間。男人對男人。意志力薄弱者即可能在此無所依傍，無戲服可遮掩鑽躲的直面相對時刻，被壓扁碾碎。ㄌ說，那個過程（他強迫自己仍談笑自若，得體應答，不要不爭氣地發抖），不斷有一些核心幕僚走進來，對著浸在溫泉中的老闆作簡報：伊拉克戰爭情況、國際黃金價格、油價、亞洲幾個重要城市當天的頭條新聞……

至於困居台灣三十年的老爺子，ㄌ說，當然都是傳說了，兒子們動用一切關係，想盡方法，還是無法取消案底讓他回去。在某個小圈子裡口耳相傳著，你（必須是香港人）只要透過哪幾個人（就是有門路可以傳話給老爺子或其幕僚的人），說我某某某，幾月幾號要去台灣，非常想見某先生。好，於是到了那一天，你從桃園機場下飛機，就會發現有人舉著寫你名字的牌子在入境大廳等你，用黑色賓士載你到酒店，路上這老派而沉默的接機者（怎麼稱呼呢？家僕？幹部？祕書？或直接一個英文名字 David、Vincent、Bill？）會塞給你一個信封袋（裡頭通常放了兩三萬新台幣），說某先生很高興您來台灣，要您好好休息，明天想去哪走走請吩咐我……諸如此類。然後第二天或第三天晚上，黑色大賓士會來酒店把你接去，嗯，舊圓環那一帶的「杏花閣」酒家，老爺子親自招待你一頓晚宴。完全是老派人的排場和規矩。席間，老爺子可能會充滿感情地問你，從香港哪裡來，噢那一帶現在怎麼怎麼樣的光景⋯。似乎在這座島上，只因你從老爺子所從出而回不去的那另一座島來，便和他一同在此繁華又蕭索、在地卻又陌生的城市邊隅，把酒話桑麻，用廣東話交談，成爲他懷鄉之夢裡的一個親人。

離開的那天，黑色賓士會準時把你送去機場，途中你若是，將那信封的錢抽出兩張意思意思，老爺子的盛情可感，但實在匆促停留花不上這許多錢，這些錢就算謝謝您這幾天的辛苦。把那疊錢也按老派人的丰儀打賞給沉默的接機人。如此，這趟來回，老爺子就把你這人記下了，是知趣有教養的人，那之後，你就被老爺子當作他的朋友了。

力描述這老爺子的故事給我聽時，透著一種說不出的古怪、寂寥，和對已然消逝的上一輩大人物即使龍困淺灘仍驕傲端出某種金絲繡線貴族姿態的惆悵之情。Umberto Eco有一本小說《昨日之島》（我去重翻此書，訝然發現它的出版已是十年前了），講到一個十七世紀的年輕貴族，像魯濱遜船難抱著浮木在海上漂流一但他並不是漂流到一座小島，確實有一座小島，但他是漂至並攀爬上一艘擱淺在小島外海的大型三桅帆船上。船上的水手們全在登岸後被土著獵殺，只剩下空無一人的船艙，貯糧、淡水、酒、各式觀測儀器，還有原先栽種於艙內從大航海冒險各大陸或小島載回本國的怪異植物，以及圈養著的各種羽毛鮮豔像從夢中捏出造型的奇異禽鳥。

後來他在底艙發現一位當初因傳染病被拘禁隔離的神父，兩人進行冗長的創世紀、天體運行、子午線、經線之劃定……種種如今看來謬誤荒唐僞科學，但卻如此淵博華麗的宇宙論、天文學之論辯。

那是在經線儀發明之前。

有一段對話簡直優美如詩、如童話。

神父說：「上帝創造世界，位於本初子午線上的太陽應是在滿天星辰的午夜時分開始運轉。在此之前，時間並不存在。創造萬物的第一天就是從這條子午線上的午夜開始的。」

那個男主角反駁說：「如果那時這條子午線上正是午夜，那麼地球其他角落的『第一天』絕對不會是完整的，因爲太陽出現之前，這些地方黑暗混沌，而且沒有時間。」

經過一番錯誤的推算，他們相信子午線恰好畫過他們的船和島之間，暗礁遍布之淺海區。

按著前面的邏輯演繹，他們得出結論：在子午線這邊的擱淺大船上是星期五；但近在咫尺，子午線另一端的那座島，卻仍在星期四的時間之夢裡。也就是眼前的那座島，是活生生的存在於昨日。亦即「昨日之島」。

後來神父因對科學的狂熱，穿著潛水鐘沒入海底卻不幸就此消失。整艘船，整幅畫面又只剩下我們這位男主角孤獨一人了。他努力在船下海面學習游泳（他想游去那座「昨日之島」）。對於暗流洶湧那端的島嶼，他的感想是：「啊，海灣實在太昨天了！」「烏雲正從島嶼那邊飄移過來，而今天在這裡卻是晴空萬里……」

也許對所有的魯濱遜來說，島必然被禁錮在昨日的濛昧昏暗裡，不管你最終是離開島重回人世，或是就此留在島上。

樂生

我們在窺看著他們的「不在場」：那些消逝的、禁閉的、孤絕的時光。

我們在那灰濛濛的長廊巡走，那挑高的木頭梁柱，像巨大恐龍的肋骨或古風琴的弦箱，據說這些梁柱上曾吊死一個一個崩潰而活不下去的病人。不知是否心理作用，空氣中有一股應該早被門窗木材潮濕腐敗味蓋過的消毒水氣味。

走在裡面，這幢建築超出想像的高巍，那使人自覺渺小，也許是如今人去樓空造成的空蕩蕩印象：一座被遺棄的野戰醫院，一幢被滅族部落的教堂廢址，一個存在主義式的劇場：人被剝奪其所有——壞毀的外貌、集體監禁的恐懼靜肅，從此被拔出人群進入一靜置時光耗盡餘生的領悟，乃至於馴順地衰老死去（那些不馴順的成爲吊在上方搖晃的背景）——最後終於連這一切，如今殘剩的，且將要被兵臨山丘下的捷運機房、停車場，進出軌道的「我們」（形貌正常的我們，迷惘地看著媒體上警察將哭喊學生抬走的我們），用未來感的金屬列車掏掉、砸掉、鏟掉，變成破碎的磚瓦、木條、玻璃⋯⋯

整座院區像沉在湖底的一座悃然之城，綠光盈滿，風吹瑟瑟。時有發光的白貓或三色貓在布滿濃苔的水泥圓柱貯水池和廢棄家具堆間一閃跳過。

每一棟日式黑瓦老建築，從瓦簷伸出的排水孔，被封起來的合作社，每一株動輒樹齡超過四、五十年的老樹，挨站成林。每一處都像是塔克夫斯基電影裡的場景。

「因爲我們不在場，所以發生過的事情就和沒發生一樣。」

我們在那周遭綠樹彷彿妖精鍊成陣影影綽綽搖晃著它們悲鳴嘆息的無臉頭顱（「人類竟然會犯下如此愚行？」「人類竟會爲了他們幻覺較大利益的部分群體，自己消滅水缸裡漂浮著死去的那些一具一具其實是他們某部分自己的屍體？」）的森林中低語詢問：「什麼是痲瘋病？」

「因爲不知道痛，故身體某些珍貴的部分受創而不自知，逐一被截除，不會疼痛的痲瘋病，其實痲瘋桿菌已被消滅，但因神經系統受到侵害，導致痛覺的喪失。乃在不知覺狀況下，任肢體受傷、傷口化膿、感染、乃至鼻塌眼斜、手腳截肢。」

「在日本政府『癩防治法』之強制執行下，強制隔離，強迫性勞役，沒有公民身分，懲罰性結紮，生活飲食被極度剝削，他們被從原本生活的群體和家庭孤單地ㄉㄧㄚ出來，被集中在這裡，來承受這種外貌醜怪其實傳染力極薄弱的疾病傷害之外的，靜靜的暴力……」

「所以，現在這座安養院和它拘留住的往昔時光，在將被外科手術式的工程拆除、鏟平，他們能替它發出的微弱哀號，相較於整個社會的遲鈍不覺，實在是『不痛』的。」

某些停頓的時刻，我們站在那日據時代以來的建築長廊內，那些刷了乳白漆的木窗框格紗門紗窗，或記憶裡像小學校園「保健室」、「蒸飯間」一般的老機關部門懸掛小木牌；我們在無人的診療室外的候診木椅上忍不住想坐下，讓腦內的時光膠片轉速變慢，如同那些曾靜默坐在這條走廊上的院民。我腦中有一個無力但近乎尖喊的奇異情感讓我坐立不安，不寒而慄，猛抽菸也壓不下那種金屬感的騷躁憂鬱。

一句老話。因爲羞恥。羞恥。羞恥哪……

因爲我們竟然讓這件不義的事眼睜睜在面前發生……

我們上健身房甩掉身上的肥肉。我們接送小孩上英文班。我們坐在街角咖啡屋喝著黑咖啡看來往的各式各樣的人們。我們開心地排隊買樂透夢想六個數字都中可以用現金買下一棟現在飆漲得不像話的房子啦。我們有不同政黨選擇善意或惡意地模仿馬英九醉態可掬的擠眉弄眼。我們疲憊地用ATM繳信用卡帳款。我們把零錢丟進7-eleven收銀台的捐款小箱。我們爲菸價又漲爆幹或是到銀樓幫哥們的初生寶寶買金鎖片……

這一切如常運轉。只因爲這件事發生了，我們竟然讓這件事發生了。那像煙熏鏡片般讓光天化日下進行的一切都蒙上一層霧翳。那個陰暗的微弱不快就是分不清你置身其中的群體究竟是怎樣一個群體的羞恥。

有一篇作者署名「米果」的網路文章，叫〈是的，我們來晚了〉，因爲我的心情無法表達得比她寫得更好，所以，請容我原段原句抄引：

……行經蓬萊舍，聽見阿姨阿伯他們在練唱，唱日文的〈故鄉〉，有個年輕女生跟在一位阿伯的身邊，看著歌詞一句一句跟唱，挑高的房舍，芬多精都進來唱和，我想起鄰近那一大片被挖空的山，突然心生恐懼，究竟是怎樣的土方砂石利益，讓樂生這塊土地，如此惹人嫌。

……放映結束後，文章阿伯還來跟我們說謝謝，樂生青年也拜託我們要多多幫忙，我心裡好難過，眞想跟他們說，不要說謝謝，也不要拜託，反倒是我應該說抱歉，「抱歉，來晚了。」

紀錄片將時間與場景拉回過去幾年，一場一場與官員、民意代表、衛生署、捷運局的對話，我終於知道，自始至終，不管是決策者，還是工程設計者，都「堅信」樂生院很快就會「不見了」，因爲這些人「活不久」了，捷運局說，他們在設計的時候，就接收到訊息，「樂生即將關閉」，所以他們就把樂生院建築群，當成一塊沒有人居住的地方。

……所以，樂生院的阿姨阿伯，在青春最美好的年頭，被強制用手銬關進新莊偏遠的山裡，不准他們出來，連死後屍骨都要埋在山上，等到他們來到遲暮之年，又被聯手趕進火柴盒一樣的病房，因爲按照規畫，「他們活不久了」，樂生院以後就消失了，捷運當然可以提前把他們挖掉。

整個樂生事件的決策過程，是一連串菁英與官僚的傲慢與冷淡，加上眾多利益糾纏的黑洞，對上了歷史與社會最弱勢的一群人。擁有發聲權的人，甚至向來愛挖弊案的媒體與名嘴，大概超過百分之九十九都在樂生事件中缺席；前後任台北縣與台北市首長恰好藍綠通殺。會不會是因爲這個原因，所以才讓樂生的問題走進死胡同？倘若眞的如此，那麼，樂生的人權又一次遭受剝奪，在這個號稱「人權立國」的地方，顯然比日治時期用手銬把他們抓進來，還要可惡。

白蘭

第一天去看她，我只敢拿棉花棒去滋潤她的嘴唇幫她擦去血漬，當醫師掀開她的被單檢查她的肚皮時，我下意識別開頭想避開看到她的私處……我實在沒勇氣看到她的私處，我對「她」有非常多悲慘而隱晦的想像，想到她從十三歲開始的二十年從娼生涯，在其中進進出出的，我不知該用什麼字眼形容的「東西」，我實在不知道如何看「她」，更別說得用濕紙巾幫她擦拭清潔，這遠遠超過我的限度。……身爲一個四歲孩子的媽，我對把屎把尿小有承受力，我怕的不是髒，而是一種比髒更沉重、更恐怖、更像是被戰火蹂躪過後屍首狼藉、硝煙瀰漫的枉死城的氣味。更精確地講是我其實不知道該如何看待娼妓的身體。我很崇敬梵谷細膩深刻地描繪窮人飽受勞動及飢餓侵蝕的身體，我也驚豔於羅特列克畫的眾多妓女像；但是面對活生生的娼妓時，我無法正視她們的身體，特別是那所謂的最私密、最隱晦的私人之處。

我有許久不曾讀一篇文章讀至淚流不止，羞愧、沉慟、憤怒乃至不知如何是好。這是一篇貼在「日日春關懷互助協會」網頁上，一位作者署名「蔡美娟」的文章：〈行向私密、隱晦之幽——看白蘭〉，講述她和一群義工輪値看護因爲廢娼而生活陷入困境，而酗酒而終於陷入昏迷的「白蘭阿姨」之心路歷程。

另一篇文章〈心，才能懂〉，則寫到她在排班床榻邊陪伴白蘭時，總困頓於「爲何無法和她溝通？」「爲何我靠近不了白蘭？」她們缺乏彼此溝通的文化條件，她們活在兩個不同的世界。白蘭的身心已被徹底摧毀，失去言語能力，臉像受創的屏幕沒有任何表情，無法對他人的善意親近有任何互動。「我」一直抑鬱著爲何自己無法發展出一種與白蘭的親密與關係。從而回顧自己進入台北這座冷漠的城市，孤島式地存活其中十六年，「完全熟悉使用這個都會文化資源及符碼的方法」。直到面對作爲這個社會倒轉金字塔底層犧牲形貌的、壞毀的白蘭，她開始思考「面對白蘭，我在哪裡？」「以白蘭作爲主體，她在經驗些什麼？」

啊，我想推薦看到我這篇文章的朋友，能上網到「日日春關懷互助協會」讀完整的那幾篇文章。那或不再只是坐在電視機前，不知來龍去脈看著一群戴公娼帽墨鏡用口罩遮臉的老阿姨們拿著標語喊口號抗爭：「性交易除罪」、「還我工作權」；或者那些人氣市長們「把色情趕出首都」，或中央大員作秀拚治安時，管區們便宜行事抓幾個這些邊緣弱勢，摘掉公娼證轉入私娼的浮世畸零人以積業績點數……那已是一古老素樸的自省：「羞愧」。如普利摩．李維在《滅頂與生還》中所說：「無人是孤島」。當我們意識到我們的同類裡，有人被損害、貶抑到什麼程度，我們怎可能轉過頭去，不感到痛苦？那個羞愧、不安或痛苦（如果有？），在遠距觀看時，你會夸夸而談「結構性問題」，你把這群人數不多的性產業故障品清除到你想像的「社會的某種系統或機構」；或者你（妳？）譴責萬惡的嫖客，「沒有嫖哪有妓」？話說回來，禁娼是否就可以拆解掉那個「娼寮—人口販子—賣女兒的經濟弱勢家庭」的結構？作爲城市白領階級的你（也許消費得起夜店或色情制服店那些買LV的年輕妹妹；也許我不嫖妓，但我有能力維持一中產家庭穩定的性生活），那個「羞愧」感逐漸被這混亂麻煩的邏輯沖淡。你搞不懂那些公娼阿姨在鬧什麼？當然你毋需轉台新聞又快速跳到另一社會事件。

白蘭的故事是這樣的：

白蘭十三歲時就因幫父親還債，從台東山區被「綁約」到華西街私娼館，一「綁」十年，如我們對這些雛妓的印象：不見天日，無止無盡的接客，不准和客人交談（老闆怕她們跑掉）。二十三歲取得公娼執照後，才有了所謂的「性工作自主權」。她一天只接兩個客人，沒有存錢概念，賺了錢即到市場買鮮魚，在娼館後巷養了十幾隻流浪貓。某部分來說，單一封閉的空間使白蘭即使到了後來，心智上仍靜止在十三歲的少女時光。她錯過了學習與人在一較複雜或世故的狀態互動且交涉的階段。

廢娼後，白蘭沒有如其他姊妹轉入私娼，她獨立開了間檳榔攤，據說她到十個月後攤子倒了還始終無法背清楚各種菸牌的名字。她不會算術，不知如何找錢。有一次有一種客人要的菸賣完了，她不知道進貨，竟拿錢去7-eleven買一條再同價賣給客人。她不斷在低薪工廠求職，然後被請走路，因爲她對基本的事務處理沒有概念。終於在經濟徹底走上絕路後成爲酗酒者。總之，白蘭就像「廢娼」這個白領階級腦袋中浮現的某個實驗，實驗啓動後人們轉身離開，白蘭成了被遺棄在實驗室籠子裡的老鼠。我們可以在「日日春」義工的網路日誌上，看到一個無能描述自己的人，如何迷惑地被社會從底層再驅趕出基本自給維生的系統之外。慢速地壞毀、摔倒、發出臭味，失去人形……

週末午后，我隨著好友阿運穿進歸綏街小巷裡的「日日春協會」。那其實是賃租在從前白蘭工作的公娼館舊址的一間破舊小屋。一旁擠挨著一間拜玉皇大帝的神壇，另一邊則是一家在簡陋玻璃櫃裡擺了幾雙樣式老舊的男女皮鞋或膠鞋的鞋行。整條巷道都悠晃著一種心不在焉時光踟躕在舊昔的老社區氣味。窄窄的騎樓、低低的廊檐、門洞。一走進則光線被收煞而去的黯黑陰涼小屋。因爲前不久公娼自救會長官姊投海自殺，在這間昔時她經營的公娼館的牆上貼了一些官姊的照片，還有一些諸如「妓運精神不死」之類悲憤的標語。但我有一種感覺：覺得這屋裡走來晃去向偶爾來參觀的媒體或閒雜人等（如我）介紹公娼歷史或「廢娼」與日日春運動始末的義工、公娼阿姨，都帶著一種我小時牽著阿嬤從大龍峒到三重埔找親戚，在那暗室幽影中無所謂閒聊的悠勁兒。阿姨向我們介紹妓女們拜的「虎爺」（放在低處）、公娼證、妓女們晾坐著讓客人挑選的木椅，還有她們的玉照和各人收集當日接客牌以和老闆算錢的小隔櫃……我們還低頭鑽進（因爲空間太小，我總有一種掀簾進入一貧窮人家閨女房間的幻覺）那些阿姨們當年接客的房間：一張鋪了花被褥的小床，一架老舊小梳妝檯。水漬的壁板上掛著幾件官姊生前的性感衣衫。

厝間後面則是一個磨石貯水槽，據說當年木架上放著小姐們各自名字的臉盆和毛巾，完事後在這打水進屋替客人擦洗，「其實我們公娼是很注重清潔的……」後間鐵門打開，是別有洞天這些老舊房舍的後巷，榕樹自牆後輕輕娑搖著光景，還有一盆一盆的茉莉和含笑。阿運（她也是當初輪班陪伴白蘭的義工之一）說這裡就是白蘭當初餵養那些野貓的所在。白蘭倒下後，那些貓全散去了……

我感覺那是一個「活生生的生命場景」被剝奪、挖空的劇場。有一個當年替公娼們煮飯的白髮阿婆也跑回來（我猜她只是來看看那些當年妖嬈、苦命卻又勇敢的小姊妹），木訥地也幫著講。「官姊就是被卡債和高利貸逼死的，」「轉入私娼後，奧客和黑道沒事就來恐嚇她，要報警，她還給白嫖客人跪下……」「現在說要罰嫖，你們有錢人可以上酒店一個晚上幾萬塊。我們的客人也都是可憐人，有一次有一個客人在門口晃，我們說你怎麼不進來爽一下，他說他口袋只有七塊錢。」「有一次有一個客人，提了一個皮箱，進房間，打開，是一襲新娘白紗，他要我們小姐穿上，然後抱著她一直哭……」

我不知道該怎麼說。我只是一個下午的經過者。阿運對我說：「阿姨治療了我某些黑暗的部分。」我似乎目睹這城市的記憶如沙金在此悲傷瀉落，未來之城的市長們卻無感性地用灌漿水泥堵住那個本來百感交集、飽含人性的黑洞缺口。

playin'

她們

第一張相片上是一個典型台灣家庭的小客廳：電視、藤椅沙發、小几上放著一盆插滿開運竹的花皿，地板有一張藍色塑膠小凳。白漆牆上掛著裝框剪紙窗花，或家族出外旅遊照片。電視上有一尊銅雕人物、仿冒三彩馬、福祿壽木雕、玻璃框裝鍍金錫質獎牌，許多玩具小狗：西施、小北京犬、小拉布拉多……

下面的旁白是：

很難去想像我這兩年來所做的事情。其中一件非常無聊的工作，是每天早上把客廳看見的這些小擺飾一一擦拭乾淨……

另一張相片是一隻手持馬桶刷清洗馬桶的特寫，署名 Evangeline L. Agustin 的作者旁白：

這個房子總共有八個廁所，包括我的在內，我每天要清理四個馬桶，其他的一個禮拜清洗一次就好。

另有一張拍攝一個低矮浴室裡的馬桶，署名Maria Josefina M. Vaflor的作者：

結束晚間廚房的工作，我會待在這浴室休息一會兒。坐在這拖鞋上，或是寫信或是一邊讀報紙一邊戴耳機聽「Hello台北」電台。有時候我也會打些電話。我都是在這裡做這些事。

都是一個封閉的空間。截斷的場景。有張相片拍攝一排無人化療室的人造皮沙發。那個作者寫到她看到化療室，混合著焦慮與悲哀的情緒。她必須和所有癌症病人並排坐在那兒，點滴掛在手臂與胸口，她說：

我會恐懼。

有的照片拍攝一個鐘；有的是排成一圈的電話卡；有一張照片中是一張像小孩學寫字的矮桌，旁白是：

在自己的小桌上用餐，會覺得自在些……他們會邀我到大桌一起吃……。我知道自己的位置，也希望能夠時時保持低調。

另有一張最讓人感到悲傷的，是近距特寫一枚門把，鑰匙插在鎖上：

一直掛在那裡的鑰匙，我沒有拿走它的權利，任何人想進來我房間都可以隨時進來，甚至當我熟睡時……

我聽不懂她們的語言，我站在她們身旁，猜不透她們在想什麼。每天黃昏丟垃圾時，總是大批印尼女孩聚會聊天的機會，她們從城市皺褶般的大街小巷裡提著大包小包藍色垃圾袋出現，單兵聚成伍，三兩成群到馬路旁的人行紅磚道上密密麻麻一大片。她們穿著短褲拖鞋，有些邋遢穿白色過長過大的運動恤衫，有的極時髦戴耳環穿粉紅金蔥線繡圖案的露臍裝和牛仔短裙，那和行色匆匆從她們身旁走過的本地大學女生無異，但她們急促甚至興奮交談的聲音，總被垃圾車後腹機器攪拌如怪獸咆哮之巨響給淹沒。我猜不透她們的話題是什麼。

另一些時候，像是每日中午，我混在她們之中，一起在小學側門等著接送孩子。她們騎著腳踏車（其中一個甚至蹬著一架有長柄把手但像滑板車沒有踏板和齒輪鏈條的「小馬彈力車」），小孩們蜂擁而出時，她們在那一片看去如此相似的小臉中認出她們要認領的男孩女孩，迎上前，替那些不見得懂得尊重她們的，噘嘴或仍和同學拉扯玩鬧的小獸們揹書包、提便當袋。

有時則是在我家附近的大安森林公園，她們各自推著一輛輪椅，上頭總坐著一個形容枯槁、皮膚蒼白布滿褐斑、兩眼無神的我族老人，像遊樂場玩碰碰車或貴婦遛狗社交之陣仗，四五成群吱吱喳喳邊聊天邊兜風，似乎一個南洋女孩的年輕生命力，和一輛輪椅，一個中風老人，非常齊整地組成一個單位的生命體。唯獨這樣組裝時刻，她們才擁有可以在這樹影婆娑，金風颯爽的平靜氣氛中，享受一個人，而非一部家務機器或僕傭自覺的城市抒情互動。

有時我看著她們，會因迎上她們黑白分明的大眼回望而害羞暫轉過臉。但我只是因爲害羞嗎？或是否在潛意識裡，我躲在「我的群體裡」。我和她們的雇主是同一族群。甚至我可能更知道那些不給她們自由時間和獨立空間的歐巴桑們，如我母親這一輩老人內心的脆弱和寂寞。這些老婦一輩子刻苦，晚年兒女散去，突然身邊多了一個說女兒不像女兒說媳婦不像媳婦，語言不通的深膚色女孩。她們耳語交換著「不能慣壞這些外傭」，像在市場挑揀青菜水果那樣的阿婆口訣：「菲律賓的很容易被帶壞，因爲伊一定堅持禮拜天要上教堂；印尼的語言都不通而且愛打電話；越南的最難教……」一生沒有御人之經驗，老來不覺成爲苛扣剝削者。

我猜不透她們在想什麼？我會不會上前友善平等地和她們攀談？我是否認眞想過她們的靈魂和我的是一樣的靈魂？當她們成爲街上移動之街景，我習以爲常的同時是否視而不見，不像看到那些老外（日本、美國）背包觀光客，意識到她們不僅是整座龐大資本主義跨國勞動資本運轉的，被那些仲介公司暴利打包送來的交易品，而且更是活生生的異鄉人？

馬奎斯有一個短篇小說〈妳滴在雪上的血痕〉，寫到一對拉丁美洲的年輕新婚夫妻，駕車到巴黎度蜜月。因為某種荒誕的巧遇和家族遺傳病史，新娘到達巴黎時已流血不止而昏死。他們在自己的國度裡，各自是富豪家族的寵兒，但不懂法文的新郎，從嬌妻躺著送進醫院即展開一場噩夢。他像一隻癩皮狗被這座嚴謹運轉的現代城市踢到異鄉的街角：車子被拖吊，語言不通，到餐館無法點菜，坐計程車出去卻迷失在不辨方位的城市廣場，回程也想不出該如何描述他的旅館在哪條街幾號……

我亦曾在多年前，帶著當時一歲多的大兒子跟著一群長輩到東京旅遊。記得一次在一座金碧輝煌的高級 Shopping Mall 地下美食餐廳區晚餐，大約是孩子哭鬧，我推著娃娃車讓他瀏覽那一間間餐廳櫥窗裡幻美如夢的蠟製握壽司、拉麵、義大利麵、玩具小屋、小人偶與玩具熊……。突然就在那挑高如巨塔，往來皆高級華服的天井正中，孩子哇一口吐了一大攤穢物在那白玉鑲金光可鑑人的地磚上。我慌忙從口袋拿出一路收到的贈品面紙，跪在地上擦那堆「ㄆㄨㄣ」，人們在我四周走過，沒有表情，視而不見。不知過了多久，一男一女兩個穿金鈕釦制服的服務員站在我上方對我說話，我抱歉微笑抬頭，覺得自己這樣猥瑣地跪在一堆嘔吐物前，語言不通，簡直像個誤闖宮廷華宴的吐酒醉鬼。

那時，心裡悲傷地想對那些陌然而鄙視的異國人群大喊：

「喂！在我的國度，我可也是個有文化有教養的正經人哪……」

一個星期天，在中山北路農安街口的撫順公園，TIWA（台灣國際勞工協會）舉辦了一場

「外勞攝影展」。一直到中午，雨斷續下不停，我在馬路對面一場二樓咖啡屋，隔著樟樹成群眺望小廣場上穿雨衣搭鐵架的工作人員，心裡想：「天公不作美啊。」但到了兩點，雨慢慢變細成絲，街道各方都有女孩們朝那兒聚集。遂結帳下樓過街。

那是我第一次學習眞正置身在她們之間。

一個吸菸者的抗議

過去一年多來，不斷在一些聚會裡，朋友們邊噴吐著煙邊告訴我，好日子不多嘍，明年一月很多咖啡屋都要全面禁菸了。接著，常跟他買菸的雜貨店老闆或超商工讀生，會用一種同情又樂天知命的口吻，告訴我，菸又要漲價了。這次抽健康捐好像一次要調高二十元……很像傅柯的「規訓與懲罰」，像水煮青蛙，有一群密室裡開會的憎惡吸菸者，他們意志堅定、充滿耐性，逐步微調，修改縮減著那群噴煙人類的合法空間。主要是包括我，我的吸菸朋友們，對這件至少跟隨自己二十年以上每天無意識習慣動手指（掏菸）、動嘴唇（吸吮吞吐）的行為，本就隱隱帶有一種愧疚抱歉之情感，法條修改著，我們也挪挪蹭蹭縮腹塌胸沉默順從那愈來愈縮窄的煙之界面。

（怎麼說呢？好像全世界都這麼幹。）

有一個畫面，在不同的機場大廈裡的吸菸小間，那眞是讓我徹底意識到吸菸者在這個文明時代被框畫在怎樣醜怪卑賤地位之處所。且不講外頭那寬闊敞亮，由金屬、礦石挑高布架的科幻電影場景，那些排放了各式金碧輝煌昂貴免稅商品（奇怪裡頭有一大宗即是洋菸）的拱廊街；即便是拉屎排尿的廁所，也被布置成窗明几淨光潔到讓你升出淡淡孺慕欣羨的未來感。只有在那兩、三坪大的吸菸小間裡，所有吸菸的旅客，像被懲罰的流刑犯，男人女人，眼神空茫，各自縮著肩，臉上帶著莫名的憤怒與屈辱，湊擠圍繞著中央那砂礫上插滿白色菸屍的簡陋大圓筒，互相不看彼此，快速而毫不享受地用力吸自己嘴裡那根燃著的小紙捲。那個空間裡的怨念是：要不是待會登機後要三個小時（或十幾個小時）不能抽菸，俺才不要在這樣狼狽的空間裡被搞成這麼沒尊嚴的模樣吸這幾口呢……。

有時那大圓筒上塞滿未熄盡的菸蒂們，會像行天宮廣場中央的大香爐裡亂扔的香枝們湊成一猛然之高溫而「發爐」燃燒起來。於是小密室裡的人們全被那白色濃煙嗆得眼淚鼻涕直流……。

不吸菸的人們或會這麼說：「那你們把菸戒了不就好了？」

我絕對認同「吸菸的人沒有權利讓不吸菸的人呼吸他們噴吐出的二手菸」這一基本人權；我贊成咖啡屋該區隔吸菸區與非吸菸區；我少年那個年代還曾去制止在電影院裡吸菸的迌迌仔而差點被揍；我現在偶爾看到幾十年前台灣的老電影（譬如《看海的日子》），人們在火車車廂內旁若無人地打菸互相點菸呑雲吐霧而覺得不可思議……。

但是，這一陣子買菸，發現菸盒上，全被印貼了一些醜陋、恐怖、怵目心驚的恫嚇性照片；或是一張口腔癌的病變潰爛的露齒之嘴；或是一根下垂的點燃的菸，警語是「吸菸會導致性功能障礙」；或是一對可憐的母子一臉痛苦掩鼻被濃霧般的二手菸包圍……那像是在泰國買的菸盒，上頭全是發黑腐爛的肺泡，布滿癌細胞的鼻腔切面的特寫、萎縮發黑的早產死嬰……

吸菸者的死亡詛咒被強裂視覺化、醫院場景化、病變異形化……。

做到這樣的地步，我覺得已經粗暴而野蠻了。容我直言，我覺得想出這個點子且強制執行的衛生官員的內心幽微處有點變態的危險嘍。譬如我是素食者，我有一整套人類不該虐殺它種動物的哲學信仰，可我從不曾想像我要在所有牛排館餐桌上或超市的肉類食品上貼放各種動物被宰殺時刻痛苦的臉部特寫或血淋淋的支解屍體畫面吧？或我是自行車綠色無碳主義者，我也不致於激凸到要求所有開車的傢伙在他們噴煙排出一氧化碳廢氣的可惡機器駕駛座上貼上肺癌特寫照吧？

這或比喻不倫，但這撲天蓋地將吸菸者劃出一個小圈圈，將之細微的眞實細節取消或他人如苔蘚難以言喻的感性時光用絕對的「道德—醫學—公共衛生」之強勢姿態殲滅之醜怪之全盤否決之的作為，背後的無菌室式意識形態，不正是返回一百年前赫胥黎寫《美麗新世界》那個構建人類烏托邦背後的無想像力僵直靈魂？這種「美麗新世界者」，常常占據了道德或宗教的修辭，他們痛恨造成他們那發光無菌街道上所有污染意象的事物：娼妓、流浪貓狗、吸菸者、乞丐、遊民、酒鬼……一開始他們站在中產階級大部分人的群體利益（或只是感觀印象）發言：不要污染我們的烏托邦！不要污染我們純淨的空氣！好的，好的，吸菸者躲進區隔的吸菸室，公共場所不准吸菸，買菸的人要為自己的健康多付符合懲罰原則的高比重稅捐……，但是，把手伸進別人自己決定要如何選擇「享受我自己一個人吞雲吐霧的美麗時光」或「在未來某一時刻有極高比例爲此付出代價（肺癌）」的自由意志自己的房間裡，我覺得強制性在所有菸盒上貼印那些推往極端之強勢影像的作法，就像跑到人家餐桌上大便一樣不禮貌。

醫學話語的印象製造有一條幽微的邊界不應跨過，否則每一惘惘的威脅在眞實世界推到極限，油炸速食漢堡薯條炸雞全部都該貼上心血管疾病末期病患壞毀器官的特寫照，所有手機上也該貼上腦瘤細胞病變的X光片，或是所有昂貴幻美的名牌包名牌服飾上都該貼上《村上春樹の東尼瀧谷》那個被華服之夢吃去靈魂憂悒而死的妻子慘白而失神的臉？我覺得那一切都是個人的私密房間，那是個人的選擇，你可以保護不吸菸者的人權，「拒吸二手菸」，你可以憎恨吸菸者（如極端素食主義者憎恨肉食者），但你應該尊重吸菸者的人權——只要這件事在法律上並未違法。如同《銀翼殺手》結尾那個力抗人類將之視爲無故障品視爲威脅、腫瘤、邪惡的複製人臨死前所說：「我曾目睹你們人類不曾經歷的幻美駭麗場景；我曾在夜海航行，大雨滂沱中攻擊那些冒火的船隻，天頂雷電嘈嘈不休，繁星墜落輝煌不足以形容……那一切如雨中的露珠……」衛生署這些激凸在人家菸盒貼上醜陋照片的「健康人」，在你們將「無菸之肺」當作所有人類至高無上的意識型態，請謙遜一點想想：可能換一套價值系統：你們不曾經歷像我這樣吸菸者，獨自在某一神祕時刻吞雲吐霧感受到的快樂。那是我的選擇（腐爛的肺的風險或我個人認爲不值得拿那些幸福時光去交換的乾淨之肺）。我在決定要不要買菸的時候，便已在行使我在這個社會，作爲成年人對自我自主判斷以及對自己負責的基本權益。

請將印在菸盒上那些醜惡粗暴的照片撤掉好嗎？

INK PUBLISHING 文學叢書 228

經濟大蕭條時期的 夢遊街

作　　者　駱以軍
總 編 輯　初安民
責任編輯　丁名慶
美術編輯　黃昶憲
校　　對　吳美滿 丁名慶 駱以軍

發 行 人　張書銘
出　　版　INK 印刻文學生活雜誌出版有限公司
台北縣中和市中正路 800 號 13 樓之 3
電話：02-22281626
傳真：02-22281598
e-mail:ink.book@msa.hinet.net
網　　址　舒讀網 http://www.sudu.cc

法律顧問　漢廷法律事務所
劉大正律師
總 代 理　成陽出版股份有限公司
電話：03-2717085（代表號）
傳真：03-3556521
郵政劃撥　19000691 成陽出版股份有限公司
印　　刷　海王印刷事業股份有限公司

出版日期　2009 年 8 月　初版
ISBN　978-986-6377-05-1

定價　280 元

國家圖書館出版品預行編目資料

經濟大蕭條時期的 夢遊街／駱以軍著；
--初版，--臺北縣中和市：INK 印刻文學，
2009.08　面；　公分（文學叢書；228）
ISBN 978-986-6377-05-1（平裝）

855　　98011972

K INK INK INK INK INK INK
NK INK INK INK INK INK IN
K INK INK INK INK INK INK
NK INK INK INK INK INK IN
K INK INK INK INK INK INK
NK INK INK INK INK INK IN
K INK INK INK INK INK INK
NK INK INK INK INK INK IN
K INK INK INK INK INK INK
NK INK INK INK INK INK IN
K INK INK INK INK INK INK
NK INK INK INK INK INK IN
K INK INK INK INK INK INK
NK INK INK INK INK INK IN
K INK INK INK INK INK INK
NK INK INK INK INK INK IN
K INK INK INK INK INK INK
NK INK INK INK INK INK IN
K INK INK INK INK INK INK
NK INK INK INK INK INK IN
K INK INK INK INK INK INK
NK INK INK INK INK INK IN
K INK INK INK INK INK INK
NK INK INK INK INK INK IN